des lecteurs de POINTS

Les éditions POINTS organisent chaque année
le Prix du Meilleur Polar des lecteurs de Points.

Pour connaître les lauréats passés
et les candidats à venir, rendez-vous sur

www.prixdumeilleurpolar.com

Dominique Sylvain est née en 1957 en Lorraine. Elle débute en tant que journaliste, puis part vivre au Japon, où elle écrit son premier polar *Baka !*, qui met en scène l'enquêtrice Louise Morvan. Elle a obtenu, en 2005, le Grand Prix des lectrices de « Elle », catégorie polar, pour son huitième roman *Passage du Désir*, qui signe l'acte de naissance d'un formidable et improbable duo d'enquêtrices, l'ex-commissaire Lola Jost, armée de sa gouaille et de ses kilos, et sa comparse Ingrid Diesel, l'Américaine amoureuse de Paris. Dominique Sylvain est également l'auteur de *Vox*, prix Sang d'encre 2000, et de *Strad*, prix polar Michel-Lebrun, 2001.

Dominique Sylvain

LE ROI LÉZARD

ROMAN

Viviane Hamy

L'éditeur tient à prévenir le lecteur que *Le Roi Lézard* est une nouvelle version inédite de *Travestis* de Dominique Sylvain, paru en mars 1998.

Ce livre, épuisé, lui tenant particulièrement à cœur, l'auteur a souhaité en reprendre l'écriture avant la réimpression envisagée. Pourtant, de déconstruction en reconstruction, d'interventions de nouveaux personnages – au point que le meurtrier lui-même est un autre –, et compte tenu de l'importance que prenait, au fil de la narration, Jim Morrison (*The Lizard King*), le chanteur du groupe mythique The Doors, il a fallu se rendre à l'évidence : il s'agissait là d'un roman qui n'avait plus beaucoup à voir avec l'œuvre d'origine. Un nouveau titre s'imposait ; ainsi est né *Le Roi Lézard*, titre choisi en hommage au poète-chanteur mort à vingt-sept ans le 3 juillet 1971 à Paris.

FRENCH
F
SYL
c.!

TEXTE INTÉGRAL

ISBN 978-2-7578-1193-1
(ISBN 978-2-87858-511-7, 1re publication)

© Éditions Viviane Hamy, 2012

« Et après tout, qu'est-ce qu'un mensonge ?
La vérité sous le masque. »

Lord Byron

« L'enfant s'ennuie ferme dans la Studebaker qui roule au milieu du désert, entre Albuquerque et Santa Fe. Le jour se lève. Tous somnolent, sauf le père – un officier de marine toujours concentré – et le gamin, qui a des fourmis dans les jambes. La route rectiligne tranche une interminable plaine de poussière ocre. L'enfant pense que les montagnes bleutées à l'horizon sont à des milliers de kilomètres, que ce voyage n'en finira pas. Mais il se trompe car, après des heures de monotonie, il se passe enfin quelque chose.

Le père se gare sur le bas-côté avant de descendre de voiture en compagnie du grand-père.

Un accident. Des débris jonchent la route. Des gémissements cassent le silence. Une Buick est entrée en collision avec un camion transportant des Indiens. L'enfant aperçoit des corps ensanglantés, éparpillés. Il presse son visage contre la vitre. C'est la première fois qu'il voit des morts. Et c'est la première fois que la terreur s'approche de lui. Elle a les traits d'une femme qui hurle et se tord de douleur sur l'asphalte. Le petit veut rejoindre son père, mais sa mère l'en empêche. L'officier de marine reste calme, fait redémarrer la Studebaker. L'enfant se retourne une dernière fois sur le carnage.

On fonce jusqu'à une station-service, on appelle la police, une ambulance. La grand-mère s'interroge ; elle avait toujours cru que les Indiens ne pleuraient pas. Ces gens sont-ils des Hopis ou des Pueblos ?

L'enfant est pris de frissons, il pose des questions auxquelles personne ne répond. Enfin, son père lui dit qu'il a rêvé. Il faisait trop chaud dans la voiture, et la chaleur est propice aux cauchemars, chacun le sait bien. Ces paroles ne l'apaisent pas. Bien au contraire. Il a mal à la tête, au ventre. Il ne comprend pas ce qui lui arrive. Ce n'est que le début des ennuis, car ce gamin va pisser au lit, très longtemps, comme s'il pleurait de tout son corps sur la scène de sang de la vallée du Rio Grande, espérant la diluer.

Les années passent. Un quart de siècle à peu près. Le môme a cessé de pleurer et de pisser comme un petit con. On ne lui ment plus aussi facilement. Il a gagné un corps d'homme. Et un grand pouvoir. Celui d'exprimer ses sentiments par écrit, de gagner l'ardeur des foules avec ses mots. Mais décide-t-il vraiment de ce qu'il jette sur le papier ? Il est possible qu'il n'ait pas de libre arbitre. Car un matin, sur une route couleur de cendre, des hommes sont morts en hurlant. Et l'âme d'un Indien, ou même de plusieurs d'entre eux, s'est précipitée sur l'enfant avec la sauvagerie du désespoir pour pénétrer son esprit. »

— Et ces âmes tourmentées sont toujours en moi, tu comprends ?

— Oui, je crois. Des revenants jamais repartis.

— C'est pas une histoire de fantômes, mec. C'est plus que ça.

— Sûrement.

Le type habité par une tribu d'Indiens morts dévisage

son compagnon et se lève du banc public, dépliant sa volumineuse carcasse. Crinière brune, barbe épaisse, yeux injectés de sang, haleine alcoolisée, sac en plastique bourré de bric-à-brac, il a l'air d'un clodo sans âge. En tout cas, il sait raconter les histoires. Il demeure silencieux un moment, se frotte la panse et s'en va en marmonnant.

L'homme qui vient d'écouter son récit regarde la haute silhouette de l'Américain se dissoudre au bout de la rue de Seine. Le soleil danse déjà sur les façades haussmanniennes. Un graffiti sur le rideau de fer d'une boulangerie annonce : *Rimbaud est vivant et il t'emmerde !* Deux pigeons roucoulent à côté d'une poubelle. À Paris, l'aube est plus paisible qu'au Nouveau-Mexique. L'homme allume une cigarette au papier maïs, boit une gorgée de scotch au goulot d'une flasque bordée de cuir, et réfléchit.

Il se demande s'il vient de passer une partie de la nuit avec un poète de génie ou un parfait cinglé.

1

Sur l'esplanade de la Défense, les derniers passants filaient tête baissée vers la bouche de métro. Serge Clémenti remonta le courant et n'eut aucun mal à repérer Gabriel Casadès ; il observait la perspective ouverte sur la Grande Arche, un pied sur le bord du bassin de Takis et son eau rasante, les mains fourrées dans un pardessus boutonné jusqu'au col, le visage offert à la brise du soir. La silhouette était restée mince, une moustache avait fait son apparition, les cheveux s'étaient raréfiés. Clémenti se souvenait d'un trentenaire aux longs cheveux blonds, en pantalon pattes d'eph' et chemise à fleurs, trichant sur sa petite taille avec des *platform boots* de quinze centimètres ; un style qu'affectionnaient les jeunes hommes des années soixante-dix. Flics des Stups infiltrés ou pas.

Le pardessus était en tweed, et bien trop chaud pour ce début d'été. Certains gonflent avec l'âge, mais Casadès faisait partie de ces êtres que le temps dissout avec gourmandise. Visage creusé, manières rétrécies, et ce regard qui avait absorbé des milliers de mauvais souvenirs et concentré leur puissance négative en deux

13

trous noirs avides. Il lui fallut un certain temps pour accepter la main que Clémenti lui tendait.

– Bonsoir, commissaire. Vous n'avez presque pas changé. Vous vous demandez pourquoi je vous ai donné rendez-vous si loin de vos bases ?

Clémenti garda le silence, attendit que son ex-collègue allumât une cigarette au papier maïs, une habitude malodorante qu'il avait déjà par le passé.

– Ce quartier d'affaires désert ressemble à mes journées, commissaire. Belle vue sur Paris, mais solitude acharnée. Et il y a les cinémas. Ça occupe quand on est retraité. Je préfère les histoires à la vraie vie. Pas vous ? Non, bien sûr, pas vous. Votre existence a toujours été bien remplie.

Surtout en ce moment, pensait Clémenti, et j'aimerais que nous en venions aux faits.

– Elle me botte cette Grande Arche prétentieuse. Une absurdité gracieuse. Je retrouve la ville de mes débuts, pour en renifler les moindres recoins, les bizarreries, les nouveautés. Un vrai bonheur. J'ai dû abandonner le 36 pour la vie de province, mais je n'ai aucun regret. Même les plus rigolards finissent rongés jusqu'à l'os, aux Stups. Je suis parti à temps.

Il savourait le moment, tenait en haleine un commissaire de la Brigade criminelle surchargé de travail, un homme ayant fait carrière dans le saint des saints. Un type qui avait besoin de ses lumières. Clémenti lui avait déjà expliqué l'essentiel au téléphone, mais Casadès avait insisté pour organiser ce rendez-vous.

– Ça me fait plaisir, ces retrouvailles, Clémenti, mais je ne suis pas sûr d'être utile.

– Je voudrais que vous acceptiez de rencontrer Louise Morvan.

– Oui, vous me l'avez dit au téléphone, et je me

suis rencardé. Repérage incognito du côté de son fief, quai de la Gironde. Vilain quartier, mais jolie jeune femme. Vous avez de la chance.

– Vous auriez pu lui parler à cette occasion…

– J'ai un petit côté voyeur que j'assume gentiment. Et si peu à raconter à Mlle Morvan.

– Votre groupe enquêtait sur la mort de son oncle…

– Vous avez accès aux vieux dossiers. Je ne peux rien vous apprendre sur Julian Eden. Un privé flingué dans le parking de son immeuble, et dans la folie douce des années psychédéliques. À coup sûr, une histoire de dope. Quelle hécatombe, quand on y pense ! Entre ceux qui se faisaient dessouder par les trafiquants et les victimes d'overdose, pas de quartier. Une ère électrique.

– Le fait que vous ayez été muté implique peut-être que vous en saviez trop.

– C'est drôle, mais à l'époque je n'ai pas eu l'impression que ça vous avait bouleversé.

– J'ai découvert que vous aviez été sur l'affaire Eden en relisant le dossier. J'avais cru qu'on vous avait saqué au sujet du chanteur des Doors.

– Ah, vous n'avez pas oublié l'immense Jim Morrison. Ça fait plaisir.

– Vous aviez rué dans les brancards, à l'époque.

– Bien sûr. Personne n'avait envie qu'on apprenne qu'il était mort d'overdose dans les toilettes d'un night-club parisien. Personne, sauf moi.

– On n'a jamais rien pu prouver, Casadès. Les deux seuls témoins sont morts peu après Morrison.

– Vous n'étiez qu'un jeunot à la Crim', un bleu qui avait accepté l'histoire officielle de l'accident cardiaque sans réfléchir. C'est ça votre explication ? Moi, je vous vois plutôt comme un discret, Clémenti. Le genre qui

15

évite de la ramener en cas d'embrouilles. Ça vous a réussi, remarquez. Quel contraste entre nous.

– Ça ne vous intéresse pas de savoir qui vous a saqué ?

– Je suis aussi détaché des réalités matérielles que le dalaï-lama. Et d'ailleurs ne vous avisez pas de me proposer du fric.

– Me faire perdre mon temps, c'est votre paiement ?

Il se contenta d'un sourire avant de déboutonner son pardessus, sortit une flasque en argent bordée de cuir, but une gorgée. Clémenti se souvint des rumeurs de l'époque : Casadès avait approché de trop près alcooliques, défoncés et dealers pour s'en sortir indemne. Il passait ses nuits infiltré dans les clubs, dans l'ombre des plus acharnés papillons de nuit de Paris, vivant son job comme une passion au détriment de sa vie personnelle. Ce n'était pas cet homme qui lui jouerait la partition du maître zen. Personne ne change à ce point.

– Je ne refuse pas de rencontrer votre amie. Je vous fais remarquer que je n'ai rien de nouveau à lui apprendre. De plus, ça me fait plaisir de parler boutique avec vous. Ça avance, avec votre Boucher des Quais ? Ce sont les journalistes qui l'ont baptisé comme ça ?

– Non, l'un de mes hommes. Merci de votre intérêt, mais je ne suis pas autorisé à parler d'une enquête en cours.

Il proposa sa flasque, Clémenti refusa. Il la rangea dans son pardessus avant de le reboutonner avec une lenteur étudiée.

– Du temps de Julian Eden, il n'y avait guère de chômage. Les mômes gâtés des Trente Glorieuses se précipitaient vers la falaise en rigolant. L'apocalypse heureuse avait commencé. Aujourd'hui, un tueur qui se prend pour l'Antéchrist dessoude les chômeurs et les SDF qui s'accrochent aux miettes que la société leur jette. C'est une chance d'être à la place où vous êtes, Clémenti.

– C'est-à-dire ?

– Au cœur du marasme d'une époque. J'ai connu ça avec Jim Morrison. La première fois que je l'ai rencontré, je ne l'ai pas reconnu. Le dieu californien avait doublé de volume. Je ne savais pas que je venais de papoter avec le symbole d'une jeunesse en plein désarroi. Il faut dire qu'on ne nous recrute pas pour nos qualités intellectuelles, nous les flics. Sauf vous, bien sûr. Bon, ça a été un plaisir. Mais ma séance de cinoche m'attend. Un film policier avec un flic au QI de 170, et un truand qui plafonne à 175. Une fiction pleine d'imagination.

Clémenti posa sa main sur le bras de tweed, exerça une pression légère. L'ex-flic regarda la main, puis le visage du commissaire. Les deux hommes se toisèrent un instant.

– Dites à votre copine de se tenir prête.

– Prête à quoi ?

– À avoir de mes nouvelles, pardi. Mais il faudra qu'elle s'arme de patience. Je suis devenu lent avec les années.

– Merci.

– Y a pas de quoi. Bon courage avec votre exterminateur.

Arrivé à proximité du 36, Clémenti ralentit le pas pour regarder une femme qui remontait le quai des Orfèvres. Sa chevelure brillait sous les lampadaires ; elle portait de hauts talons, marchait d'un pas vif. Clémenti revit Louise Morvan pénétrant au *Bœuf sur le toit*, en tailleur clair comme cette passante. Ce soir-là, elle était radieuse. Déterminée à le séduire, elle qui n'avait jamais semblé faire le moindre effort dans ce sens.

Ce rendez-vous avait marqué leurs retrouvailles après deux mois de silence. Deux mois d'absence qui avaient suivi l'affaire Civasiva. L'enquête les avait entraînés dans une aventure terrifiante, codifiée par un artiste dont le champ d'expérimentation était le meurtre[1]. Louise n'en était pas sortie indemne. Au cœur de la tourmente, Clémenti lui avait fait une promesse. Celle de l'aider à trouver des informations sur la mort de celui dont elle avait hérité l'agence. Son oncle, Julian Eden, disparu alors qu'elle n'était qu'une gamine.

Depuis, l'image d'Eden s'était cristallisée pour devenir une icône ambiguë. L'idée qu'il ait pu vendre de l'héroïne pour arrondir ses fins de mois bancales de flic privé vivant au-dessus de ses moyens n'était pas une option envisageable pour elle. À l'écouter, il était l'élégance incarnée. Plus chic que le brave Adrien Morvan, viticulteur à Bordeaux, alcoolique mais uniquement du travail, le père biologique. Pas assez dandy, pas assez anglais, l'Adrien. Eden avait fait un excellent père de substitution. Aujourd'hui, Clémenti savait qu'il était devenu une sorte d'idéal masculin. Qui empêchait Louise de tomber amoureuse. De lui, par exemple. Julian ou l'homme de rêve à monter en kit. À condition que l'on ait de quoi rassembler les morceaux. L'idée était intéressante. Échanger un fantasme contre une bonne tranche de réalité, même triviale. Il avait des chances. En principe.

---

1. *Sœurs de sang* (Éd. Viviane Hamy, 1996, nouvelle version de l'auteur 2012).

2

Les inspecteurs Marcellin N'Diop et Philippe Argenson attendaient leur patron dans son bureau. Et s'étonnaient de son escapade au moment où le Boucher des Quais revenait à la charge, après des mois d'inactivité. Le commissaire devait repasser à la Crim' en sortant de l'Institut médico-légal, mais avait annoncé un rendez-vous à la Défense, précisé que cet imprévu n'avait rien à voir avec l'affaire en cours. Argenson était le plus surpris du duo. Clémenti ne les avait pas habitués à jouer les filles de l'air.

La Brigade fluviale avait repêché le cadavre dans la nuit de jeudi à vendredi, coincé entre une péniche et le quai des Grands-Augustins. Lardé d'entailles profondes, comme les autres. Cette fois, la victime était jeune. Un changement dans le *modus operandi* du tueur, aussi surprenant que prometteur. Clémenti avait insisté auprès de son ami Franklin, médecin légiste à l'IML, pour obtenir une autopsie en priorité. Après y avoir assisté, il s'offrait un détour par le quartier d'affaires au lieu de rentrer dare-dare diriger une réunion essentielle. Pour quelle raison ? Argenson espérait que ça ne concernait pas l'insupportable Louise Morvan, une privée trop sûre d'elle et de ses charmes pour être une bonne nouvelle. L'inspecteur n'aimait son commissaire que sur un seul mode : celui du contrôle total de la situation. Or cette bonne femme sortie de nulle part avait une odeur de bombe à retardement. Pour autant, jamais personne n'avait volatilisé le quant-à-soi légendaire de Clémenti. Argenson priait pour que son intuition fût fausse.

Jusqu'à présent, le patron résistait à la pression face à une affaire surpassant celle du Tueur de l'Est parisien. Le Boucher prenait de l'avance. Six homicides en trois ans, une accélération notable ces derniers mois, des agressions circonscrites dans Paris intra-muros et dont les victimes étaient des SDF. Était-ce un pervers sadique en compétition avec le violeur de jeunes femmes ? Les registres étaient en tout cas bien différents. Le Boucher ne poignardait que des hommes, toujours de nuit, avant de les jeter à l'eau. Aucune trace d'agression à caractère sexuel. Clémenti leur annoncerait bientôt si la donne avait changé.

Argenson penchait, comme nombre de ses collègues, pour un traumatisé de la crise qui confondait causes et effets, et trouvait dans ces massacres un exutoire à son angoisse de la récession. Il voyait le Boucher en désespéré. Le déshérité qui tue parce qu'il ne peut supporter sa propre image à travers celle de ses compagnons d'infortune. Mais Clémenti avait pulvérisé cette théorie lors d'une conférence de presse. Étant donné la violence des agressions, le tueur devait être couvert de sang, et vivre dans la rue ne permettait pas de se nettoyer efficacement. Il avait sans doute une planque sérieuse et même un domicile. Ce qui l'excluait de la cohorte des SDF. Le commissaire gardait la tête froide alors que la hiérarchie s'agaçait et que la presse se déchaînait à grand renfort d'analyses sociales ou politiques. Il semblait même refroidir de quelques degrés à chaque hausse de température des hiérarques de la PJ.

Avant-hier, il était ressorti de son entretien avec le grand patron – l'irascible Martial Cuvelier – aussi décontracté qu'après une semaine de balnéothérapie. Argenson admirait. Ça valait bien un petit dérapage dans l'emploi du temps.

Le commissaire arriva vingt minutes après l'heure annoncée, et sans justifier son retard. *Never complain, never explain*, disaient les Britanniques, passés maîtres dans l'art du dédain aristocratique. Clémenti aurait pu vivre incognito chez les sujets de Sa Gracieuse Majesté. C'était peut-être ça qui plaisait à Morvan, dont la mère était anglaise ; Argenson l'avait découvert en farfouillant dans le passé de la dame.

Le gros Moreau rejoignit le groupe dans son éternel costume noir, l'air inquiet et suant à grosses gouttes, vivante image du phoque surpris par un Inuit déterminé. Argenson ouvrit la fenêtre pour évacuer les effluves de stress de son collègue et resta campé contre le mur, l'œil rivé sur le visage impassible de son patron. Comme à l'accoutumée, N'Diop avait adopté une pose décontractée. Dans la brigade, il était toujours le plus à l'aise avec Clémenti. Même quand il se faisait remonter les bretelles.

– Il n'avait que vingt-quatre ans, annonça le commissaire. Il a dû être agressé jeudi, entre 22 heures et minuit.

On décelait l'exaspération dans sa voix. Jusqu'à présent, les victimes avaient la quarantaine passée. Tuer un jeune chômeur dormant sous un abri de carton au lieu d'un toit payé grâce à un salaire légitimement gagné faisait désordre. Avant, on n'était plus bon à employer après quarante ans. Maintenant, on n'était plus bon dès le départ. L'évidence claquerait entre les oreilles de l'opinion avant de revenir en boomerang dans le groin de la police. D'autant que les gens étaient déjà remontés par les prouesses du taré de l'Est parisien qui trucidait depuis des années, en toute impunité. Argenson aurait parié ses économies là-dessus.

— Un proche l'a identifié. David Charmois, licencié d'une fabrique de jouets. Depuis avril, il vivait dans la rue. Il s'est défendu. Franklin a envoyé les résidus trouvés sous les ongles au labo. Ce n'est pas la première fois qu'on déniche de l'ADN. Simplement, la dernière récolte était plus mince.

— Et les analyses nous diront si c'est le même bonhomme, fit remarquer N'Diop. Ou plus exactement le même inconnu, fiché nulle part.

— Il s'est acharné. Franklin a relevé quarante-quatre coups portés au cou, au thorax et au ventre.

— Jusqu'à présent, on plafonnait à une trentaine, intervint Moreau. C'est peut-être parce que le petit gars a essayé de résister. Et ça a foutu le dingue en rage.

— Plausible. Et il y a une autre nouveauté. D'après Franklin, l'arme a une géométrie plus complexe que celle d'un couteau classique.

— Un couteau de para ou de plongée ? tenta N'Diop.

— Il penche pour une large paire de ciseaux tenue fermée. Pour certains coups, le tueur a relâché la pression, laissant les ciseaux s'entrouvrir. Les lames avaient des indentations.

— Comme un sécateur ? demanda Moreau qui ne devait pas avoir la main verte.

— Plutôt comme une paire de ciseaux de couture.

— Vous dites qu'il a relâché la pression, patron ? questionna Argenson.

— Il a porté ses derniers coups avec moins de force et de précision que pour les homicides précédents.

Conclusion, même s'il est solide, il n'est plus forcément très jeune.

Argenson savait ce qui allait suivre. Le commissaire exigerait une visite en règle des ateliers de confection et des tailleurs de Paris. Et enrôlerait de la piétaille en uniforme pour quadriller la zone, tels des troufions en pleine guérilla urbaine. Le pronostic se révéla exact.

– On se paye bien sûr les ateliers clandestins, dit N'Diop avec un sourire extra large.

– Vous démarrez par eux.

– Ça va être un sacré bordel, patron, lâcha Argenson. Ils vont s'égailler comme des lapins en nous voyant débarquer et il va falloir leur courir après.

– Bonne course, messieurs.

– On commence dès demain matin ?

– Évidemment. Les clandestins travaillent le dimanche.

Clémenti battit le rappel et récupéra une dizaine d'hommes dont il confia la direction à ses lieutenants. Il organisa une réunion élargie avec ces nouvelles recrues afin d'établir un plan de bataille.

Une fois seul, il relut le rapport médical de Franklin. Il accrocha la photo de David Charmois sur le grand tableau de liège parmi les clichés des homicides des cinq autres victimes, compara les visages, arriva à la conclusion que l'entrée du jeune SDF dans le groupe des massacrés n'apportait rien, si ce n'était son lot de tristesse. Ces hommes n'avaient aucune caractéristique physique commune. Pour autant, les derniers mois révélaient un changement de taille dans la psychologie du tueur. Un psy dirait que le Boucher des Quais « évoluait ». Il changeait de tranche d'âge ou cessait de se limiter aux vieux. Il échangeait un couteau simple mais efficace contre un outil plus difficile à manipuler. Et sans doute chargé de sens pour lui.

Il y avait toujours la possibilité que le tueur de Charmois ne soit pas le Boucher, mais un habile copieur réglant un compte en empruntant le style du tueur en série. L'instinct lui soufflait que l'on avait pourtant bien affaire au même homme. Il fallait être doté d'une force et d'une rage peu communes pour taillader ainsi un être humain. Récupérer les analyses d'ADN prendrait du temps, mais Clémenti sentait qu'il visait juste en concentrant ses hommes sur les ateliers de confection. Le Boucher venait de montrer son premier signe de faiblesse. C'était un message à ses chasseurs : suivez ma piste de sang, la fureur commence à me dévorer, vous êtes les seuls à le comprendre.

Il compara les dossiers, étudia une nouvelle fois les heures et dates des agressions. Elles avaient toujours lieu à la nuit tombée, et jamais le dimanche ou le vendredi. Le dernier homicide ne changeait pas la donne. Si Charmois entrait dans la série en tant que benjamin, pouvait-on en déduire qu'il était une exception ? Clémenti compara les dates de naissance des victimes : 22 avril 1947, 12 août 1950, 6 janvier 1932, 17 janvier 1949, 10 octobre 1929. Et 20 novembre 1969 pour David Charmois. Si l'âge était une donnée aléatoire, que restait-il ? Entre autres, les lieux de naissance. Paul Larjoux et Jean-Louis Schuller étaient des provinciaux venus de l'Aveyron et de la Lorraine, Martin Monier était originaire d'Ivry-sur-Seine, Jean Nonin, d'Issy-les-Moulineaux, Philippe Courbin et David Charmois étaient nés à Paris dans les 20e et 14e arrondissements.

La situation sociale ? L'un venait de l'Assistance publique, quatre étaient issus de milieux prolétaires, le plus vieux d'une famille rurale. Larjoux était déclaré de père inconnu. Schuller, Monier et Courbin avaient séjourné en institution psychiatrique pendant de courtes périodes. Les cinq premières victimes étaient des SDF de longue date. Seul Charmois pouvait être considéré comme un jeune chômeur, depuis peu à la rue ; quelques mois auparavant, il travaillait encore pour une entreprise qui avait fait faillite, avant d'être rachetée en vue d'une relocalisation au Vietnam. Son sang avait une alcoolémie de 2,9 g/l, un taux très élevé, comme celui de toutes les victimes. De plus, il avait été arrêté pour voies de fait à deux reprises. Martin Monier, le vétéran, était quant à lui un alcoolique doublé d'un éthéromane.

Si quelques-uns avaient été répertoriés dans les centres d'hébergement, aucun n'en était un visiteur régulier. Ils fuyaient leurs semblables, refusaient toute aide. Paradoxalement, leur solitude les liait. On pouvait même admettre que leur point commun était leur déchéance. Ils avaient tous sombré. Ces irrécupérables préféraient vivre dans le danger des quais de Seine plutôt que dans la société des hommes.

C'était l'heure de son rendez-vous avec le divisionnaire. Clémenti évoqua les résultats de l'autopsie, ses réflexions quant aux changements de méthodes du tueur et la réorientation de l'enquête. Martial Cuvelier approuva le plan de bataille et demanda de redoubler de vigilance avec la presse. L'âge de la victime exciterait les journalistes déjà remontés par la concurrence macabre que s'offraient « deux psychopathes en goguette ».

– Après les carnages de l'Est parisien, les boucheries des quais de Seine, Clémenti. Paris violé, Paris massacré. Je vois déjà les gros titres. Mettez les bouchées doubles, ordonna le grand patron d'une voix d'outre-tombe assortie à ses métaphores.

Clémenti rejoignit son bureau et s'approcha de la

fenêtre entrouverte. La Seine déployait ses froissements brillants sous les lampadaires du quai. La circulation s'était réduite et dans la douceur de juin, la voix de l'ex-inspecteur Casadès s'attardait comme un écho. Une voix mielleuse dans la paix des décombres. *C'est une chance d'être à la place où vous êtes, Clémenti... Au cœur du marasme d'une époque...*

3

Dimanche 26 juin

Clémenti fit un détour pour acheter une bouteille de champagne dans le supermarché du Châtelet ouvert toute la nuit. Il n'y avait aucune raison de sabrer le champagne dans la situation actuelle, mais c'était le breuvage préféré de Louise, et il avait décidé d'utiliser tous les moyens, du plus simple au moins avouable, pour allumer des étincelles dans ses yeux. Il ne l'avait pas vue depuis cinq jours. Vers minuit, il se gara rue Barbanègre et remonta le quai de la Gironde.

Il ralentit le pas, s'assit un moment sur le banc bordant le canal Saint-Denis. Le vent s'était levé, l'onde y allait de son clapotis léger, la petite tribu de goélands squattant les lieux était au repos. Il prit une grande inspiration ; quelquefois on pouvait sentir une odeur de varech. Pas en ce début de dimanche.

Il lui revint à l'esprit que le Boucher des Quais ne tuait pas le dimanche, jour du Seigneur. Et, *a fortiori*, pas les vendredis. Vendredi, jour d'abstinence dans le calendrier chrétien. Jour saint pour l'islam, et préparation du shabbat pour les juifs. Les meurtres s'étaient produits en semaine, et le jeudi prédominait. Le dernier homicide renforçait la donne. Fallait-il décrypter chez le tueur l'influence d'une culture religieuse ? Une appartenance à la génération qui n'allait pas à l'école le jeudi ? Il faudrait vérifier de quand datait cette réforme de l'Éducation nationale.

Comment Casadès mènerait-il cette enquête s'il était à sa place ? Le scénario était plausible. S'il n'avait pas été muté ici et là, il pourrait diriger son groupe, ayant bénéficié d'une promotion et intégré la Crim'. Il serait là, cette nuit, à écouter l'eau noire clapoter. Et où serais-je, moi ? Entre les draps de Louise, apaisée, qui ne serait plus détective parce que l'assassinat de son oncle serait résolu depuis longtemps…

– Serge !

Sa voix. Sa douceur. On ne pouvait pas faire plus simple, ni plus efficace. Elle portait une robe décolletée, des mules en daim noir avec de petits pompons. Des chaussures que l'on ne porte que pour plaire à un homme. Elle lui donna un long baiser. D'un coup de pied, il referma la porte. Il la suivit à la cuisine, elle déboucha le champagne.

Ils burent côte à côte, adossés contre la cuisinière à gaz, les yeux rivés sur une liste de courses inscrite sur un tableau blanc au moyen d'un feutre rouge. Elle manquait de confiture de mûres, de yaourts et de nettoyant pour sol. Mais sûrement pas de café, elle en boit des litres, pensa-t-il en respirant son parfum. Il se demanda s'il allait l'entraîner jusqu'à la chambre ou lui parler de Casadès, repoussant ainsi la première possibilité jusqu'à une période indéterminée. Il la désirait tant que c'était comme une douleur terriblement agréable.

– J'ai vu une femme passer sur un quai. Elle avait ta silhouette. J'ai pensé à toi presque toute la journée.

– Malgré le travail que tu as sur les bras ?

– Je me départage. Tu me rends schizophrène. Entre autres.

Elle glissa sa main dans la sienne. Il ajouta :

– Avant cela, j'ai revu un caractériel qui préfère passer sa retraite à Paris plutôt qu'en Provence. Et affectionne les pardessus de tweed en plein été. Cet ancien inspecteur des Stups s'appelle Gabriel Casadès. Il a été muté alors qu'il enquêtait sur la mort de ton oncle.

Elle lâcha sa main, alla dans le salon. Il se pencha pour la voir par l'embrasure de la porte. Assise sur le canapé, elle avait lissé ses cheveux en arrière, et son visage ainsi offert était plus qu'émouvant. C'est même indéfinissable, pensa-t-il en délaissant la cuisinière à gaz dont les boutons commençaient à lui meurtrir les fesses.

Il la rejoignit, posa son verre sur le kilim et poursuivit son histoire. Il regrettait de ne pas s'être tenu à une description objective ; Louise savait désormais que Casadès était, de son point de vue, répulsif. Elle l'écouta sans poser de questions. Quand il eut terminé, il sut qu'elle allumerait une cigarette dénichée dans le deuxième tiroir de son bureau et se plongerait dans la contemplation du dragon-toboggan de la Cité des Sciences qui brillait probablement sous la lune. Il aurait aimé qu'elle arrêtât de fumer mais ne voulait pas se montrer paternaliste en osant une remarque.

– On ne sait vraiment pas qui l'a fait muter ? demanda-t-elle sans se retourner, comme si la géométrie du monstre chinois avait encore quelque secret pour elle.

– On le saura.

La bête fantastique était dans sa ligne de mire chaque fois qu'elle s'asseyait à son bureau et faisait pivoter son fauteuil, puisque l'appartement était aussi le siège de Morvan Investigations. L'unité de lieu permettait à Clémenti, à présent comme à chacune de ses visites, d'éprouver une émotion très particulière. Faire l'amour avec un détective privé dans son local professionnel était un fantasme auquel il ne se serait pas cru sensible avant de l'avoir assouvi. Et en parlant d'assouvissement, je suis loin du compte, se dit-il en voyant Louise revenir vers le canapé, le tissu fluide de sa robe moulant ses jambes.

– Tu lui as proposé de l'argent ? demanda-t-elle tranquillement.

– Il m'a coupé l'herbe sous le pied en me faisant comprendre que ce n'était pas son genre. Un numéro très réussi. Un mélange de cynisme et de curiosité malsaine. Je suis désolé de n'avoir personne de plus intéressant à te proposer.

– Tu disais que quand tu lui as parlé de moi, il a eu l'air intéressé…

– Oui, il est même venu vérifier sur place. Flic un jour, flic toujours.

– Il doit être habile car je n'ai rien remarqué. Comment est-il ?

– Petit, dégarni, rabougri.

– C'est la première fois que j'ai une envie folle de rencontrer un type dans son genre.

Elle plaisantait pour cacher ses émotions. Il avait envie de la prendre dans ses bras, de poser ses lèvres dans la soie de son cou.

– Je crois qu'il va te faire mariner avant de t'appeler.

– Tu n'as pas son téléphone ?

– Je ne sais même pas où il vit. J'ai réussi à le retrouver en laissant un message dans un bar où il avait ses habitudes, le *Renaissance*, près du Père-Lachaise. Casadès a une dette à régler avec le ministère de l'Intérieur. Et je suis un excellent candidat pour cristalliser sa rancœur. Promets-moi d'être prudente.

– C'est un flic à la retraite, pas un loup-garou, Serge.

– Qui sait ? Le temps l'a peut-être plus abîmé que prévu.

Elle aurait fait hurler toutes les meutes de loups-garous de Paris, en pardessus de tweed ou pas. La fatigue de ces dernières journées fondait en sa présence. Il alla dans la chambre, se déshabilla avant de s'allonger sur le lit. Lorsqu'elle apparut sur le seuil, quelques secondes d'éternité plus tard, il constata qu'elle avait eu la même idée.

La Seine brassait des vagues pourpres. Le corps de Louise était aussi pâle que l'iceberg sur lequel elle était allongée, inerte. Il testait son respirateur avant de plonger dans le fleuve de sang. Nager vers elle, la secourir, vite ! Mais elle redressa la tête, s'assit bientôt en tailleur. Le courant avait augmenté, l'iceberg filait vers le pont, Louise semblait aveugle. Casadès se tenait sur le quai lui aussi, en pardessus, mains dans les poches. Vous êtes le roi, répétait-il. *Les hommes passés entre vos mains ont avoué. Vous étiez si proche d'eux qu'ils vous ont confondu avec leur père... Ils vous ont ouvert la noirceur de leur cœur... Vous êtes le roi... Le mensonge ne résiste pas au roi. Personne, commissaire, ne résiste au roi... Mais elle, je ne sais pas... Elle est nouvelle dans le quartier ?*

Il se réveilla en sursaut. Sentit Louise à ses côtés. La lumière des lampadaires du quai dessina petit à petit ses traits. Il contempla son visage innocent.

Et si elle se servait de moi, depuis le début, au sujet

31

de son oncle ? *Un flic a accès aux vieux dossiers.* Et surtout aux vérités cachées entre les lignes.

Elle se tourna sur le côté ; il avança une main vers elle, hésita, se souvint des mots crus qu'elle lui avait murmurés. Sa main s'abandonna à l'opulence de sa chevelure. Sa langue força la barrière de ses lèvres. Elle gémit et répondit à son baiser.

4

Louise raccompagna son client. Mécontente d'elle-même, elle referma sa porte en étouffant un juron.

Ce cadre commercial l'avait engagée parce qu'il soupçonnait sa femme d'avoir une liaison. La première rencontre avait été décontractée. Il lui avait assuré prendre ses « ennuis » avec « philosophie » ; les disputes étaient de plus en plus fréquentes dans son couple, le moment était venu d'être pragmatique. En moins d'une semaine, elle avait réussi à photographier les amants à la sortie d'un hôtel rue Daguerre : ils échangeaient un baiser sur le trottoir.

Son client était arrivé en avance. Les photos ne lui avaient fait aucun bien, et ses résolutions philosophiques s'étaient évaporées. Il n'avait pas pu retenir ses larmes. Pleurer devant une femme du même âge que la sienne avait porté un coup à son orgueil. Il avait signé un chèque d'un geste saccadé, était parti sans un mot, et Louise n'avait pas trouvé les siens.

Elle fit pivoter son fauteuil vers la bibliothèque, en grande partie constituée des livres hérités de son oncle et lus avec passion. Sa photo en noir et blanc trônait sur une étagère entre ses deux romans fétiches – *Sur la route*, de Jack Kerouac et *Tropique du Cancer*, d'Henry Miller –, non loin des œuvres complètes du critique de rock Laurent Angus.

Costume gris sur une chemise blanche à col ouvert, cheveux clairs lui caressant le cou, il riait avec les yeux et tenait une cigarette d'une main nonchalante. La photo était signée Peggy Berstein, une photographe de mode américaine qui l'avait immortalisé avec d'autant plus d'enthousiasme qu'elle avait succombé à ses charmes. Dixit Blaise Seguin, l'ex-enquêteur et secrétaire de Julian qui tenait une chronique méticuleuse des riches heures du privé le plus stylé des années soixante-dix.

– Je me demande comment tu te serais débrouillé dans pareille situation, dit-elle au portrait. J'aurais pu tendre une boîte de mouchoirs en papier à mon client, comme dans un cabinet de psychanalyste. Faire installer un sac de frappe et lui proposer des gants de boxe et une séance de défoulement. Qu'en penses-tu ?

Et j'aurais dû trouver l'inspiration. Toi, tu aurais calmé cet homme, évoqué la beauté de l'existence sous le merdier du quotidien, ou inversement. Tu lui aurais parlé de la souffrance comme d'une source d'inspiration, du désir comme moteur de nos vies, et de l'espoir d'un nouveau visage au détour de la rue, de la saveur de la liberté retrouvée ; et le pire de l'histoire, c'est qu'il t'aurait cru. Vous seriez allés boire un coup au *Clairon des Copains* en complices. Et il aurait eu un mal fou à vous quitter, toi et tes histoires de saltimbanque. Je crois même que tu aurais réussi à le convertir. La fidélité était une notion fluide en ce qui te concernait. Tu aimais les femmes et elles te le rendaient bien, mais tu plaçais ton indépendance au premier plan sur la photo de famille. Cet homme aurait vu s'ouvrir des perspectives grâce à toi, Julian.

Elle feuilleta *Planète rock*, le recueil de chroniques du journaliste Angus, retrouva un passage souligné par son oncle :

« Frank Zappa est un héros. Génie complet capable de composer dans tous les styles, c'est aussi un homme d'une franchise rare. N'a-t-il pas avoué qu'il était incapable de chanter et de jouer de la guitare en même temps ? J'adore ce type. »

Elle sourit. Elle retrouvait bien là l'affection que Julian vouait aux anticonformistes.

Plus loin, il s'était intéressé à une chronique sur Marc Bolan, chanteur et guitariste de T-Rex, à l'occasion d'une sortie de trente-trois tours en 1971 :

« Mes confrères considèrent Bolan comme un chanteur à minettes. Ils n'ont rien compris. Il ne faut pas se fier aux poses androgynes de l'inventeur du Glam Rock, à son goût du déguisement ou à sa carrure de moustique. Marc Bolan est un *guitar hero* de première classe, un couillu de la Stratocaster, et *Electric Warrior* une déclaration de guerre à la morosité à vous faire péter les synapses. Sous les paillettes, la rage ! »

Elle lut un passage concernant Janis Joplin, daté du 4 octobre 1970, titré *Requiem pour Pearl* :

« La rumeur veut qu'elle ait été élue garçon le plus laid de son université dans son Texas natal, et pourtant cette fille était une beauté. Qui n'a pas eu des frissons partout en écoutant *Mercedes Benz* ? A capella et avec une ironie mordante, la diva du blues jette aux égouts, dans le même sac bien crasseux, religion et consumérisme. *Oh Seigneur, tu m'achèterais pas une Mercedes Benz ? Oh Seigneur, tu m'achèterais pas une télé en couleurs ?* Eh bien, ce sera sa dernière chanson ! La reine Janis vient de nous quitter. La chinoise a eu sa peau. Une overdose de l'héroïne la plus pure du monde dans une chambre d'hôtel. Et une nouvelle disparition de rock star, deux semaines après le grand Jimi Hendrix et un peu plus d'un an après Brian Jones (3 juillet 1969). Une vague de parano noie déjà la planète rock. Les plus atteints parlent de malédiction des trois J. Comme Jimi, Jones et Joplin, vous me suivez ? Mais savez-vous qui sont les deux plus grands paranoïaques du moment ? Richard Nixon, président des USA et Edgar Hoover, patron du FBI. Nixon et Hoover dirigent une nation dont la part la plus réactionnaire déteste ses activistes politiques et ses rock stars. Et justement, les deux catégories se confondent. Au Vietnam, les GI's sont devenus des chiens de l'Enfer qui survivent en écoutant Hendrix et les Doors, en compagnie de sister Morphine et de cousin Dope. Les sbires du FBI surveillent John Lennon depuis des mois. Jim Morrison est dans leur collimateur depuis qu'il s'est déculotté en public durant un concert en Floride. Incitation à la débauche, blasphème, le pauvre Jimmy est dans l'œil du cyclone. Et Janis dans la spirale du temps. Sale temps pour le rock, sale temps pour le monde. »

Quelques mois avant sa mort, Julian l'avait mise en garde contre la drogue, contre des pratiques devenues banales. Il lui avait expliqué que la « chinoise » avait tué Joplin. De la poudre blanche contrairement au *Brown Sugar* chanté par les Stones, de l'héroïne presque pure. Autant dire une giclée de napalm dans les veines. « N'y touche jamais, Louise. » Se serait-il permis des conseils de sobriété d'un côté et des shoots de l'autre ? Elle n'y croyait pas. Julian fumait un joint par-ci par-là, mais détestait les drogues dures. Et il ne lui avait jamais menti. Il avait simplement trouvé les mots les mieux adaptés à une gamine.

Elle consulta son agenda pour revenir six jours en arrière. Elle avait marqué d'une croix rouge son rendez-vous spécial avec Serge, celui où il lui avait parlé de l'enquêteur dessaisi de l'affaire Eden. Gabriel Casadès ne donnait aucun signe de vie. Elle avait laissé plusieurs messages sur son répondeur, sans succès. Le numéro était sur liste rouge, elle avait obtenu l'adresse auprès de son contact chez France Télécom, mais Casadès avait déménagé et le nouveau locataire n'avait pas su la renseigner. L'affaire virait au canular.

Le téléphone interrompit ses réflexions. Louise s'entretint avec un entrepreneur qui soupçonnait son comptable d'être plus doué en embrouilles qu'en arithmétique. Elle lui proposa un rendez-vous, raccrocha, consulta sa montre. Il était grand temps de rallier le *Clairon des Copains* ; le café faisait office de succursale de Morvan Investigations et parait, ce jour-là, le quai de la Gironde de son nouvel auvent. Le choix de la couleur avait été au centre d'un certain nombre de discussions opposant les habitués à Robert le barman, partisan du vert bouteille, « impeccable pour faire ressortir des lettres dorées ». Discussions aussi intenses qu'inutiles puisque pépé Maurice, affable propriétaire mais monarque absolu en son estaminet, avait tranché pour le bleu royal.

5

Le plus fidèle collaborateur de Morvan Investigations était accoudé au bar et discutait avec pépé Maurice. Le vieux bistrotier savourait l'échange avec celui qu'il ne désignait jamais autrement que par un ample « Monsieur Blaise » condensant une admiration obstinée dont Louise n'avait jamais percé le mystère. Pour elle, la séduction de Blaise Seguin tenait toute dans sa conversation. Inépuisable réservoir à histoires, il était le chroniqueur d'un passé qui la fascinait. Celui d'une jeunesse vécue au centuple, en compagnie de Julian Eden qui prenait, au fil de ses récits, l'envergure d'un héros en état de fête permanente.

Eden avait été dépeint une fois pour toutes en gros aplats solides : l'élégance toute britannique de David Niven, la liberté de Dean Moriarty, héros givré de Kerouac, l'impact sur les dames de Cary Grant. Seguin ne craignait jamais de convoquer un aréopage haut en couleur. Cependant, chaque rencontre était l'occasion de peaufiner son tableau d'une infinité de touches impressionnistes. L'oncle assassiné survivait dans la mémoire du copieux narrateur parce qu'un « homme à qui le qualificatif *irrésistible* convenait comme un gant » ne devait pas mourir deux fois.

Elle avait eu le temps de bâtir son mausolée car

Seguin lui tenait compagnie depuis une éternité. En héritant de l'agence, la toute jeune Louise avait aussi hérité du collaborateur de son oncle. Un dilettante terriblement professionnel qui semblait vivre de ses rentes. Hormis ses missions intermittentes pour Morvan Investigations, personne ne lui connaissait d'activité rémunérée.

Il portait comme à son habitude un complet froissé, une chemise au col douteux, ses fidèles Weston à semelles bâillantes, et le manche tête de canard de son éternel parapluie noir mordait l'étain du bar. Il mordait quant à lui un croissant graisseux ; les miettes décorant sa veste prouvaient qu'il n'en était pas à sa première victime. Louise commanda deux cafés.

Il proposa de s'installer à leur table habituelle, au fond de la salle.

— Vous aviez vu juste, Louise. Le jeune Alexis va rater son bac. Il passe plus de temps à vendre du has-chisch à ses camarades qu'à plancher sur ses manuels. Mes photos impasse du Tonnerre feront des étincelles, si vous me pardonnez ce jeu de mots facile. Vous pouvez donner le dossier à madame sa mère.

Robert s'interposa pour poser les cafés sur la table et entamer une brève conversation sur les dernières prouesses footballistiques du moment. Ce laps de temps suffit à Louise pour peser le pour et le contre. Ce matin, elle était décidée à parler de l'ex-inspecteur Casadès. Maintenant, ce visage cireux un rien bouffi l'arrêtait. Il était délicat de donner une fausse joie, surtout par ce joli matin d'été propice à l'excitation nerveuse. Puis elle décida que son collaborateur en avait vu d'autres, et prendrait sur lui.

— Vous vous souvenez de Gabriel Casadès ?

Seguin engloutit le reste de son croissant avec une

franche voracité. Elle ne l'avait jamais vu se sustenter autrement que sur le mode de l'attaque.

– Qui ça ? demanda-t-il la bouche pleine.

Elle lui détailla le curriculum vitae de l'ex-officier des Stups, et ses liens avec l'affaire Eden.

– Ah oui, ce type, répliqua-t-il avec une moue de mépris. Il a été dessaisi assez vite.

Louise avait perçu une lueur flottante dans son regard.

– Vous ne m'aviez jamais parlé de lui, Blaise.

– L'affaire ne concernait pas les Stups. Julian ne touchait pas à la drogue dure, je vous le confirme. Il préférait les spiritueux, comme vous. Il hébergeait toujours des copains, se liait facilement. L'un d'eux a pu oublié sa dose chez lui. Je vous ai raconté l'histoire de la fille du gros constructeur automobile qui sniffait de la coke du matin au soir ? Elle adorait Julian, et avait même accepté une cure de désintoxication pour lui faire plaisir. Elle était charmante, et Julian avait un côté bon Samaritain…

Flairant une nouvelle évocation interminable, elle l'arrêta d'un geste.

– Je sens que cet homme sait quelque chose. Serge le sent aussi.

– Vous avez rencontré Casadès ?

– Pas encore, mais je ne pense qu'à ça.

– Louise, ce type essaie de vous soutirer de l'argent. Voilà tout.

– Non, justement.

– Alors ça ne saurait tarder.

– Casadès n'a jamais digéré que sa hiérarchie l'ait écarté.

– Il n'a jamais digéré l'attitude de votre oncle à son égard, non plus.

– Comment ça ?

– C'était un flic infiltré. Julian le savait. Ils fréquentaient le *Rock and Roll Circus*, rue de Seine. L'un des clubs les plus dingues et les plus chics de Paris dans les années soixante-dix. On y croisait le gratin du moment. Votre oncle y était comme chez lui. Casadès essayait de se donner des airs d'oiseau de nuit à la coule, mais personne n'était dupe.

– Elle existe toujours cette boîte ?

– Non. Croyez-moi sur parole, Casadès n'existe plus non plus. Et cessez de m'imposer cet air buté. Offrez-le plutôt aux aigrefins qui tentent de profiter de votre sensibilité. Je vous ai connue plus circonspecte.

Pépé Maurice interrompit à son tour la conversation. Seguin était demandé au téléphone. Louise l'étudia du coin de l'œil alors qu'il s'accoudait au bar. Qu'est-il arrivé au jeune Blaise ? À l'ami fidèle de Julian qui s'était mis à sa disposition en apprenant qu'elle reprenait l'agence ? Adrien Morvan avait été furieux. Sa fille lâchait ses études d'ingénieur en électronique pour « relancer une agence de fouille-merde avec pour tout compagnonnage un crado, un fêtard de seconde zone ». C'est lorsque son père avait remballé sa colère et était retourné à son entreprise viticole, que le tête-à-tête avait commencé. Julian avait disparu, mais dans les histoires de Blaise, il s'était mis à vivre. Comme jamais.

Des années plus tard, Louise et Blaise compagnonnaient toujours. Chacun sur son territoire, sans épanchements mais ayant construit une sorte d'amitié. Le type était toujours crado, la gamine était devenue une femme. Le fantôme bienveillant de Julian planait au-dessus de leurs têtes. Et Blaise, où planait-il ?

– Qu'en pensez-vous ? lui demanda-t-il en se rasseyant ; il avait déjà englouti la moitié d'un nouveau croissant.

– Pas grand-chose, Blaise.

Peut-être a-t-il peur que l'équilibre bâti en deux décennies se brise. C'est sans doute ça, vieillir. Notre vie se fige mais on l'aime, imparfaite et rassurante. Et puis on s'habitue.

– J'espère que vous ne m'en voulez pas de vous avoir parlé franchement, Louise…

Robert choisit ce moment pour annoncer que, cette fois, « l'appel était pour la Reine Louise ». Elle saisit le combiné posé sur le comptoir.

– Louise Morvan ?

– Elle-même.

– Gabriel Casadès. Retrouvez-moi au *Renaissance*. En face du Père-Lachaise.

– Quand ?

– Après-demain, 15 heures. Venez seule.

Et il avait raccroché. Elle retrouva Seguin et son œil interrogatif. Pour meubler le silence, il se lança dans une anecdote à la gloire de Julian. Elle l'écouta d'une oreille en essayant de cacher son trouble. Elle prétexta un rendez-vous avec une amie, paya l'addition, et quitta le *Clairon des Copains* avec un sentiment d'appréhension. Une partie d'elle aurait voulu que Blaise l'accompagnât malgré les directives de Casadès ou à cause d'elles, l'autre était soulagée de se débarrasser de son manque d'enthousiasme. Elle remonta le quai en direction de son immeuble, ne remarqua pas un petit moustachu qui l'observait depuis une cabine téléphonique.

Cet homme souriait. Son sourire s'élargit lorsqu'il vit Blaise Seguin quitter le café à son tour et s'arrêter pour allumer une cigarette. Le sous-fifre d'Eden est d'une humeur exécrable et il a grossi, constata le moustachu. Il est plaisant de savoir ce crétin suffisant mis sur la touche.

6

La voir arriver dans la lumière tamisée du *Renaissance* était une expérience captivante. La nièce de Julian Eden avait du style. Chemisier blanc impeccable, veste de daim clair sur jean délavé, longs cheveux châtains encadrant un visage ovale et mutin, elle aurait pu passer pour une fille-liane des années psychédéliques. Il ne les avait pas oubliées, ces gazelles du *Rock and Roll Circus*, ces mômes longilignes et fraîches. Dans ces années dépourvues de sida, elles ne pensaient qu'à s'envoyer en l'air et à raconter des conneries sur l'équilibre cosmique et les portes de la perception. On arrivait toujours à en trouver une pour vous faire un massage karmique. Chouette époque.

Les touristes américains chaperonnés par une guide à gros derrière interrompirent un moment leur conversation pour la reluquer. La jeune femme les ignora. Elle se dirigea sans hésiter vers sa table et tendit la main. Casadès répondit à son geste, à la pression énergique de ses doigts, remarqua son parfum. Une fragrance de jardin tropical sous la pluie. Je n'ai jamais foutu les pieds sous les tropiques, pensa-t-il, mais ça doit sentir comme ça, là-bas.

– Ravi que vous ayez accepté de me rejoindre dans mon QG, mademoiselle. Ça paraît un peu kitsch au début, mais on s'y fait.

Elle n'avait toujours pas prononcé un mot. Il la sentait vibrer ; elle lui accordait toute son attention, et se foutait de l'ambiance du *Renaissance*. On avait pourtant mis le paquet rayon nostalgie. Les rock stars essentielles y faisaient de la figuration avec une nette préférence pour Jim Morrison et ses compères. Et d'ailleurs la voix de baryton de l'inoubliable leader des Doors résonnait dans l'espace. *Riders on the storm / Into this house we're born...* Hypnotique, la musique. Narcotique, la voix. L'endroit était tapissé de photos, d'affiches, de pochettes de disques. Le mobilier recréait un décor des années soixante-dix. Luminaires en forme de lotus, fauteuils tulipes, tables en verre et chrome et la petite touche Katmandou pour corser le tout et rappeler que les hippies de luxe ne fumaient pas que de l'eucalyptus. La jeune Louise s'en battait l'œil. *Riders on the storm / There's a killer on the road…* Il nota avec satisfaction que les effluves de son Viandox incommodaient la jeune femme.

– Prenez un café. Ça m'est interdit. Ma tension. Ce sera un plaisir de vous regarder siroter un petit noir.

Il passa commande. Catherine, la vieille copine, servit Louise et celle-ci souffla docilement sur son café avant d'en boire une gorgée. Brave petite. Et quelle jolie bouche ourlée. Il déplia une feuille sur la table en la maintenant d'un doigt : *Veuillez vous rendre aux commodités afin que ma blonde collaboratrice puisse vous fouiller. Merci de votre compréhension.*

– Une précaution préalable. J'espère que vous ne m'en voudrez pas.

Il escamota la feuille et fit signe à Catherine qui

se dirigea vers les toilettes. Louise marqua une brève hésitation avant de suivre la serveuse. Il imagina la solide Catherine fouillant la gracile Louise. La blonde charpentée déboutonnait le chemisier de la gracieuse, découvrait des dessous de dentelles et leur contenu frémissant, palpait la cambrure nerveuse du dos, passait la main le long des jambes gainées par le jean, s'attardait sur la finesse des chevilles…

Lorsque la nièce d'Eden revint s'asseoir, son visage ne montrait aucune émotion, et Casadès avait mis les siennes sous clé.

— Simple prudence de flic, mademoiselle. Je me méfie des enregistrements pirates.

— Je vous écoute.

— Ah, non ! C'est moi qui vous écoute.

— Comment ça ? Clémenti vous a déjà expliqué…

— Pour l'instant, je n'ai rien. Je suis comme vide. En vieillissant, on oublie, mais les informations sont stockées quelque part. Ce que vous allez me dire me secouera peut-être la cervelle. Allez-y. Parlez-moi. Qui êtes-vous ? Qu'est-ce que vous voulez ?

Elle alluma une cigarette en domestiquant mal son énervement.

— J'ai hérité de l'agence d'investigations de mon oncle que je dirige seule. Je veux savoir qui l'a tué.

Casadès ne bougeant pas, elle ajouta plus calmement :

— J'ai toujours voulu savoir.

— Les passionnés me bottent. Leur fougue me rappelle ma jeunesse. Continuez. Dites-moi pourquoi vous pensez que je peux vous être utile.

Elle réfréna un soupir, évoqua la mutation en pleine affaire Eden, les informations récentes de Clémenti.

— Si nous faisons affaire, il faudra l'exclure. C'est important, l'exclusion de Clémenti. Vous saisissez ?

Elle hocha la tête.

– Vous l'exclurez de votre enquête, et peut-être bien de votre vie.

Elle ne cilla pas. Il poursuivit.

– J'ai une petite théorie qui a son charme. Il faut être un moine pour gagner le droit de descendre le grand escalier du royaume des Morts. Les passions humaines sont à laisser au vestiaire. Vous me suivez ?

– J'essaie.

– Nous sommes le 3 juillet, vous avez noté ? Eh bien, c'est un anniversaire.

– Le vôtre ?

– Non, celui de la mort de Jim Morrison. Vous avez remarqué que le *Renaissance* était bourré d'Américains.

Il se lança dans une longe tirade constatant avec plaisir que Morvan n'en manquait pas une miette. Ces gens faisaient partie de la cohorte de fans débarquant à Paris, chaque année, pour un voyage organisé d'un genre spécial. Une semaine sur les pas de James Douglas Morrison, né en 1943 en Floride, mort en 1971 à Paris et enterré à deux pas, dans le cimetière du Père-Lachaise, division 6. Un chanteur hors pair, un poète mort mais une légende toujours vivante.

– Pourquoi me racontez-vous tout ça ?

– Pour que vous sentiez le contexte de l'époque, jeune fille. Suivez-moi. Le voyage commence.

Il l'entraîna vers le bar et une série de clichés en noir et blanc, expliqua qu'ils avaient été pris au *Rock and Roll Circus*, un night-club de la rive gauche. Le chanteur des Doors, barbu, joufflu, était attablé en compagnie de Johnny Hallyday et de Sylvie Vartan. Ou en discussion avec le réalisateur Roman Polanski et une jeune Marianne Faithfull, resplendissante. D'autres clichés le montraient avec des inconnus. Le *Rock and Roll Circus* était un club gigantesque, ouvert en 1969, la même année que le festival de Woodstock, installé dans les vastes caves d'une ancienne imprimerie, décoré comme un cirque fabuleux avec ses murs jaunes et rouges, son plafond en forme de chapiteau psychédélique. Cette boîte attirait dandys en chemise à jabot, businessmen en smoking, et faisait renaître Saint-Germain-des-Prés de ses cendres. Casadès aurait pu y passer deux siècles sans réussir à mémoriser les mille visages des habitués et des furtifs qui s'y offraient un petit tour de piste. Il s'y revoyait comme si c'était hier. Il passait le porche du 56 rue de Seine, montait quelques marches avant d'en redescendre une bonne cinquantaine. Un grand escalier en pierre de taille, et enfin, les bouffées de Led Zeppelin, des Beach Boys ou de Clapton en live, les odeurs d'encens et de patchouli. Un sas vers un autre monde.

Il pointa du doigt une autre photo. Morrison, seul au bar, tenant compagnie à une bouteille de bourbon. Les personnages en arrière-plan étaient un homme au charme latin, une jolie blonde. Et Julian Eden.

Casadès retourna s'asseoir. Quand la jeune femme vint le rejoindre, il constata qu'elle était secouée. Qu'est-ce que ce type avait bien pu faire à sa nièce pour la mettre dans un état pareil ? Lui avait-il appris la géométrie du joint parfait ou celle, plus complexe mais tout aussi orientale, du Kamasutra ? Avait-il joué à l'Humbert Humbert avec sa petite Lolita ? Elle finirait peut-être par le lui dire ; un échange d'informations pour une entente cordiale. En attendant, il avait le sentiment de la voir danser sur la toile tissée pour elle. Sensation jouissive.

— Sur quoi travaillait votre oncle au moment de sa mort ? Blaise Seguin a dû vous lâcher le morceau.

– Vous connaissiez Blaise ?

– Un prétentieux qui vivait dans l'ombre d'Eden. Qu'est-ce qu'il a dit ?

– Que Julian enquêtait sur une affaire d'adultère. Sans rapport avec son assassinat. Blaise ne sait pas ce qui est arrivé. Il pense que l'héroïne a été laissée là par accident. En tout cas, Julian n'était pas un dealer. Et vous, qu'est-ce que vous en pensez ?

– Que l'époque comptait toutes sortes de trafiquants, les pros comme les occasionnels. Je n'ai pas d'avis concernant Julian dans ce domaine.

– Vous l'avez pourtant connu.

– J'étais flic des Stups, pas voyante extralucide. Eden ne me faisait pas de confidences, mais ses proches avaient un taux de mortalité élevé. Le beau brun élégant, assis à côté de votre oncle, s'appelait Gérard Antony. Un producteur influent dans le milieu musical. Et un pote de Julian. Il est mort d'overdose, lui aussi. Dommage, il avait du goût.

Elle ouvrit la bouche, la referma aussitôt. Et ce fut tout. Les Américains se dirigeaient vers la sortie, se ralliant au postérieur néanderthalien de leur guide. Casadès déclara qu'il fallait suivre, « les Yankees allaient se recueillir sur la sépulture de leur idole ». La nièce d'Eden était trop sonnée pour riposter. Ils traversèrent le boulevard de Ménilmontant, pénétrèrent dans le cimetière. D'autres personnes convergeaient vers la tombe où attendait déjà un groupe compact. Une blonde lisait un texte, un micro fixé au col.

There will never be another one like you / There will never be another one / Who can do the things you do, oh ! / Will you give another chance / Will you try a little try ? Please stop and you'll remember / We were together, anyway...

Les paroles de *Shaman's Blues* des Doors réjouissaient Casadès. Un imprévu parfait. Le fantôme de Jim Morrison lui donnait un coup de patte pour mettre en condition la petite Louise. Il l'observa. La nièce d'Eden marquait le coup, profil tendu vers la blonde officiante. Elle connaissait la langue de Shakespeare et de Morrison aussi bien que feu Julian Eden ; ces paroles magnifiques faisaient écho à ses propres tourments. *Il n'y aura plus jamais quelqu'un comme toi... Plus jamais... Quelqu'un qui puisse faire les choses que tu fais, oh... Me donneras-tu une autre chance ? Essaieras-tu, juste un peu ? Arrête-toi et tu te souviendras... Que nous étions ensemble, de toute façon...* Vas-y, James Douglas Morrison, mon cavalier pâle aux hanches gainées de cuir, charme-la depuis tes ténèbres, souffle-lui ce qu'elle a envie d'entendre, supplie-la de ta voix de chaman. Vas-y Jimmy, prince de la nuit.

7

— On a passé au crible tailleurs chics et trous à rats clandestins. Nada. Moralité, si notre homme est un habitué des ateliers de confection, c'est un dissimulateur de première bourre, expliqua Argenson.

L'inspecteur n'avait pas tort. Et puisqu'il était question de tailleurs, Clémenti admettait que le tueur se planquait avec autant d'efficacité qu'un mouchard dans une doublure. L'image lui était venue malgré lui, souvenir d'une anecdote de Louise à propos de son oncle en pleine enquête d'espionnage industriel ; l'imaginatif Julian Eden avait cousu un magnétophone dans sa veste pour recueillir les confidences d'un margoulin mis en confiance. La semaine avait été un festival Eden. Les nerfs malmenés par le silence de Casadès, Louise ne pouvait plus converser sans évoquer son suave tonton.

Clémenti chassa l'envahissant privé de son esprit et reprit le cours de la réunion. Une heure plus tard, ses hommes repartaient avec de nouvelles directives. Cette fois, cap sur les relations de la dernière victime, et renforcement de l'équipe en planque sur les quais.

Une fois seul, il appela Constance Belvert à son domicile. Il la connaissait depuis ses débuts au 36 et appréciait sa compagnie. Elle était un contact précieux aux Renseignements généraux. Clémenti lui avait demandé une recherche à propos de Casadès. Officiellement, l'inspecteur avait été muté à la demande de son supérieur direct, le commissaire Patrick Ponant. Clémenti voulait la version officieuse.

– Je n'ai qu'une version, Serge. C'est Ponant qui l'a évacué des Stups. Casadès était monté sur ses grands chevaux au moment de l'affaire Morrison. Il avait remis ça pour l'affaire Eden. Il ne faisait pas son job. Il était *devenu* son job. Avec une tendance à donner des leçons à ses collègues, voire à sa hiérarchie. C'était plutôt un bon flic, mais personne ne pouvait le supporter. Sa femme l'avait d'ailleurs quitté pour rentrer au pays. Les Casadès étaient originaires de Montpellier.

– Rien dans les hautes sphères ?

– Rien à ma connaissance.

– Tu peux continuer de creuser ?

– Pour toi, oui. Mais on ne creuse pas une vieille histoire en deux minutes. Il me faudra du temps.

– Il n'y a rien d'urgent.

Il la remercia, raccrocha, fixa les clichés fixés sur son tableau de liège sans les voir. Constance était aussi subtile que bien informée, son carnet d'adresses touffu, ses informations toujours solides. Mais qui s'était soucié d'un flic de base comme Casadès à l'époque ? Et qui s'en souciait aujourd'hui ? Les fonctionnaires concernés avaient sans doute oublié jusqu'à son nom. Clémenti se souvenait vaguement de leur cohabitation à l'Antigang dans les années soixante-dix. Casadès la jouait cavalier seul, l'Antigang ne comblait pas ses attentes.

Il se joua mentalement les premières mesures de *My Favorite Things* par John Coltrane, se promit de s'offrir cette nuit une séance de saxophone rue de Lancry, dans sa cave. L'instrument dormait depuis trop longtemps dans son étui. Tueurs et emmerdeurs en série ne devaient pas faire oublier l'essentiel.

Il composa le numéro du quai de la Gironde. La sonnerie se répéta six fois dans le vide, le répondeur se déclencha. Il écouta la voix claire avec plaisir, puis raccrocha pour appeler le *Clairon des Copains*. Celui qu'elle appelait affectueusement pépé Maurice, sans qu'existât entre eux le moindre lien de parenté, répondit de sa voix gouailleuse. Et déclara que Mlle Louise avait quitté son établissement vendredi matin, la mine chagrinée, après un coup de téléphone.

– D'un homme au léger accent provençal ?

– Peut-être bien.

– Il lui a donné rendez-vous ?

– Possible.

– Elle vous a dit où ?

– Je ne lui ai rien demandé, commissaire. La baronne a les dents qu'elle veut.

Clémenti n'avait jamais eu la cote avec le vieux bistrotier qui couvait sa cliente favorite comme une louve sicilienne. Il n'insista pas.

Argenson passa la tête par l'embrasure de la porte pour annoncer un nouvel homicide. Dans un bel appartement de l'avenue de l'Opéra. Un jeune comédien de café-théâtre, battu à mort.

– Probablement une histoire de dettes qui a mal tourné. Le type jouait au poker. Et gros. L'été commence trop fort, patron. Les macchabées tombent comme des mouches.

– Un apprenti acteur mort dans un décor cossu, c'est triste, Argenson. Et c'est notre affaire. Mais j'ai une question pour toi. Tu as lu les journaux ?

– Pas eu le temps, patron.

– Depuis avril dernier, les morts se comptent par

milliers au Rwanda. Entre cinq cent mille et huit cent mille aujourd'hui. Il y en a tant que les journalistes n'arrivent plus à se mettre d'accord sur un chiffre. Je crois donc que ça vaut le coup de relativiser.

– C'est juste.

– Et de se concentrer sur le boulot.

– Pas faux.

– Je ne te le fais pas dire.

– J'embarque Moreau, avenue de l'Opéra ?

– Laisse Moreau suer sur le Boucher. Je viens avec toi.

Clémenti constata le soulagement d'Argenson. Au temps pour l'esprit d'équipe. Il espérait pour lui qu'il ne deviendrait pas un loup solitaire et aigri à la Casadès. Ce serait dangereux pour son mental, et sa carrière. C'était d'ailleurs périlleux pour n'importe quel flic.

8

Les fans continuaient d'affluer, en petits groupes ou en solitaire. Ces étrangers se congratulaient comme les membres d'une même tribu. Louise étudiait leurs visages. Captivés, étonnés, amusés, émus. Des jeunes gens pour la plupart. Julian avait aimé les Doors en son temps.

La blonde continua de réciter chansons et poèmes de Morrison devant une foule transcendée par l'expérience. Elle fut remplacée par la guide croisée au *Renaissance*. Cette camarade d'université de la rock star – ils avaient étudié le cinéma à UCLA en Californie – entama une série d'anecdotes. Morrison avait aperçu la verdure du Père-Lachaise, un soir de juin, depuis la butte du Sacré-Cœur où il écoutait des musiciens des rues. Un ami français lui avait appris qu'il s'agissait du plus grand cimetière de Paris, abritant des célébrités comme Chopin ou Édith Piaf. Jim avait voulu s'y rendre immédiatement, mais son taxi, pris dans les embouteillages, était arrivé à la fermeture. Morrison était têtu. Il était revenu au Père-Lachaise, avec son ami, quelques jours plus tard. Son compagnon trouvait l'ambiance morbide, mais Jim aimait « sa tranquillité effrayante » au cœur de la ville. À sa mort, il voulait y être enterré.

La révélation généra une vague de murmures. La

conférencière enchaîna sur ces Allemands de l'Est venus sur la tombe de Morrison après la chute du mur de Berlin. Goûtant une liberté toute fraîche et voyant dans le chanteur un rebelle à leur goût, ils lui avaient témoigné leur admiration en mettant le feu à une voiture avant de la précipiter sur les grilles.

Louise sursauta. Gabriel Casadès venait de lui donner un coup de coude. Ses manières lui déplaisaient au plus haut point, mais elle avait décidé de passer outre. Cet ancien flic au regard de reptile était son seul lien avec Julian, après des années de silence.

– J'étais là, le jour de son enterrement. Une cérémonie intime. C'est le moins qu'on puisse dire ! Quelques amis et la fiancée, Pamela Courson, une belle fille mais une junkie notoire. Vous lui ressemblez un peu, yeux de biche, longue chevelure, visage d'ange, c'est étrange.

– C'est vrai qu'elle lui ressemble.

La voix au fort accent américain les fit se retourner. Une rousse trentenaire, coiffée à la garçonne années trente. Elle interpella Casadès.

– Tu prétends que tu étais à l'enterrement, *man*, mais tu as vu le corps ?

– Les gens qui l'ont vu sont plus rares que les momies capables de danser le french cancan, ma grande.

– Certains disent que Jim a survécu à l'overdose et vit dans une île du Pacifique. On raconte qu'il envoie de temps en temps une carte postale à ses anciens partenaires. C'est un scénario qui tient la route. Qu'est-ce que t'en penses ?

– Pas grand-chose. Je n'envoie jamais de cartes postales.

Louise sentit une main sur son épaule. Un costaud lui souriait. Chevelure noire, nez aquilin, tee-shirt à l'effigie de Morrison. Elle se tourna vers Casadès. Aux prises avec la garçonne, il n'avait pas le dessus : ils parlaient cercueil vide, certificat d'inhumation.

– Jim est mort, dit l'homme à tête de Navajo. Pas de doute là-dessus. Mais ça ne l'empêche pas de communiquer avec nous. Le type qui t'accompagne, c'est ton père ?

– Non.

– Il n'a pas tort quand il prétend que tu lui ressembles.

– À qui ?

– À la fiancée de Jim.

Navajo la dévisagea un moment, puis s'éclipsa. Elle nota que l'ex-inspecteur avait réussi à se débarrasser de la grande rousse, à présent en palabres avec un groupe de femmes.

– Que voulait ce type ?

– Rien d'important. Il pense que Morrison est bel et bien mort.

– La voix de la raison. Nous y allons ?

– Non, je veux rester jusqu'au bout.

Son style la lassait ; on allait lui montrer qui était le patron, yeux de biche ou pas. Ils patientèrent donc jusqu'au bout de la cérémonie commémorative. Une fois le gros de la troupe évaporée, elle s'approcha de la tombe. Une simple pierre gravée, la dalle couverte de graffitis, les fleurs, dont beaucoup de roses rouges, abandonnées par les fans.

– En 1988, son buste a été volé, dit Casadès. Et jamais remplacé.

– Dommage.

– Peut-être qu'un jour on déterrera Jimmy pour renvoyer sa dépouille aux États-Unis. Alors, il n'y aura plus rien.

Elle se demanda si l'émotion de Casadès était authentique, puis décela un mouvement dans son champ de vision. Assis en tailleur sous un cyprès, Navajo lui faisait signe. Elle s'éloigna dans sa direction.

Il lui proposa un joint qu'elle refusa.

– Tu as tort. Ça peut être un moyen de le retrouver.

– Qui ça ?

– Morrison. J'ai déjà réussi, mais avec du carburant plus sérieux. De la mescaline, dite aussi peyotl. Un cactus magique. Morrison est mort, mais dans le fond il est vivant quelque part. Il aimait la mescaline comme Carlos Castaneda, Aldous Huxley, Antonin Artaud. Et même notre Jean-Paul Sartre national. Avec le bon code, les portes de la perception se poussent d'un doigt. C'est douze heures de trip garanti. Et une conversation gratuite avec *Lizard King*.

– Le Roi Lézard ?

– Tu ne sais pas qu'on appelait Morrison comme ça ? Je croyais qu'il t'intéressait.

– C'est mon oncle qui m'intéresse.

– Mort lui aussi ?

– Un an après Morrison.

– Eh bien, le peyotl sera ton billet d'entrée pour saluer tonton. Qu'est-ce que t'en dis ?

– Qu'il n'y a que les dealers des années soixante-dix qui me plaisent. Salut.

– Dommage, j'aurais pu te faire un prix.

Casadès scrutait le ciel en faisant la grimace. Elle copia son attitude. Le temps virait au gris, une métamorphose qui ne décourageait pas la poignée de fans vautrés aux abords de la tombe. Un guitariste assassinait *Riders in the Storm*, accompagné au tambourin par une fille hilare qui avait dû louer les clés des portes de la perception au sieur Navajo. Casadès tourna les talons.

– Où allez-vous ?

– Chez moi, jeune fille. Marre de ce théâtre de guignols psychédéliques.

– C'est où chez vous, au fait ?

– Vous le saurez un jour ou l'autre. Je vous rappellerai.

– Qu'est-ce que vous essayez de me dire, Casadès ? Que la mort de Julian est liée à celle de Morrison ?

– Patience. Le chemin de la vérité se mérite.

– Pourquoi ce cinéma dans les toilettes du *Renaissance* ? Qu'aurais-je pu enregistrer de top secret ? Vous ne m'avez rien dit. Vous êtes bidon.

Il avait levé la main droite équipée de sa cigarette puante pour un dernier salut. Les fans massacraient le tube des Doors avec énergie. Quant à l'adorateur du cactus magique, il avait quitté les parages. Elle rebroussa chemin. *La vérité se mérite.* Tu parles ! *Vous lui ressemblez un peu, yeux de biche, longue chevelure, visage d'ange, c'est étrange.* Baratin ! Casadès était déjà loin. Pour un retraité fluet, il avait une énergie insoupçonnée. Elle avança sur l'allée déserte, sous le ciel turquoise et plomb où gigotaient quelques nuages rosés. C'était une belle journée, mais elle avait le sentiment de l'avoir gâchée. L'ex-flic était une plaisanterie. Un rigolo qui tuait le temps en gaspillant celui des autres. Il narguait Clémenti et c'était elle qui payait les pots cassés. On n'entendrait sans doute plus jamais parler de lui.

Un bruit de pas, derrière elle, trop proche. Elle chercha son coup de poing américain dans son sac, voulut se retourner. L'arrière de sa tête en fusion. Sa vision remplie de sang. La terre lui monta au visage.

Lorsqu'elle revint à elle, le ciel était cœur de pastèque. La cime des arbres, menaçante. Perché sur un pin noir, Jim Morrison lui souhaitait la bienvenue…

– Oh, réveillez-vous, ça va aller ! C'est rien. Bon sang ! Réveillez-vous !

La voix de Morrison ? Pas vraiment. Les nuages se déchirèrent sur l'ex-inspecteur Casadès. Louise se redressa, et se rallongea aussitôt. Sa boîte crânienne avait été remplacée par un tonneau de sauterelles radioactives.

– Qu'est-ce qui s'est passé ?

– Le chevelu vous a attaquée. Pour vous piquer votre sac. Je l'ai coursé en gueulant « police ». Il a lâché son butin, s'est barré. Et j'ai accouru.

Il posa le sac sur le ventre de Louise, et elle attendit que les sauterelles veuillent bien cesser de rissoler dans sa matière grise. Une dizaine de minutes plus tard, chancelante mais debout, elle entrait dans une pharmacie en compagnie d'un Casadès aux petits soins. La pharmacienne s'occupa de la bosse de la taille d'un œuf de poule qui ornait l'arrière de son crâne ; il n'y avait pas de plaie ouverte. Elle retrouva la rue et sa voiture dans un état comateux.

– Je vous raccompagne.

– Non, merci, ça ira.

– Dommage, j'aurais bien aimé conduire pareille bagnole. Une Aston Martin DB5. Mazette ! 1964 ?

– 1967.

– Une beauté. Si je me souviens bien, Eden avait la même. En gris aussi.

– Et pour cause, j'en ai hérité.

– Si jamais vous êtes dans la panade, fourguez-la. Je peux vous présenter des amateurs.

– C'est un souvenir que je n'ai aucune intention de vendre.

– Je me suis toujours demandé comment un privé pouvait se payer un tel bijou. Pas vous ?

Elle réussit à se débarrasser de lui et rallia le quai

de la Gironde à petite vitesse. Une fois allongée sur son lit avec une poche de glace sur le crâne, elle utilisa son téléphone sans fil pour appeler Serge. Une voix jeune mais revêche lui annonça que le commissaire était « très occupé sur le terrain avec ses hommes ». Et moi, très occupée dans le vide avec personne, pensa-t-elle en remerciant poliment la harpie. Elle avait reconnu le timbre d'une secrétaire de la Brigade, une certaine Audrey qui en pinçait pour Serge. Elle eut soudain très envie de lui, caressa la peau de coton de son drap, imagina qu'il s'agissait de celle de son amant. Son amant de flic toujours occupé par monts et par vaux. Elle se souvint des déclarations saugrenues de Casadès. *Il faut être un moine pour gagner le droit de descendre le grand escalier du royaume des Morts... Les passions humaines sont à laisser au vestiaire... C'est un élément très important, l'exclusion de Clémenti.* Ce type était obsédé par Morrison, qui symbolisait le point le plus excitant de sa vie de flic et peut-être d'homme, et encore plus par Clémenti, l'officier à la carrière idéale.

Louise constatait qu'elle en était au point mort. Elle avait filé un moment sur l'autoroute de ses rêves, avec une musique sensationnelle dans l'autoradio, mais le circuit se révélait décevant. Quelques petits tours et on garait le bolide. Sortie de piste, terminus de la course. Il n'y avait ni gagnant, ni perdant.

Il fallait laisser Julian partir. Dans le fond, c'était peut-être bien ce qu'il lui murmurait depuis là-haut.

9

– Personne n'a appelé, Audrey ?

– Non, commissaire. Ou plutôt, si. Le divisionnaire veut vous voir.

– Pour faire le point, je suppose.

– C'est ça.

La secrétaire de la Brigade avait rosi. Elle travaillait avec eux depuis peu, et Clémenti sentait bien qu'il la troublait. C'était embêtant. Les jours et les nuits livraient leur cargaison régulière de stress, un colis d'émotions supplémentaire n'était pas souhaitable. Mais, pour autant, Audrey était une excellente recrue, organisée, efficace, encaissant la succession des affaires avec professionnalisme. Une perle qu'il n'avait aucune envie de faire muter ; une fille avec le cœur solide et la tête bien faite qui aurait fait un excellent flic de terrain. Il faudrait trouver une solution, mais pour le moment il avait d'autres sujets de préoccupation.

Il embarqua Argenson et N'Diop à la réunion ; ils ne seraient pas de trop pour calmer le divisionnaire enflammé par un tuyau des Renseignements généraux. Un journaliste de renom préparait un papier explosif sur l'apparition des tueurs en série en France. Les serial killers n'étaient plus l'apanage de l'Amérique, terre de tous les excès et royaume des armes à feu en vente libre. L'épidémie gagnait la vieille Europe, les polices nationales semblaient démunies face à ce nouveau fléau. Thierry Paulin, le Monstre de Montmartre, avait été arrêté en décembre 1987 après dix-huit assassinats de femmes âgées. Paulin était mort du sida en prison, cinq ans auparavant, mais le Tueur de l'Est parisien sévissait toujours et le Boucher des Quais était en pleine forme. Le grand patron avait besoin que le groupe Clémenti lui démontre une nouvelle fois que tous les moyens étaient mis en œuvre.

– Je suis crevé, grogna Argenson après la réunion.

– Ne te plains pas, lâcha Clémenti avec un sourire. Ça te donnera d'autant plus d'énergie sur le terrain. Il n'y a que là qu'on est bien. La réunionite me pèse autant que toi. Mais elle fait partie du métier.

Le travail fut réparti. Clémenti avait convoqué l'ancien contremaître de la fabrique de jouets de Charmois, et mènerait l'interrogatoire avec l'inspecteur Moreau ; l'enquête avait révélé quelques épisodes houleux entre cet homme et le jeune employé. Pendant ce temps, Argenson et N'Diop reprendraient leur tournée des centres d'hébergement et soupes populaires ; on n'avait jamais abandonné la piste du tueur en employé éventuel d'une structure caritative. Il était 19 heures, le moment de se mettre à table dans tous les sens du terme.

Clémenti croisa sa secrétaire dans le couloir, elle répondit à son salut en lui coulant un regard de danseuse du ventre.

– Il est là, dit-elle d'une voix plus rauque que d'habitude.

Clémenti jugea que sa secrétaire faisait plus qu'évoluer. Elle mutait.

– Qui ça, Audrey ?

– Votre rendez-vous, patron. Le contremaître de la

fabrique de jouets. Il a un quart d'heure d'avance. J'ai pensé que vous auriez envie de l'interroger sans attendre.

– Bonne initiative. Faites entrer. Merci.

Elle le fixa, pendant une seconde d'éternité, et sortit en murmurant : « À vos ordres, patron. » Clémenti regarda sa silhouette agréable passer la porte, poussa un soupir et réalisa qu'elle venait de lui embrouiller l'esprit. Il avait raté l'occasion d'appeler Louise. La porte s'ouvrit sur le contremaître. Clémenti faillit lui demander de ressortir quelques minutes, le temps de passer son coup de fil, mais y renonça. On n'accueillait jamais un « client » sur un rythme de valse-hésitation. Le commissaire se leva, prit appui sur son bureau, désigna une chaise, histoire de le mettre d'emblée en position d'infériorité.

Sa migraine persistant depuis l'agression du Père-Lachaise, Louise s'était décidée à consulter. Son généraliste l'avait envoyée faire une radio, avant de lui annoncer un léger traumatisme crânien ; elle avait été assommée « proprement », par un bagarreur expert en son art ayant visé l'occiput en connaisseur. Le médecin lui avait prescrit un analgésique, un somnifère léger, et la plus longue nuit possible. Elle s'était tout de même offert un détour par le *Clairon des Copains* pour un croque-monsieur confectionné avec amour par Robert le barman et une conversation délassante à propos de tout et de rien avec pépé Maurice. Elle rentra chez elle en début de soirée, mijota dans un bain chaud en compagnie d'une palanquée de sentiments contrastés. Elle s'installa derrière son bureau, fit pivoter son fauteuil en direction du portrait de Julian et porta un toast à sa santé au moyen d'un verre de lait au sirop d'orgeat, un parfum d'enfance auquel elle n'avait jamais renoncé.

Dans la lumière tamisée de la lanterne japonaise, son oncle lui souriait depuis le paradis des dandys.

– Il me faut te souhaiter bon voyage, Julian. Personne ne sait ce qui t'est arrivé, et je crois… que je n'ai pas tes talents de détection.

Il était temps, par la même occasion, d'entamer une cure de désintoxication : ses conversations avec un mort prenaient mauvaise tournure. Le coup sur l'occiput lui avait grillé quelques neurones mais réveillé pas mal de synapses. Le passé était mort, elle avait une agence de détective à faire tourner, et ce n'était pas une enquête sur les rives des années soixante-dix qui permettrait de payer les factures de gaz et d'électricité.

– Ce n'est pas toi qui diras le contraire, Julian. Tu faisais les adultères pour arrondir tes fins de mois. Je me trompe ?

Mince, ça me reprend.

Elle saisit la photo de son oncle, *Sur la route* et *Tropique du Cancer*. Elle hésita puis ajouta à la pile *L'Herbe du diable*, de Castaneda, *Les Portes de la perception*, d'Aldous Huxley, et partit en quête d'un tabouret. Elle fourra photo et livres dans la boîte à chapeaux vide qui patientait sur la plus haute étagère de son placard, avala un somnifère, lava son verre, débrancha le téléphone et partit se coucher.

10

Lundi 4 juillet

Vers 2 heures du matin, Clémenti avait acquis la conviction que le contremaître n'avait rien à voir avec l'assassinat de David Charmois. Leurs altercations n'avaient porté que sur des problèmes d'attitude au travail ; Charmois avait un penchant pour l'alcool et de fréquentes pannes de réveil.

Le contremaître était vidé comme après un match de boxe. Clémenti avait mis la pression en continu, Moreau en coéquipier ; sous ses airs bonhommes, l'inspecteur était un redoutable interrogateur qui amenait aux aveux en prenant son temps, mais avec un taux de réussite remarquable.

Commissaire et inspecteur se quittèrent sur le parking du 36, et Clémenti prit la direction de son domicile au volant d'une voiture de fonction. Il n'avait pas de véhicule personnel et ne comptait pas ajouter sa contribution à un trafic automobile déjà étouffant. Le dernier occupant avait oublié un paquet de cigarettes et les reliefs d'un sandwich sur le siège passager ; il n'y attacha pas d'importance.

Arrivé à la hauteur du Châtelet, il pensa bifurquer vers le bassin de la Villette et le quai de la Gironde.

L'horloge du tableau de bord le ramena à la réalité. Louise devait dormir à poings fermés. Pourquoi n'avait-elle répondu à aucun de ses appels ? Son enquête l'avait-elle entraînée dans les ennuis ? Il avait eu la pire idée de sa vie en réactivant l'incernable Casadès.

Dès demain, si son téléphone restait silencieux, il se rendrait chez elle et lui proposerait de vivre avec lui.

Cette pensée-bourrasque le fit se garer sur la première place vide du boulevard Sébastopol. Moteur coupé, il demeura un instant immobile. Le vieux paquet de cigarettes contenait encore quelques blondes, il en ficha une entre ses lèvres sans l'allumer. Il pensa au corps de Louise endormie, s'imagina la réveillant avec ses caresses.

Il fourra les cigarettes dans sa poche et redémarra.

Il monta les étages sans allumer la lumière, écouta le silence sur le palier, entra dans l'appartement. La lumière du quai filtrait à travers les lattes d'un store. Ses yeux s'habituèrent à la pénombre. Il se dirigea vers la chambre à la porte entrouverte. Il capta sa respiration, légère comme celle d'un enfant. Il avança vers le lit, alluma la lampe de chevet. Elle était ravissante. Dans la nuit trop chaude, elle avait dû beaucoup bouger. Les draps formaient une masse informe. Sa peau pâle, la masse de ses cheveux sur l'oreiller qu'elle emprisonnait de ses bras, son profil délicat. Ses seins lourds pour un corps si frêle, ses longues jambes. Le spectacle valait le déplacement. Il en profita pendant de longues minutes. Elle marmonna une courte phrase dont il ne comprit pas un traître mot. Elle rêvait. Avait-il un petit rôle dans ce rêve ? Ce cauchemar ?

Il alluma une cigarette sans quitter des yeux le pubis couleur miel. Les volutes de fumée glissèrent vers la belle endormie. Il ajusta le silencieux sur son arme de service. De l'importance de soigner les détails. Peaufiner pour obtenir un plaisir de qualité. Elle remua doucement, gémit. Un nouveau babil incompréhensible filtra entre ses lèvres tendres. Elle revenait du pays du sommeil, son rêve se repliait, il fallait aller à sa rencontre. Il se campa au bord du lit, cigarette dans la main gauche, flingue dans la droite pointé vers son joli petit cul. Oh, et puis non, vers sa tête. Il bandait comme un ours après un hiver sibérien.

Elle ouvrit les yeux, poussa un cri, recula, môme traquée qui ne réalise pas que les murs sont en béton armé et les illusions en granit.

– Qu'est-ce que vous voulez ?

Casadès avait vu moult trouilles fleurir dans sa vie de flic. Celle-là était de première qualité. La nièce d'Eden ne pensait même pas à se couvrir, son visage aussi pâle qu'un suaire. Une vague compassion sortie d'un placard oublié lui fit lancer le drap vers elle. Et puis, de toute manière, son érection avait fondu tel un glaçon dans un whisky trop chaud. Quand Louise avait ouvert les yeux, une part de son pouvoir d'attraction s'était envolé.

– Dans le fond, je ne sais pas vraiment ce que je veux. Mais je sais que je le veux très fort. Une chose est certaine, depuis que je t'ai rencontrée, je revis.

– Et c'est pour ça que vous voulez me buter ?

– Qui t'a dit que je voulais te buter ?

– Le silencieux, c'est un substitut à une sexualité défaillante ?

Cette petite garce avait repris du poil de la bête. Il chercha ses mots, pas trop longtemps ; il avait eu le temps de peaufiner son texte entre le moment où il avait engagé le copain de Catherine pour piquer les clés au

Père-Lachaise – pour en faire vite fait une empreinte de cire – et son retour, après toutes ces années, dans l'ancien bureau de Julian Eden. Il n'avait rien oublié de la géométrie de l'appartement. Il n'était pas près d'oublier celle de sa nièce.

– J'ai été clair dès le début avec toi. Je t'indique le chemin, à condition que tu l'empruntes en larguant les bazars inutiles.

– Oui, comme Clémenti. Vous me l'avez déjà dit.

– Ce que je veux que tu comprennes, c'est qu'il te faut devenir souple. Un homme débarque dans ta chambre, un flingue à la main. C'est juste une péripétie.

– Je vous trouve plus une tronche de dingue qu'une gueule de péripétie.

Il jeta sa cigarette sur le tapis, changea son flingue de main, et lui balança une claque. Sa tête partit valdinguer dans le montant du lit et elle poussa un gémissement. Il avait toujours eu un penchant pour les fessées et autres galéjades. En réalité, il se demandait s'il n'avait pas monté le coup des clés pour avoir l'occasion de lui en coller une. Et puis non, c'était plus compliqué que ça.

– La politesse arrive au premier rang dans mon système de valeurs. Entendu ?

– Facile de donner des leçons avec une arme.

– Dans une relation comme la nôtre, il faut un maître et un disciple. Et tu as hérité du second rôle. Je t'ai menti hier, au *Renaissance*. Ou plutôt, j'ai bidouillé la réalité.

– Une fois de plus.

– Tu apprendras que je ne suis pas le seul, si tu veux faire preuve d'humilité cinq minutes. Et la boucler. Compris ?

Cette fois, elle se contenta de hocher la tête. Bonne fille.

– Le type sur la photo avec ton oncle s'appelle bien Gérard Antony. Il produit des musiciens. Juste avant sa mort, Eden travaillait pour lui. En toute discrétion. Ton oncle était toujours fourré au *Rock and Roll Circus*, Antony aussi. Et Jim Morrison.

– Encore lui !

– Tais-toi et écoute. Eden savait pourquoi je traînais au *Rock and Roll Circus*. Il ne m'adressait jamais la parole. Jusqu'à la mort de Morrison. Après le départ du Roi Lézard pour le Grand Nulle Part, j'ai commencé à l'intéresser follement. Il ne ratait plus une occasion de me tirer les vers du nez. J'étais le seul à ne pas vouloir tirer un trait.

Changement d'expression. Son regard avait pris les couleurs aperçues au *Renaissance*. L'oncle et ses mystères revenaient ramper vers elle. Immobile, elle attendait qu'ils s'enroulent délicatement autour de ses chevilles.

– J'ai toujours pensé que c'était Antony qui avait eu ma peau en usant de ses relations.

– Il est vivant. C'est ça ?

– Bien vu, princesse. Je t'ai menti pour t'intéresser. Maintenant, je te sens prête à accepter la vérité. Ce salaud n'a jamais répondu à mes questions, mais toi, tu dois être son genre. Tu lui rappelleras les filles avec qui il couchait à l'époque. Tu essaieras de savoir pour moi. Et souviens-toi : pas un mot à Clémenti. Si tu veux la suite de l'histoire.

– Quelle suite ? Vous ne pouvez pas faire un groupage ?

– Je fais durer le plaisir.

– Vous avez l'intention de vous venger de Gérard Antony ?

– Rassure-toi, je n'ai aucune envie de me retrouver en taule. Je veux savoir, c'est tout. Je ne demandais rien à personne. C'est Clémenti qui est venu me chercher. Pour toi.

– C'est juste.

Perdue dans ses pensées, elle ressemblait à son oncle. Ce type qui passait son temps à se torturer la cervelle entre deux coucheries, trois bringues et la lecture complète des apprentis Rimbaud du moment. Il rangea son arme dans son holster, ramassa le mégot qui avait laissé une trace brune sur la moquette et alla le jeter dans les toilettes. Quand il revint, elle passait un pyjama en commençant par la veste. Il profita une dernière fois de la vue. Elle enfila malheureusement le pantalon à rayures, alluma une cigarette et s'assit en tailleur sur son lit. Casadès s'installa dans le fauteuil bleu qui existait déjà du temps d'Eden et commença son récit.

– Jim Morrison pouvait faire la gueule pendant des heures et larguer tout à coup une histoire qui tirait les larmes. Est-ce qu'il travestissait la vérité ou raclait ses souvenirs ? Va savoir. À Paris, il était très seul, au début. Il ne parlait pas la langue, la France des années Pompidou n'était pas très rock and roll. Il avait beaucoup grossi, abusait de la dope. Les dealers le savaient plein aux as et ne lui refusaient rien. Ce mec était millionnaire en dollars depuis ses vingt ans, et pourtant il se foutait du fric, du moment qu'il avait sa liberté et pouvait traîner dans les rues à la recherche de l'inspiration. La poésie était sa vie. Il ne se voyait pas comme une rock star. Il n'en avait rien à foutre. L'un de mes indics était présent la nuit où il a sniffé le dernier rail de sa vie. Le commissaire Ponant m'a gentiment fait comprendre qu'il fallait que je m'offre une crise d'amnésie : ça n'arrangeait personne qu'on sache que le chanteur des Doors était mort dans les chiottes d'une boîte parisienne. Pas d'autopsie. Crise cardiaque dans sa baignoire à son domicile, rue Beautreillis, fin du rêve, circulez, y a rien à voir. L'Amérique n'a appris la nouvelle qu'une fois le corps enterré dans la plus stricte intimité. J'ai protesté, je me suis fait mal voir, j'ai fermé ma gueule. On finit tous par la boucler, un jour ou l'autre.

Il devina qu'elle lui balancerait une réplique du genre : j'aimerais bien que tu fermes la tienne, j'ai signé un pacte avec toi, pas un bail, dégage. Dommage. Il aurait apprécié un café, se demandait si la cuisine avait changé depuis les années Eden. Le privé avait installé ses bureaux dans cette mocheté de quartier mais vivait dans un deux-pièces baba cool du cinquième. Snob, jusqu'au bout.

Il jeta les clés sur le lit, annonça qu'il « prenait congé ». À défaut de prendre la fille, tu prends congé, Casadès, quel con tu fais, lui murmura une voix intérieure qui avait les intonations de Jim Morrison. Il quitta l'appartement, attendit un moment sur le palier. La nièce d'Eden ne se jeta pas sur son téléphone pour appeler Clémenti, Seguin ou n'importe quel type lui faisant office de prince charmant à la manque. D'un autre côté, ça ne prouvait rien : il n'était que 4 h 20 du matin.

Il retrouva la fraîcheur montant du canal Saint-Denis avec plaisir, remonta le quai de la Gironde en direction d'une station de taxis. Une fois en compagnie d'un chauffeur qui avait le bon goût d'écouter son rap en sourdine, il se sentit raisonnablement optimiste. La nièce d'Eden et lui avaient un bout de chemin à faire ensemble.

11

Il n'y avait que Paris pour réussir un coup pareil. Depuis sa fenêtre, Louise savourait le ciel gris-mauve. Une langue de lumière mordorée cascadait sur l'eau du canal, réchauffant la pièce où elle écoutait Gerry Mulligan et Thelonious Monk.

Elle aimait l'appartement du quai de la Gironde. Son appartement. Hérité de Julian certes, mais devenu sien au fil des années. Hier, ce salaud de Casadès était venu l'envahir avec ses bassesses de voyeur, sa brutalité. Elle n'oublierait ni l'intrusion, ni la gifle ; il ne perdait rien pour attendre. Il avait certainement monté un numéro avec le dealer à gueule d'Indien pour faire une empreinte de ses clés, mais elle avait croisé des vicelards autrement coriaces dans sa vie, ils ne l'avaient jamais impressionnée. Et elle venait de faire changer sa serrure.

En attendant, Monk et Mulligan déployaient une forme resplendissante, lièvres agiles, complices et chahuteurs. Elle ne se sentait pas trop défaillante malgré les circonstances, battait le tempo d'un pied vigoureux.

On sonna. Elle alla ouvrir, prudemment. Serge était sur le seuil. Elle le fit entrer, cœur battant. Cet homme était la meilleure chose qui lui soit arrivée depuis des mois, des années peut-être. Elle fut vite dans ses bras, son odeur, sa chaleur. Il était rassuré de la voir enfin. Elle réalisa qu'elle avait oublié de rebrancher son téléphone, évita de raconter sa mésaventure du Père-Lachaise et les embrouilles annexes. Elle inventa un prétexte, il la crut. Il l'entraîna vers la chambre. Monk et Mulligan continuaient leur conversation, tantôt métallique, tantôt ronde, toujours subtile ; le contrebassiste tendait une toile de crin, le batteur traçait la ligne du monde, les silences étaient aussi précis que les envolées du saxophone ou les staccatos du piano.

Elle remontait à la source d'une goutte de sueur sur son dos lorsqu'il lui demanda si elle voulait vivre avec lui, rue de Lancry. Louise oublia la goutte, se concentra sur le séisme qui venait de secouer la chambre. La lumière avait perdu rythme et parfum, le monde retrouvé une couleur normale. Paris tournait casaque.

Casadès jouait à un jeu scabreux, mais il lui avait enfin donné du tangible. Elle souhaitait « la suite de l'histoire ». Il y avait un prix à payer : écarter momentanément Serge de leur relation. De plus, elle n'avait pas la moindre envie de quitter son appartement. Surtout pas maintenant. Pas au moment où Julian lui faisait signe.

– Comment ça, *pas maintenant* ?

Clémenti avait eu un mouvement de recul. Elle se leva pour arrêter la musique, changea d'avis, ouvrit grand la fenêtre peut-être pour trouver une idée flottant dans la fraîcheur du matin ; quand elle se retourna, il était assis sur le lit, penché vers le tapis et la petite colline de ses vêtements.

– Je ne peux pas, Serge. J'ai trop de travail. Donne-moi un peu de temps.

Il était debout, se rhabillait. Elle aimait tant la ligne de son dos, le déploiement de ses épaules, ses bras musclés, la finesse de sa taille, ses mouvements félins. Il allait partir. Il y eut quelques phrases rapides, un échange de regards gênés et il s'en alla. Elle se retrouva seule dans la grande chambre au fauteuil bleu.

– Merde, murmura-t-elle. Merde, merde, et merde.

Les volutes de Monk et Mulligan couraient sur les murs comme si de rien n'était et faisaient la course à qui dévorerait le plus de pépites de soleil. C'était une journée techniquement parfaite. Comme une crucifixion réussie.

Elle attendait *Chez Pierrette*, un café de la rue de l'Harmonie coincé entre deux immeubles des années soixante-dix aux structures déjà rouillées, conçus par des « artistes » ayant oublié que ces parallélépipèdes sinistres, en plus d'hommages au Meccano, étaient des lieux de vie. Une époque riche en musique mais navrante sur d'autres plans, philosophait-elle devant sa consommation. Mme Pierrette en personne était venue la servir, traînant le pas dans des charentaises douillettes, aux contreforts écrasés pour en faire des babouches orientales plus adaptées à l'été. Mais le coup d'œil était sibérien tandis que le ton et la brièveté des phrases faisaient comprendre aux nouveaux venus qu'ils s'étaient avancés trop fort en terre étrangère. La rue de l'Harmonie portait mal son nom.

Louise avait traversé Paris pour rallier ce quartier inconnu et rencontrer celui qui y avait ses habitudes. Un long trajet effectué en compagnie d'un Clémenti invisible à qui elle avait fait part de ses regrets. À présent, elle en était à son deuxième ballon de blanc, afin d'oublier l'œil anthracite de Mme Pierrette et le fait qu'elle avait vendu son âme au diable, en l'occurrence un ex-flic pervers à l'haleine Viandox.

Laurent Angus arriva avec une bonne demi-heure de retard et l'allure d'un vampire réveillé par l'odeur du sang. Sous la coiffure hérisson, les joues creuses avaient l'aspect d'un parchemin rare, et la bouche rétrécie semblait le point de départ d'un imminent repliement sur soi, une auto-aspiration qui n'attendait que le shoot de trop pour commencer. Il était d'une maigreur remarquable ; son vêtement noir ne le renflouait pas. La situation s'améliora lorsqu'il s'excusa de son retard. Voix agréable, diction calme, paroles sensées et sourire authentique. Soulagée, Louise lui serra la main. Après tout, elle avait lu l'intégralité de ses chroniques rock et leur avait toujours trouvé un ton percutant. Angus avait su analyser son époque à travers sa musique avec un mélange singulier de passion et de distance.

Mme Pierrette fit le service, la mine ravie et la parole cajoleuse. Elle daigna enfin sourire à la jeune femme, signifiant ainsi que quiconque s'asseyait face à Angus gagnait sa place au paradis. Louise expliqua sa démarche : elle comptait retrouver les connaissances de son oncle, retracer les derniers mois de sa vie. Il lui fallait contacter le producteur Gérard Antony.

– Il n'a pas le téléphone ? plaisanta Angus.

– Son assistante m'a proposé un rendez-vous dans six mois.

– Je vois.

Le journaliste parla des mille vies du producteur comme s'il dégustait une friandise longtemps refusée ; le type ne tenait pas la première place dans son Panthéon personnel. Antony avait la réputation d'avoir cultivé des liens dans tous les milieux, même les plus extrêmes. On lui avait connu des amitiés avec des mafieux, tel Pascal Brazier, un truand de la pègre parisienne connu pour ses liens avec l'OAS au moment de la guerre d'Algérie. Dans un exercice de souplesse inattendue, Antony avait été cité au moment de l'enlèvement du patron d'une banque franco-belge par un groupuscule d'extrême gauche. Il avait été entendu par un juge après l'arrestation de membres du commando. Des rumeurs avaient couru. Antony aurait hébergé des hommes, caché des armes. Rien n'avait pu être prouvé.

Le producteur cultivait une réputation de redoutable séducteur. Ses liaisons avec des chanteuses et des actrices en vogue ravissaient la presse people. Rayon musique, il avait bâti la réussite de musiciens de qualité, mais aussi gagné d'indécentes sommes d'argent en produisant des groupes qu'Angus qualifiait « d'une ringardise absolue ».

– Au moment de sa mort, mon oncle enquêtait incognito pour le compte d'Antony. Vous auriez une idée ?

– Il passait son temps à monter des coups. Votre oncle a pu espionner la concurrence pour son compte. Ou se renseigner sur la vie privée d'un musicien avant la signature d'un contrat. Vérifier si telle chanteuse avait le nez trop souvent fourré dans la poudre. Ou trouver des éléments pour battre les projets d'un confrère en brèche.

– C'était arrivé ?

– Antony a la réputation de ne faire de cadeaux à personne. En même temps, il est difficile de lui trouver un véritable ennemi. Il est intelligent. Dans le fond, quand il cesse de ne penser qu'au fric, il sait ce qui est bon. Il y a eu de beaux moments dans sa carrière.

– Vous connaissez Gabriel Casadès ?

– C'est un chanteur d'opérette avec un nom pareil ?

– Pas vraiment.

– Non, ça ne me dit rien.

– Il fréquentait le *Rock and Roll Circus*.

– Comme à peu près six cents personnes chaque nuit. Je ne vois pas.

– Antony travaille toujours ?

– Oui, il a récemment produit de bons groupes de rap.

– Et vous êtes toujours un chroniqueur musical écouté, si je me fie à vos derniers papiers pour *Rock and Folk*.

– Je vous vois venir, Louise Morvan. Vous voulez que le chroniqueur « écouté » vous branche sur le producteur en activité. Je me trompe ?

Elle se contenta de lui sourire. Il l'observa un instant, puis consulta un agenda, nota un numéro et lui tendit, précisant qu'il s'agissait du numéro de téléphone personnel. Les détenteurs se comptaient sur les doigts d'une main de Kurt Cobain.

– Pourquoi Kurt Cobain ?

– Parce qu'il nous a quittés, il y a trois mois, et que je le trouvais génial. Je croyais que les *guitar heros* avaient enfin décidé d'arrêter de mourir jeunes. Sinistre illusion. Le destin n'a pas assez d'imagination.

– Merci, Laurent. Je vous revaudrai ça.

– J'y compte bien. Et j'entrevois la monnaie d'échange. Dites-moi ce que vous aurez appris sur Gérard Antony, le moment venu. J'ai toujours aimé les papiers de fond, très développés, à l'américaine.

– Et vous les avez toujours réussis. Je peux vous poser une question ?

– Il ne me semble pas avoir été trop farouche, jusqu'à présent. Allez-y.

– Aimiez-vous les Doors et Jim Morrison ?

– Difficile de faire autrement. Jim ne jouait d'aucun instrument, mais il avait une voix extraordinaire et un charisme à l'avenant. Les trois autres étaient d'excellents musiciens, surtout Ray Manzarek, le claviériste qui donnait leurs couleurs particulières aux compositions. Ce tremblé si spécial, et envoûtant, en harmonie avec la voix de Morrison. James Douglas Morrison a été l'une des plus brillantes comètes du rock.

– On dit qu'il est toujours vivant.

– C'est vrai. Mais dans nos cœurs meurtris seulement.

– *Le Roi Lézard est toujours vivant, mais dans nos cœurs meurtris seulement.* Ça ferait une bonne chanson, vous croyez ?

– Proposez-la à Gérard Antony. Vous verrez bien.

12

C'était donc ça, traverser le désert. Louise regardait les volutes de chaleur monter depuis le trottoir du *Clairon des Copains*. Gérard Antony était injoignable. Et l'enquête ensevelie dans les dunes du passé.

Elle avait laissé plusieurs messages sur son répondeur, se présentant comme une consœur de Laurent Angus. Son contact habituel à France Télécom était en congés ; elle ne connaissait personne capable de lui dénicher une adresse à partir d'un numéro de téléphone sur liste rouge. Elle avait rappelé Angus, le journaliste ignorait où résidait Antony. « Je suppose qu'il voyage beaucoup, soyez patiente. » Blaise Seguin était lui aussi porté disparu. Il avait un refuge secret. Ou était tout simplement en colère. *Je vous ai connue plus circonspecte, Louise.*

La disparition la plus douloureuse était celle de Serge. La plus subtile aussi. Bien sûr, il répondait à ses coups de fil, écoutait ses excuses, ses promesses de se retrouver lorsque l'horizon serait dégagé, mais sa chaleur s'était dispersée, sa voix rafraîchie. Louise prenait sur elle, et avait cessé de l'appeler depuis trois jours. Elle n'était pas trop pessimiste. Une fois la piste de Julian déblayée, elle reviendrait à Clémenti. Et Clémenti lui reviendrait.

Ces jours de touffeur et d'incertitude, elle en venait à regretter l'absence de Gabriel Casadès. Dans le fond, il était le dernier interlocuteur avec qui évoquer Julian. Le dernier coyote dans le désert de juillet. Un coyote à foie jaune, qui jouait le chaud et le froid, envahissait son monde avant de se terrer dans sa tanière. Elle n'avait pas peur de lui, elle pensait même avoir saisi son mode de fonctionnement.

Le miracle se produisit dans le creux de l'après-midi. Louise mettait la dernière main à un rapport de filature sur son ordinateur portable lorsque Robert vint annoncer qu'un certain Antony la demandait au téléphone. Louise prit la communication au comptoir, cœur battant et gorge sèche. Elle lâcha l'histoire qu'elle avait peaufinée : pigiste pour *Rolling Stone*, elle comptait dresser l'état des lieux du rap français ; pour elle, Antony et ses poulains étaient le passage obligé. Méfiant, le producteur posa quelques questions-pièges sur la scène rap actuelle, auxquelles elle répondit grâce à son étude studieuse des dernières chroniques de Laurent Angus et de ses confrères. Il devint plus accommodant, proposa un rendez-vous le soir même dans un studio d'enregistrement près du Trocadéro. Elle raccrocha avec un large sourire.

Robert astiquait un verre d'un œil goguenard.

— Tu mens comme tu respires, Louise. J'appelle ça du talent.

— Et moi, je respire comme une grosse odeur d'emmerdements, grogna pépé Maurice, accoudé à son percolateur. D'ailleurs, M. Blaise pense comme moi.

Louise ne cacha pas sa surprise.

– Il est dans sa campagne et m'a appelé hier, pour prendre des nouvelles de toi.

– Quelles nouvelles ?

– Savoir si tu allais bien, et si un déplaisant au vague accent sudiste t'avait rappelée.

– Tu as l'adresse de sa maison ?

– Quelque part au bord de la mer.

– C'est vaste.

– Si j'avais cette adresse, je te la donnerais. Idem pour le téléphone. Souffler un peu te ferait le plus grand bien.

– Ne t'inquiète pas. Je gère.

Le vieux bistrotier offrit une moue dubitative à l'air ambiant, avant de servir un café et un calva à un habitué penché sur un journal hippique. L'habitué leva les yeux, découvrit le gros visage bourru de pépé Maurice, avala sa salive, comprit enfin que le courroux ne lui était pas destiné et replongea dans son journal. Louise quitta le *Clairon*, un rien perturbée. Seguin ne l'avait pas habituée à ces façons mystérieuses. Veiller sur elle en décampant vers un lointain rivage était une méthode de mollusque, pas de premier secrétaire du comité central de soutien de Julian Eden.

Elle rejoignit son bureau-appartement en se promettant d'obtenir des explications. Une cliente arriverait bientôt pour un premier rendez-vous. Une femme persuadée que son mari s'intéressait de trop près à une collègue de travail. Louise aurait voulu confier l'affaire à Seguin pour avoir les coudées franches. *M. Blaise* ne perdait rien pour attendre.

On est ensemble, c'est c'qui compte / Réchauffe ta haine pas ta honte / T'es mon frère de galère / On a la même gueule de travers / Oublie les charognards /

Écoute pas les busards / On est ensemble, c'est c'qui compte / Réchauffe ta haine pas ta honte…

Au-delà de la paroi de verre, il chantait les yeux fermés, ses bras tatoués et chargés d'or marquant la cadence. Derrière lui, un Black colossal au crâne rasé maniait le sampler, la mine concentrée. Un sosie de Malcolm X s'activait derrière la boîte à rythmes. Louise était installée dans la cabine d'enregistrement avec Gérard Antony et les ingénieurs du son. Le producteur lui parlait des mérites de Mojo Kool depuis un moment ; il était fier de ce groupe déniché en Seine-Saint-Denis, mené par Malik, un jeune d'origine algérienne, « au charisme indéniable ».

Louise avait apporté un calepin, un crayon, et buvait les paroles du producteur, ne perdait rien de ses mimiques. L'homme, grand et solide, n'avait guère changé par rapport à la photo prise au *Rock and Roll Circus* et vue au *Renaissance*. Il avait gardé ses cheveux, même s'il avait quelque peu blanchi, échangé son élégance latine contre un tee-shirt et un pantalon battle-dress. Le visage s'était bien sûr ridé, mais le regard brillait d'une intelligence vive. Depuis quelques minutes, elle se demandait quel serait le moment idéal pour lui dire la vérité.

Il arriva vers minuit. Mojo Kool reprenait un morceau qu'Antony conseillait à Malik d'interpréter avec une certaine distance, histoire de créer des ruptures de rythme dans l'album et de laisser entendre au public que le groupe avait « plus d'un registre dans les tripes ». « Et dépassait la révolte adolescente de mômes de banlieue », murmura-t-il dans l'oreille de Louise. Elle appréciait son style. Persuasif sans être insistant, il savait jouer la concertation ; Malik et ses compagnons devaient trouver eux-mêmes les « bonnes couleurs ».

Il proposa de boire un verre. L'enregistrement prenait plus de temps que prévu. Il fallait s'octroyer une pause.

Dans le bar feutré qui diffusait *I Say a Little Prayer for You*, par Aretha Franklin (du point de vue de Clémenti la plus belle composition de Burt Bacharach), il commanda de la tequila, reprit le fil de l'interview. Malik et ses copains étaient bourrés de talent. S'ils acceptaient de dépasser une tendance à la facilité, on ferait d'eux un groupe aussi respecté que NTM. Louise but une gorgée de tequila, demanda à sainte Aretha de prier pour elle et annonça la couleur. Elle n'était pas journaliste à *Rolling Stone*, mais gérante et seule employée de l'agence d'investigations que lui avait léguée son oncle, Julian Eden. Elle craignit une réaction négative. Mais il vida sa tequila d'un trait, et demanda d'une voix inchangée si elle le suivait pour une deuxième tournée.

– Je vous suis. Et vous aussi, j'espère.

– Voilà bien le genre de phrase qu'aurait lâché ton oncle. Maintenant que j'y réfléchis, je retrouve quelque chose de lui en toi. Mais pourquoi cette mise en scène ? Une demande simple et directe aurait suffi. « Bonjour, je suis la nièce de ton meilleur ami. Peux-tu me parler de lui ? »

– J'ignorais que c'était ce que Julian était pour toi. J'ai eu peur de me faire virer par un pro très occupé.

Il hocha la tête, en homme mûr qu'amusent les bêtises d'une môme. Et il y avait de cela. Louise se sentait légèrement ridicule. Angus l'avait affolée avec ses descriptions d'Antony capable du grand écart entre des positions politiques extrêmes, l'homme à femmes, l'arriviste plaqué or.

– Et maintenant que tu le sais, tu te dis que je te dois bien ça ?

– Personne ne me doit rien. Je n'ai pas une mentalité d'assistée.

– À la bonne heure, jeune Louise.

Le serveur apporta les consommations. Antony alluma un cigare bagué. Julian Eden appréciait ces gourmandises cubaines ; Kathleen, la mère de Louise, reprochait à son frère d'en consommer en présence de sa nièce. Elle n'aimait pas qu'il lui « enfume ses robes ». Adrien Morvan reprochait de son côté à Julian d'enfumer l'esprit de sa progéniture. Chacun son style.

– Alors, que veux-tu savoir, Louise Eden Morvan ?

– On m'a dit que Julian travaillait pour toi.

– *On* t'a dit ?

– Gabriel Casadès.

– C'est bien le flic qui enquêtait sur sa mort ?

– Pas la peine de me faire un topo sur le bonhomme. Tout le monde lui trouve un genre cloporte. C'est une affaire entendue et ce n'est pas ce qui m'intéresse.

Il rit en soufflant la fumée de son *habano* vers le plafond. Elle venait de se souvenir que Julian le méticuleux n'utilisait jamais le terme *havane* : il aurait pu parler « complexité aromatique » et « triple fermentation » avec Fidel Castro en personne.

– Ton oncle tout craché, Louise. Ça fait plaisir à voir. Oui, Julian travaillait pour moi. Je lui avais demandé de surveiller une chanteuse tentée par la concurrence. Or notre contrat stipulait qu'elle me devait d'autres albums. Julian est mort avant de conclure l'enquête. Mais ça n'avait rien à voir.

– Pourquoi ?

– Ma chanteuse ne trempait pas dans des histoires louches. C'était juste une fille ambitieuse.

– Comment s'appelait-elle ?

– Son nom ne te dira rien. Elle a sombré dans l'oubli. Comme beaucoup.

– Dis toujours.

– Elle s'appelait Marina.

– Elle connaissait Jim Morrison ?

– Aucune idée, pourquoi ?

– Casadès est obsédé par Morrison. Il essaie de me faire sentir, ou de me faire croire, que la mort de Julian a un lien avec le chanteur des Doors.

– Première nouvelle.

– Marina vit toujours ?

– J'aimerais le savoir. Juste avant l'affaire, elle a disparu de la circulation.

– Raison de plus pour penser qu'il y a peut-être un rapport de cause à effet.

– Elle couchait avec ton oncle. C'était le seul rapport à signaler.

– Il enquêtait sur l'une de ses maîtresses ? Il attachait beaucoup d'importance à la déontologie. Ça n'a pas de sens.

– Je lui ai demandé ce service en ami. Je connaissais leurs relations. Elles étaient sans conséquence. Julian n'était pas du genre à se faire mettre le grappin dessus. Quand il a su que Marina essayait peut-être de me doubler, il n'a pas hésité entre l'amitié et le cul. Je te choque ?

– Non. J'ai bien compris que mon oncle était plus fidèle en amitié qu'en amour.

– Exact. Et j'ajoute que c'était un type bien. Je trouve courageux que tu aies envie de savoir ce qui s'est vraiment passé. Moi aussi, j'ai voulu savoir.

– Et tu n'as pas réussi ? Tu as des relations partout. Tu étais très ami avec un parrain de la mafia. On a retrouvé de l'héroïne chez Julian. J'ai pensé que ton ami Brazier était au courant.

– Bon raisonnement. Mais non, Pascal Brazier n'a pas su qui m'avait tué Julian.

Sa voix avait à peine chaviré. Louise constatait qu'il se maîtrisait remarquablement. Il consulta sa montre. Elle proposa un troisième round pour allonger le temps, digérer les images qui affluaient. Julian et Gérard attablés au *Rock and Roll Circus*, écoutant la meilleure musique du moment, commentant les improvisations d'Hendrix, les mélodies des Beach Boys, les géniales élucubrations de Zappa, les fulgurances du Velvet Underground ou de Ike et Tina Turner. Julian et Gérard trinquant avec de jolies filles dans les volutes de Romeo y Julieta ou de Partagas.

Elle eut une intuition.

La photo prise au *Rock and Roll Circus*. Morrison au bar. À l'arrière-plan, Julian, Gérard et la blonde aux cheveux lisses. Frange au ras des sourcils, pommettes hautes, yeux glaciers en amande. Louise donna sa description à Antony.

– C'est bien Marina. Tout à fait le genre de Julian. Séduisante, sûre d'elle. Un peu froide.

– Et ambitieuse. En disparaissant, elle mettait un terme à sa carrière. C'est incompréhensible.

– L'époque ne manquait pas d'étoiles filantes.

– Tu as dû vouloir la retrouver, je suppose. Ça ne devait pas être difficile. Vous fréquentiez les mêmes lieux.

– J'ai posé mille questions à autant de personnes. Ensuite, j'ai eu d'autres préoccupations. Si tu es aussi bien renseignée que je l'imagine, tu sais que la justice m'a créé quelques ennuis. Mon dossier aux RG est gros comme un annuaire. Marina était devenue le cadet de mes soucis.

– Casadès pense que c'est toi qui as demandé sa

mutation grâce à tes relations. Il ne s'est jamais remis d'avoir été dessaisi de l'affaire.

– Dommage pour lui. L'amertume n'est pas un carburant. Je n'ai jamais cru deux secondes que la mort d'un privé passionnait la police. Pour une fois qu'un flic s'intéressait, tu me vois demander sa mutation ? Et à qui ? Mon dossier n'incitait pas les pontes de l'Intérieur à fraterniser. Et le sentiment était réciproque.

Il régla l'addition. Elle aurait voulu le retenir, parler jusqu'au matin. Il lui tendit une carte de visite.

– Mon adresse personnelle. Passe me voir en cas de blues. Ou d'avancée dans ton enquête. Les Mojo Kool m'attendent, il faut que j'y retourne. Dis-moi où te joindre.

– J'ai repris les bureaux de mon oncle.

– Quai de la Gironde ?

Elle hocha la tête, but une gorgée d'alcool. Antony imprima une pression légère sur son épaule et quitta le bar. Il trouve ma démarche stupide après tout ce temps, se dit-elle en détaillant la robe dorée de la tequila. Elle lui rappelait une anecdote de Blaise. Julian sur les traces d'un escroc ayant vendu le même labrador à trois acheteurs différents. Il l'avait retrouvé dans un bar du quartier de la Gaîté, une nuit de décembre, déguisé en Père Noël, parce que le comité d'entreprise d'une société installée dans la tour Montparnasse l'avait engagé pour une journée destinée aux enfants du personnel. Le chien portait un bonnet rouge à pompon lui aussi. Maître et animal buvaient de la tequila. Le cador n'était pas le plus sobre du duo ; Julian avait pu courser le maître dans les rues enneigées du quartier sans se faire mordre. Il n'avait pas prévenu la police ; le faux Père Noël avait dû rembourser les trois *non-propriétaires* du labrador alcoolique.

Julian était aussi décontracté qu'opiniâtre. Pour dénoncer un mari infidèle, retrouver un escroc ou mettre à jour les motivations d'une chanteuse. Marina avait disparu en abandonnant sa carrière, et ce, avant que Julian ne soit tué. Antony ne voyait aucun rapport ; difficile d'adhérer à son point de vue. Pour une fois, occasion lui était donnée de glisser vraiment ses pas dans ceux de Julian, en suivant les traces de Marina. Le *Renaissance* ferait une excellente case départ.

Elle n'avait jamais rien dérobé dans un bar. Ni dessous de verre cartonné, ni cendrier. Quel serait le meilleur subterfuge pour voler une photo dans un espace bourré de fans des Doors ? Il n'y en avait pas. La meilleure méthode restait l'improvisation.

13

La blonde au physique de catcheuse faisait tourner le *Renaissance* en solo. Affairée, elle préparait une série de cocktails à l'intention des clients du bar mais repéra vite Louise et lui adressa un signe de reconnaissance. Catherine avait une trentaine d'années, il était improbable qu'elle ait connu Marina. Louise préféra l'interroger au sujet de Casadès. La serveuse resta d'humeur égale, déclara ne pas l'avoir revu.

– Où habite-t-il ?
– À l'hôtel.
– Dans le quartier ?
– Aucune idée. Qu'est-ce que vous prenez ?
– Une tequila et un jambon-beurre.

Ne s'inquiétant pas de l'incongruité de la commande, Catherine prépara ce qu'on lui demandait. Louise reconnut *L.A. Woman*. Jim Morrison racontait l'histoire d'une femme seule, si seule dans la nuit californienne, petite âme perdue dans la cité des anges, innocente larguée dans une ville de menteurs. Quant aux conversations du *Renaissance*, elles évoquaient la tour de Babel. Les clients du bar étaient des Américains, mais on captait des voix allemandes, néerlandaises, britanniques, françaises.

La serveuse déposa consommation et sandwich sur le comptoir, puis partit téléphoner. Appelait-elle Casadès ?

Louise quitta son tabouret, décrocha du mur la photo convoitée et la fourra dans son sac. La tequila lui donnait des ailes. Elle reprit sa place, tapota son sac. Elle comptait finir son dîner mexicano-parisien tranquillement et quitter les lieux d'un air dégagé.

« S'ils te disent que je ne t'ai jamais aimée, ce sont des menteurs, tu le sais bien », chantait Morrison. Est-ce que Marina en avait voulu à Julian de ne pas la préférer aux autres, à toutes les autres ?

Are you a lucky little lady in the city of light / Or just another lost angel ? / City of night / City of night / City of night...

« Es-tu une petite lady dans la cité lumière ? Ou juste un autre de ces anges perdus dans la cité de la nuit ? » Louise tapotait son sac en rythme. Marina, si froide ? Vraiment ? Une femme effrayée, peut-être, et qui cachait ses émotions sous un visage de neige. Que craignait-elle au juste et pourquoi ? L'ambitieuse envisageait de quitter un producteur déjà respecté pour trouver mieux, puis disparaissait sur un coup de tête. Antony la dépeignait comme une calculatrice. Les filles dans son genre s'offraient-elles des volte-face improvisées ? Et un homme comme Julian aurait-il vraiment accepté d'espionner sa maîtresse, qu'il l'ait aimée ou non ?

L'amitié comptait plus que l'amour pour lui. Certainement. Mais il y avait aussi la décence. Du moins à la mode Julian Eden. Il aurait posé des questions directes à son amie Marina, mais ne l'aurait pas espionnée, caché dans les replis de la ville. Louise avait le sentiment d'avoir avalé les déclarations de Gérard Antony d'un bloc, sans prendre le temps de faire le tri. Bien sûr, c'était la première fois qu'elle enquêtait sur une histoire qui la touchait personnellement.

Et tu penses que c'est vraiment une excuse, ma fille ? demandait-elle à son reflet dans le grand miroir du bar.

La tequila la réchauffait plus que ce qu'elle avait imaginé. Elle avait été heureuse qu'Antony choisisse cet alcool. Julian l'appréciait. En la dégustant avec le producteur, elle avait voulu recréer l'ambiance entre les deux amis. Ces moments où ils se faisaient des confidences. Les moments où Gérard attendait de Julian un compte rendu sur Marina ?

Un bras musculeux sur l'étain du comptoir. Louise se tourna vers le visage de Navajo. Il souriait de toutes ses dents, et elle dompta l'envie de briser cette nacre de requin avec son sac à main lesté de nostalgie. Elle voulait repartir avec le portrait de Marina, ne pouvait pas se permettre un esclandre. Elle jeta un coup d'œil à la serveuse, c'était elle qui avait prévenu Navajo.

– Désolé pour la branlée. Mais c'était juste un boulot. Et j'ai pas frappé trop fort.

Trop poli pour être vrai. Louise cherchait une escapade. Elle n'avait jamais envisagé la présence de cet olibrius dans le scénario. Quel autre choix que de jouer la conciliation ?

– J'admets que tu as fait du beau travail. Je suis à peine défigurée.

– Tu cherches Casadès ?

– Sans doute.

– J'aime bien Casadès, mais je préfère Castaneda. Tu connais ?

– Tu m'en as parlé avant de me défoncer le crâne. Un écrivain très à la mode dans les années soixante-dix.

– On s'en fout de la mode. Carlos Castaneda était

un génie. Il a reçu un enseignement chamanique de première bourre. Avec don Juan, un Indien Yaqui.

– J'ai lu qu'on n'était sûr de rien à propos de Castaneda. Sa mère disait qu'il était un gros menteur étant gamin.

– Tu confonds mystère et mensonge. Castaneda a récupéré le savoir du Mexique ancien. C'est pas rien.

– L'auteur de mon livre expliquait que les Indiens eux-mêmes ne croyaient pas à ce qu'il racontait.

Louise réalisa qu'elle avait un gros problème. Non seulement cet Indien de pacotille était un baratineur né, mais de plus il n'avait pas hésité à l'esbaudir au Père-Lachaise pour de l'argent. Il n'hésiterait donc pas à donner l'adresse de Casadès sur le même principe. Or son portefeuille dormait dans son sac à main, en même temps qu'un cadre volé. Ce sac n'avait donc aucun intérêt à l'ouvrir pour se mêler de la conversation. Elle eut le sentiment que Jim Morrison lui soufflait la solution à l'oreille, que les autres clients percevaient la situation et la jalousaient. Ils venaient se recueillir depuis des mois, des années, dans ce mausolée appelé injustement *Renaissance*, et Jim choisissait de s'adresser à la dernière venue. Une novice, une fille qui n'était même pas une fan. Louise Eden Morvan, venue de nulle part, petite lady perdue dans la nuit. Une femme ressemblant vaguement à la fiancée du chanteur, au crépuscule et dans le brouillard, et qui n'avait même pas eu la décence de déposer une rose rouge sur sa tombe.

Elle voyait leurs visages se métamorphoser, elle les entendait penser.

Navajo avait gagné des canines en Plexiglas et un nez en or. Ça ne l'arrangeait pas. Il était temps de quitter l'étain du comptoir et la moleskine du tabouret pour voguer vers un autre cap. Elle se laisserait guider par le phare. Une cité de lumière en possédait des tonnes. Elle ne distinguait pas les traits de Jim, mais sentait son haleine dans son cou, et elle aimait sa voix. Dans le paysage, il était le seul qui ne nourrissait aucun sentiment négatif à son égard. Il lui parlait parce que c'était son métier de poète, et n'en tirait aucune gloire, il avait obtenu toute celle qu'un homme de chair et de sang pouvait espérer. Et l'éternité était devenue son meilleur imprésario.

Métamorphose. Métamorphose. Transformation lente et continue. Voire liquéfaction. Elle voyait les disciples de Jim se métamorphoser et espérait rester intacte dans cette dissolution. Les adulateurs du chaman californien commençaient à se répandre comme les personnages d'un tableau peu soigneux. Gueules étirées, visages crayeux, épidermes baveux, et leurs voix de Babel se disloquaient à l'instar de leurs corps. Les refrains néerlandais, anglais, pakistanais s'entremêlaient dans les lumières du *Renaissance*, ce n'était pas harmonieux, Louise entendait les chœurs d'un opéra rock de mauvaise qualité. Et une infime partie d'elle savait, était sûre, que la serveuse avait mis autre chose que du liquide à freins dans la tequila.

Navajo parlait, Navajo sifflait des phrases définitives par ses narines aztèques. Louise laissait filer ces déclarations comme des flèches impuissantes. Elles n'avaient pas la capacité de l'atteindre. Pas encore. Je serai une rescapée si je décide très fort d'en réchapper. Mon échappée belle le restera si je tiens bon. *Viens avec moi, Louise, je vais t'emmener voir Casadès, je sais où le trouver*, disait Navajo. Et Jim le gentleman donnait la réplique :

Bien plus que ton oseille / Ce putain d'Indien veut ta

*peau, mademoiselle / Si j'étais toi, je me translaterais
dans la nuit / Je me dissiperais sans un bruit...*

Louise marcha vers la sortie, se laissant guider par
le nord magnétique ; elle savait qu'elle était droguée
comme Janis avant qu'elle ne chante son dernier blues,
comme Hendrix avant son dernier riff, comme Morrison
avant qu'il ne devienne le Roi Lézard. Elle s'imagina
un corps de robot, un cœur de robot, et surtout une
conscience de robot. Solide, solide. La conscience,
la conscience. Si elle réussissait à rester en un seul
morceau, elle franchirait les portes de la perception et
rentrerait chez elle. Si. Si et seulement si.

Elle se sentit femme-machine. Elle renversait meubles
et montagnes, projetait ce qui tombait sous sa main de
métal vers les points cardinaux. Les adorateurs de Jim
tentaient de la retenir. Étaient-ce des insultes ou des
encouragements qui s'échappaient de leurs bouches
saturées de lumière ? Louise, la femme d'airain gavée
de boulons, lutta, lutta. Et les portes s'ouvrirent. Sur
un grand Circus, et ses draperies éclatantes, et ses
torches enflammées portées par des éléphants à la peau
colorée de pigments.

Navajo n'avait pas de ticket, manque de chance
pour lui. Et le portier ne portait pas de livrée. Mais un
costume prince de galles avec une pochette en soie. Et,
comble de bonheur, il avait le visage qu'elle aimait.

— *Je t'ai cherché partout, Julian. Pourquoi m'as-tu
fait attendre si longtemps ?*
— *Il fallait te laisser le temps de grandir, Louise. Tu
es devenue bien jolie. Ça valait le coup de patienter.*
— *Je dépérissais sans toi.*
— *Mais non, tu sais très bien t'en sortir seule. Aie
confiance en toi.*

– *Tu es mort, n'est-ce pas ?*
– *Eh oui, je le crains. Mais ce n'est pas si grave.*
– *Qui t'a fait ça ?*
– *Je ne sais pas, ma Lou. Les yeux dans le dos, ça n'existe pas. Ou alors chez certains poissons des mers du Sud. Je ne nage pas dans ces mers-là.*
– *Où est Marina ?*
– *J'ai essayé de retrouver ses traces.*
– *Et tu as réussi ?*
– *Non, ses traces me dépassent, mais quelle importance ?*

Les portes du grand Circus se refermaient et avalaient le portier en costume de gentleman. Louise sentit son cœur se déchirer. Elle ne pouvait pas perdre le visage de Julian, pas une seconde fois. Elle se retourna. Le Circus s'était évanoui, ses murs n'étaient plus que des volutes de vapeur grise. Ils avaient été remplacés par un placage de nuit, en bois de macassar sombre, sombre comme les forêts bordant les mers du Sud où Julian rêvait de se perdre.

Elle vit les tigres incandescents qui vivaient dans ces forêts. Ils filaient droit devant eux, accaparés par leurs chasses, leur gibier avait des couleurs de lune. Tiens bon, Louise, tiens bon. Tu es un corps-robot, tu as un cœur-robot, une conscience-robot. Et des boulons. Ils ne peuvent pas t'atteindre. Tu évolues dans un décor. Tu peux traverser la forêt profonde, le thé de la serveuse se dissipera, les canines de Navajo reprendront leur teinte de nacre, son nez d'or tombera comme une offrande à un conquistador. Et tu seras sauve. Julian te l'a dit : aie confiance en toi. Tu sais t'en sortir seule. *Ce n'est pas si grave.*

Un homme à tête de faucon venait d'apparaître

dans la forêt de Sumatra. Vêtu tel un explorateur prévoyant, il lui tendait les bras, l'invitait à s'y pelotonner. Il parlait beaucoup, mais dans une langue étrangère. Avait-il appris la langue des marins malais ou celle des Chinois du détroit ? Louise tenta de parler, mais ce fut un langage de sourds. Elle voulait lui hurler de la sortir de là, et c'est peut-être ce qu'elle fit.

14

Elle avait atterri sur un canapé, son canapé. Et au beau milieu d'un salon. Le sien. Odeur de café. Son sac posé à ses côtés. La porte de l'appartement close. Et une migraine à décorner l'intégralité des vaches sacrées du Rajasthan.

Elle entendit quelqu'un siffloter, reconnut la chanson d'Aretha Franklin. Un inconnu s'affairait dans sa cuisine. Elle voulut fuir. Ses jambes en décidèrent autrement.

– Tu vas mieux ?

Gérard Antony souriait, équipé d'un plateau sur lequel fumait la cafetière italienne. Soulagement. L'ami de Julian mit d'office deux sucres dans un bol et lui tendit. Elle prenait son café nature, mais le moment était mal choisi de contredire son sauveur. Il lui expliqua avoir reçu un coup de fil en pleine nuit d'un Américain, client du *Renaissance*.

– Tu avais renversé tables et verres. Tu tenais des propos d'autant plus incohérents pour lui qu'ils étaient en français. Et la serveuse n'appelait pas la police. Alors cet Américain a pris l'initiative de fouiller ton sac. Il a trouvé ma carte de visite, m'a appelé à la rescousse. Je t'ai récupérée dans le caniveau, entourée de touristes médusés. Je t'ai rapatriée quai de la Gironde. Tu as déliré toute la nuit. Ce matin, j'ai éconduit un client avec qui tu avais rendez-vous.

– Quelqu'un a glissé un acide dans mon verre.

– Possible. La dernière fois que j'ai vu quelqu'un d'aussi parti, c'était dans les années soixante-dix. J'ai préféré t'éviter les urgences psychiatriques. Psys et flics, même combat. Et je savais qu'avec du temps, tu sortirais de ton trip, à peu près en un seul morceau.

– Merci, Gérard.

– Il n'y a pas de quoi. Mais j'aimerais que tu me racontes qui t'a joué ce mauvais tour, et pourquoi.

– Les amis de Casadès. Leurs motivations m'échappent.

– C'est peut-être lié à la photo encadrée que j'ai trouvée dans ton sac, proposa-t-il avec un ton de père indulgent face aux âneries de sa fille.

– Je ne t'ai pas cru quand tu as prétendu que la disparition de Marina n'avait rien à voir avec celle de mon oncle.

– Le moins qu'on puisse dire, c'est que tu es têtue.

Elle but une gorgée de café en plissant les yeux ; elle n'avait rien ingurgité de meilleur depuis des années. Antony s'y connaissait en rap et en kawa. Ni trop corsé, ni trop léger. Le bon rythme, la bonne couleur. Julian aussi confectionnait des cafés latins en son temps, et, pour un Britannique, c'était un bel effort. Elle reposa sa tasse, regarda le producteur. Elle venait de se souvenir de son « dialogue » avec son oncle. Elle l'avait cru vivant. Elle aurait pu le toucher. L'amertume lui embua les yeux.

– Eh, qu'est-ce qui t'arrive ? Tu ne vas pas craquer maintenant, Louise.

– J'étais tellement défoncée que j'ai vu Julian, cette nuit.

Le visage de son oncle s'attardant sur sa rétine, sa voix-écho tremblant dans le purgatoire de ses pensées. *Aie confiance en toi, Louise…*

– Des tas de gens ont vécu ce genre de scènes en abusant des paradis artificiels. Ça ne veut rien dire, tu le sais bien. Éloigne-toi de ce salopard de Casadès. Je vais te dire ce que je sais. Mais promets-moi que ça restera entre nous. Julian est mort depuis longtemps et il y a prescription, mais les flics n'ont jamais vraiment cessé de rôder autour de moi. Un retour de flamme est vite arrivé. Tu comprends ?

Elle hocha la tête. Un espoir poids plume chatouillait sa poitrine. Elle avait payé le droit d'entrée pour pouvoir écouter les histoires d'Antony. Le montant était élevé, mais on ne vit qu'une fois, n'est-ce pas ? *C'est ça, Louise*, lui souffla Julian. *Tu es sur la bonne voie. Laisse-toi flotter, écoute la brise murmurer. Aie confiance…*

Elle ne perdit pas une once du récit d'Antony alors qu'il l'entraînait vers la cuisine pour fouiller ses placards et trouver de quoi les nourrir. Le matin fleurissait sérieusement dans la rue à présent. Les fantômes se dissipaient, les vivants réclamaient de quoi se sustenter. Il lui confectionna un porridge avec un restant de céréales écossaises et du lait par chance encore frais. Elle eut droit à une remarque sur son absence totale de talent de femme d'intérieur, ses provisions rachitiques. Elle passa outre. Ce qu'il lui révélait valait toutes les remontrances du monde.

– À mon tour de te poser une question, dit-il après son long témoignage.

– Je t'écoute.

– Ton oncle est mort dans son Aston Martin, n'est-ce pas ?

– Oui.

– Alors pourquoi as-tu gardé cette voiture ?

– Je ne sais pas exactement.

– Questionne-toi tout de même.

– Sans doute pour apprendre à regarder la réalité en face.

Il la fixa un moment, dégagea une mèche folle sur son visage, et enleva avec son doigt un reste de porridge égaré sur sa joue avant de l'avaler sans hésiter.

– Très peu de gens réussissent à m'étonner, Louise. Je ne regrette pas de t'avoir tirée du caniveau, finalement.

Ludovic Bernardin s'étira et consulta sa montre. Il était 9 h 22, et le quinqua bien conservé qui avait raccompagné la détective chez elle, la veille, à moitié soûle, et à une heure improbable, n'avait pas encore réapparu. Le jeune inspecteur hésitait à utiliser sa radio pour joindre son patron. Il tergiversa encore un peu et demanda à lui parler. Ils eurent une courte conversation, entrecoupée de silences à la légèreté d'enclume. Clémenti avait voulu être prévenu de l'arrivée éventuelle de Gabriel Casadès. Bernardin expliqua que le visiteur ne ressemblait pas à la photo de leur ex-collègue. Qui plus est, il ne portait pas de pardessus en tweed et roulait en BMW. Le commissaire reprit une voix neutre pour ordonner de suivre cet homme et de découvrir son identité.

Penchée à sa fenêtre, Louise vit Antony monter en voiture et prendre la direction de l'avenue Corentin-Cariou. Elle se sentait aussi exténuée qu'euphorique.

Sans le vouloir, les sbires de Casadès lui avaient donné un joli coup de pouce. Elle sourit en pensant à Carlos Castaneda, aux portes de la perception défoncées à coup de peyotl. Sans cette virée initiatique offerte par l'Indien bidon et la serveuse catcheuse, elle n'aurait pas obtenu les révélations de l'ami de son oncle.

Elle ne s'était pas trompée au sujet de Julian : jamais il n'aurait espionné l'une de ses maîtresses.

Elle se resservit un café et se remémora les déclarations d'Antony. Julian n'avait enquêté qu'après la disparition de la chanteuse. Et sa carrière n'y était pour rien. Outre ses fréquentations du show-biz, Marina était l'épouse de Wlad, trafiquant de drogue et gros bras du parrain Pélégrini.

Jim Morrison jouait un rôle essentiel dans cette histoire. Avant sa mort à Paris en juillet 1971, le leader des Doors avait enregistré des chansons de sa composition avec des musiciens rencontrés par hasard. Marina connaissait l'existence des bandes et faisait partie des rares personnes au courant de sa mort. Seule ou avec l'aide de complices, elle avait forcé la porte du studio d'enregistrement et volé les précieuses bandes. Elle les avait proposées pour une somme rondelette – la valeur d'un agréable appartement parisien – à Gérard Antony, lequel avait vu là l'un des plus beaux coups de sa carrière.

Il s'était fait cambrioler à son tour. L'ultime enregistrement de Morrison avait disparu une seconde fois. Marina n'avait plus donné signe de vie. Antony s'était tourné vers son ami pour qu'il retrouve la jeune femme et les inédits. Julian avait localisé le studio d'enregistrement. Patron et ingénieur du son avaient loué leurs services à un certain Jim Douglas, accompagné de musiciens de seconde zone. Julian avait retrouvé leur trace. « Des pochetrons sans envergure », selon Antony. Leur version était la suivante : engagés par un Américain aimant les déclamations poétiques et les séances d'enregistrement bien arrosées, ils avaient fait ce qu'on leur demandait, touché leur argent sans se soucier du reste. Des techniciens aux musiciens, personne ne connaissait Marina.

Était-elle seule à savoir qu'Antony détenait les enregistrements ? S'était-elle confiée à Wlad ? Celui-ci avait-il éliminé Julian et laissé l'héroïne à son domicile pour embrouiller la police, et surtout Casadès, l'homme des Stups obsédé par la mort de Morrison ? Ces questions n'avaient jamais trouvé de réponse.

Louise hésitait à rappeler Jean-Louis Béranger à *Libération*. Ils ne s'étaient pas revus depuis sa rencontre avec Serge. Un choc que Béranger n'avait jamais digéré. Le journaliste connaissait l'histoire de la pègre parisienne sur le bout des doigts. Dans le temps, il la renseignait, vite et bien. Un homme providentiel. Mais qui l'avait rayée de ses fréquentations.

Elle décida de mettre sa fierté dans sa poche, l'appela, lui demanda de ses nouvelles.

– Tu as besoin de renseignements, c'est ça ?

– Difficile de dire le contraire, Jean-Louis.

– Eh bien, débrouille-toi. Je ne fais plus partie de tes larbins.

Et il avait raccroché. Dans sa voix, Louise avait capté la colère, mais aussi le tremblement de la nostalgie. Elle pensa à une méthode de persuasion, guère catholique, mais avait-elle le choix ? Elle dénicha une tenue de guerre dans son placard. Une robe moulante et décolletée, une paire de bas ultrafins, des sandales à très hauts talons. Elle se maquilla soigneusement et domestiqua sa chevelure.

Elle traversa Paris au volant de son Aston Martin et se gara non loin du journal. Le réceptionniste la reconnut et l'autorisa à monter en salle de rédaction. Elle la traversa sous les regards intrigués de quelques journalistes.

– Bonjour, Jean-Louis.

– Repars d'où tu viens.

– J'ai enfin une piste au sujet de Julian. Il faut que tu m'aides. Ça ne t'intéresse pas de savoir qui l'a tué ?

– Non.

– Même si ça concerne la mort de Jim Morrison ?

– Qu'est-ce que tu racontes !

Elle expliqua en détail ce qu'elle avait glané. Les manigances de Gabriel Casadès, ex-flic aigri et admirateur du chanteur des Doors. Ses révélations au sujet des nuits de Julian Eden au *Rock and Roll Circus*, un night-club fréquenté par Morrison, Antony, Marina. Elle raconta l'agression du Père-Lachaise après la séance de nostalgie de groupe, le double vol des inédits de Morrison. La traque infructueuse de Julian. Elle termina sur les accointances de Marina avec la bande de Pélégrini, et son mariage avec un dealer notoire.

Elle observa Béranger. Il rêvait toujours de la flanquer dehors, mais elle le tenait. Le journaliste avait mordu à l'hameçon.

– Je vais te donner ce que tu cherches. Mais je veux un retour.

– Fais-moi confiance.

– Oui, je sais que dans ce domaine-là, au moins, tu es réglo.

Elle ne précisa pas qu'elle avait fait la même promesse à son confrère Laurent Angus, mais de toute manière les deux hommes ne travaillaient pas dans le même secteur, et elle serait équitable.

Il l'emmena en salle de documentation, étala des dossiers sur une table et commença à les détailler. Elle le laissa opérer en gardant un silence respectueux.

– C'est bien ce dont je me souvenais. Marc Pélégrini est tombé en 1984. Tué à la sortie d'un bar. Règlement de comptes.

– Avec la bande de Brazier ? demanda Louise. Pascal Brazier, l'ami du producteur Gérard Antony.

– Brazier et Antony étaient potes, tu ne m'apprends rien. On a même dit à l'époque que Brazier avait fourni des armes aux amis politiques d'Antony pour l'enlèvement d'un banquier. Ils n'étaient pourtant pas du même bord idéologique.

– Qu'est-ce qui est arrivé à Pélégrini ?

– Il ne s'est pas fait avoir par Brazier. Les deux parrains se partageaient le territoire sans trop de heurts. L'affaire Pélégrini, c'était une histoire de changement générationnel. Le vieux Corse s'est fait dégommer par un jeune caïd de banlieue.

– Tu as quelque chose sur Wlad, son homme de main ?

Béranger dénicha une dépêche de l'AFP mentionnant l'arrestation de Wladimir Kostrowitzky, trente-quatre ans, pour trafic d'héroïne, la même année que la mort de Pélégrini.

– Ensuite, on n'a plus jamais entendu parler de lui.

– C'est certain ?

– Si je te le dis. Dans le milieu, ce type était perçu comme un psychopathe. Ça laisse un vide.

Louise n'eut pas à lui demander d'interroger son écran à propos de Marina Kostrowitzky, il était déjà en train de le faire. La chanteuse n'apparut ni dans la rubrique culturelle, ni dans celle des faits divers.

– Tu n'as rien, c'est sûr ?

– Si ton oncle a eu une liaison avec elle, Blaise Seguin doit être au courant. Réactive sa mémoire encyclopédique. Ça t'occupera.

– Blaise n'est pas joignable en ce moment.

– De l'eau dans le gaz ?

Elle haussa les épaules, avant de le remercier pour son aide. Il regroupa ses dossiers.

– Je ne te raccompagne pas, dit-il sans se retourner. Tu connais le chemin.

Sa gestuelle exprimait : tu m'as fait perdre mon temps, tes infos ne débouchent sur rien de juteux. Elle avança vers les ascenseurs, puis revint sur ses pas. Tant qu'à faire, autant demander à Béranger une bio détaillée de Gérard Antony, et quelques tuyaux sur ses nombreuses relations. Par la porte entrouverte, elle vit son ex-amant de dos, la tête appuyée contre les étagères. Les dossiers jonchaient le sol. Elle lui avait fait plus de mal que prévu.

Elle partit sans bruit. En croisant son reflet dans le miroir de l'ascenseur, elle détourna la tête.

15

Elle échangea sa robe contre un jean, s'installa derrière son bureau. Son agenda mentionnait, mercredi prochain, un rendez-vous unique en matière d'affaire potentielle. Le client renvoyé par Gérard Antony la veille s'était sans doute rabattu sur un confrère. Morvan Investigations entrait en récession.

Un truand mort, un dealer évaporé, une blonde oubliée, des bandes musicales qui n'intéressaient même plus les musiciens fantomatiques qui les avaient enregistrées. Bilan dérisoire. Louise se tourna vers l'étagère où trônait jadis le portrait de Julian. S'il avait été là, elle aurait rappé pour lui sur un tempo de Mojo Kool :

Yo, je sais plus c'qui compte / C'est la galère, c'est la honte / Tu me mets dans la mélasse / Je n'débouche que sur des impasses…

Elle observa un instant le dragon-toboggan. Des gamins glissaient sur sa peau de métal. Elle les voyait disparaître à toute allure. Dans le ciel d'un bleu dense, un oiseau, seul et rapide.

Elle refusa de glisser plus longtemps sur la pente du découragement. Sourit à son téléphone.

Elle intercepta Laurent Angus au moment où il sortait de *Chez Pierrette*.

– J'ai pensé que vous auriez une pépite pour moi dans vos archives, Laurent.

– Et quel est le sujet palpitant, cette fois, jeune dame ?

– Juste avant sa mort, mon oncle enquêtait pour le compte de Gérard Antony. Sur une certaine Marina Kostrowitzky.

– Ce nom imprononçable est censé me provoquer un orgasme instantané ?

– Marina était chanteuse. Sous contrat chez Antony. Et l'épouse d'un dealer.

– Que les gens sont compliqués !

Elle décida de garder au chaud l'histoire des bandes inédites de Morrison. Elle annoncerait la vérité par paliers, s'adaptant en cela au style d'un Gabriel Casadès voire d'un Gérard Antony.

– Je dois fouiller mes fichiers à la recherche de cette fille au patronyme aussi exotique que prometteur et vous rappeler, c'est ça ?

– C'est vous l'amateur d'exclusivités.

– Vous avez une façon spéciale d'appâter, Louise Morvan. Je comptais m'accorder une sieste, histoire de me préparer pour une nuit blanche et musicale. Et vous voilà comme un chien dans mon jeu de quilles.

– C'est à vous de voir si vous voulez faire un strike.

– Vous parlez comme un bonimenteur de foire. Vais-je continuer à vous croire ? plaisanta-t-il avant de raccrocher.

Bonimenteur de cirque plutôt. Qui plus est dans le grand Circus psychédélique de l'oncle Julian et de ses amis. Elle brassa un moment quelques idées vagues ; le téléphone interrompit sa rêverie. Blaise Seguin s'excusait d'avoir disparu de la circulation.

– C'était bien, la campagne ? lâcha-t-elle sans dissimuler son agacement.

– J'ai menti à pépé Maurice. En fait, j'étais à Paris.

Elle n'en croyait pas ses oreilles. Si Seguin se mettait lui aussi à inventer des scénarios inutiles, l'atmosphère allait devenir irrespirable.

– J'ai réussi à localiser Casadès. Ce cafard se planque dans un hôtel miteux à Pigalle : Le *Relais Trinité*. Il faut croire qu'il mijote de vous plomber l'existence à distance de sécurité depuis peu. Il a résilié le mois dernier le bail de son appartement. En fait, Clémenti a réveillé de vieilles rancœurs en voulant vous rendre service.

Il lui donna l'adresse. Son ton indiquait qu'il n'était pas peu fier.

– Et à quoi vous a servi ce safari ?

– Je n'ai aucune confiance en lui. Qui plus est, il n'a pas à vous siffler quand ça lui chante…

Une sonnerie indiquait qu'on tentait de la joindre sur une autre ligne ; elle demanda à Seguin de patienter le temps de prendre l'appel. La voix guillerette de Laurent Angus annonçait qu'il avait retrouvé une photo d'archives. Elle montrait deux femmes lors d'un concert rock organisé dans le parc d'un manoir près de Bessières-sur-Nahon, dans l'Essonne, à une vingtaine de kilomètres de Paris. La chanteuse Marina Kostrowitzky posait en compagnie de la propriétaire des lieux, une certaine Bérengère de Chevilly.

– Pas étonnant que le nom de Marina ne m'ait rien dit. Elle n'a enregistré qu'un disque dans sa carrière, une pâle copie du style Françoise Hardy. Mélodies pop gentillettes, filet de voix, chœurs en guimauve, arrangements fromageux. En tant qu'artiste, elle était Marina, son seul prénom. Mais qui a envie de faire carrière en trimballant un patronyme tel que « Kostrowitzky » ?

– C'était celui de son mari. Vous connaissez le nom de jeune fille de Marina ?

– Est-ce que j'ai une tête d'état civil, ma douce enfant ? Vous devriez déjà vous contenter des merveilles que vous a repêchées votre vieil ami Angus, non ? Elles vont vous doper et vous aurez bientôt du palpitant à me recéder. J'en suis persuadé.

Elle promit de le rappeler au plus vite avec des informations consistantes sur Gérard Antony. Dans le même temps, elle se percevait comme une traîtresse. Le producteur, bien que très occupé, avait pris le temps de l'écouter. Il l'avait tirée d'un mauvais pas. Et c'était un ami de Julian.

Pour le moment, son seul choix était de compartimenter. Lou, la douce enfant. Louise, la sale teigne. Avant de reprendre sa communication avec Seguin, elle réfléchit un instant. Chevilly, ce nom ne lui était pas inconnu, mais c'était lointain. Elle appuya sur la touche du téléphone.

– Bérengère de Chevilly, ça vous dit quelque chose, Blaise ?

– Bernie ? Qu'est-ce qui lui arrive ?

Illumination. *Bernie.* Bernie de Chevilly. Elle avait été la petite amie de son oncle. Une brune aux yeux clairs, toujours élégamment vêtue, la plupart du temps en hippie de luxe.

– Elle était romancière, n'est-ce pas ?

– Elle l'est toujours. Succès mitigé. Bernie publie également des chroniques dans la presse féminine.

– Vous vous intéressez à la presse féminine, Blaise ? C'est inédit.

– Bernie était charmante. Une véritable anticonformiste. Elle lisait Julien Gracq d'une main et mettait Led Zeppelin sur son tourne-disque de l'autre. Je ne l'ai pas vue depuis longtemps. Lire ses chroniques dans les salles d'attente de mes praticiens préférés me rend l'esprit d'une époque. Bernie doit avoir la soixantaine, mais elle a gardé une belle impertinence.

– Une femme riche, apparemment. Elle possède un manoir en Essonne. À Bessières-sur-Nahon.

– Bessières est la propriété familiale des Chevilly. Bernie y tenait salon. Le « *salon vert* ». Les dimanches, le Tout-Paris littéraire s'y pressait pour déguster sa fameuse blanquette de veau. Il y avait aussi des peintres, des musiciens. Et, de temps à autre, Julian et moi. Des souvenirs délicieux. Vous ai-je raconté cette soirée où une actrice de la Nouvelle Vague est venue…

Louise écouta la suite d'une oreille. S'il s'agissait d'une propriété familiale, Bernie y vivait sans doute encore. L'instinct lui commanda d'éviter le sujet. Elle interrompit Seguin pour lui faire part de ses récentes découvertes, détailla le rôle joué par Marina.

– La chanteuse évaporée connaissait la châtelaine guillerette, Blaise.

– Je me souviens de Marina. Une fille guère rigolote.

– Quelles étaient leurs relations, au juste ?

– Amicales. Malgré la différence d'âge. Marina avait dans les vingt-cinq ans, Bernie approchait de la quarantaine. Elle avait quelques années de plus que votre oncle. Ça ne se voyait pas. Elle était superbe. Et nettement plus classe que Marina.

– Pas de rivalité au sujet de Julian ?

– L'époque était relâchée sur le plan des valeurs bourgeoises, je vous le rappelle. Bernie a toujours été au-dessus des mesquineries de la jalousie. C'est une comtesse du XVIIIe égarée dans un espace-temps qui ne la mérite pas.

– Vous vous rendez compte du temps précieux que

j'aurais gagné si vous m'en aviez parlé au lieu de pister Casadès ?

– Croyez-moi, Louise, vous ne regretterez pas de connaître son adresse, le jour où vous lui réclamerez des comptes. Il ne vous a toujours pas demandé d'argent ?

– Pas un sou.

Elle oblitéra son aventure au Père-Lachaise et la visite nocturne de Casadès : elle n'avait aucune envie que Blaise lui gâche son affaire en allant tabasser l'ex-inspecteur dans son hôtel miteux. Ou plutôt qu'il paie quelqu'un pour le faire. Son carnet d'adresses était bourré de taupes, d'indics et de mercenaires.

Elle raccrocha sur un sentiment mitigé. Elle se serait attendue à ce qu'il soulevât un peu plus haut les vieilles couvertures du passé. *Des souvenirs délicieux... Le Tout-Paris littéraire... Au-dessus des mesquineries...* La nostalgie de Seguin, jadis si intéressante, commençait à la lasser. Elle déploya une carte de la région parisienne sur son bureau et localisa Bessières-sur-Nahon.

– Un tour à la campagne va me mettre de bonne humeur, dit-elle au dragon-toboggan en empochant ses clés de voiture.

Clémenti venait de passer au gril un employé d'une soupe populaire au passé judiciaire chargé. Comptabilisant vols à la tire et agressions, notamment sur un gardien de prison, l'homme s'était reconverti dans le monde caritatif grâce à un prêtre et travaillait rue des Pyrénées. Ses années vertueuses couvraient en partie la période d'activité du Boucher des Quais. Il avait nié pendant des heures avant de s'effriter. Mais ce n'était pas parce qu'un client lâchait du lest qu'il fallait prendre ses déclarations au pied de la lettre. Récemment, un groupe de la Crim' avait transféré à la justice un innocent ayant craqué pendant un interrogatoire. Le prévenu, accusé de viol et d'homicide, avait écopé de six années de prison jusqu'à ce qu'un autre homme se dénonce. Une comparaison d'ADN avait confirmé son témoignage. Clémenti n'était pas dupe : avant de devenir judiciaire, l'erreur était policière. Il demanda à N'Diop et Argenson de prendre le relais, mais sur un mode moins agressif. L'instinct lui disait que ce pauvre type lessivé n'était pas le Boucher calculateur qui les faisait courir depuis des années.

Il consulta le dossier sur Gérard Antony fourni par les Renseignements généraux. Apprenant que le producteur avait passé la nuit quai de la Gironde, il avait été assailli par une colère froide, domestiquée depuis. Avant leur rencontre, Louise avait accumulé les aventures sans lendemain, mais il la savait femme de parole, voire de serments ; ceux murmurés dans l'intimité avaient la couleur de la vérité. Refroidi par son refus de vivre avec lui, il maintenait la distance pour préserver sa dignité, mais ne la croyait pas capable de duplicité.

Le dossier mentionnait les liens d'Antony avec Pascal Brazier, un parrain parisien proche à ses débuts des milieux d'extrême droite. Les deux hommes se connaissaient depuis leur jeunesse à Gennevilliers. Paradoxe intéressant, le producteur était fiché pour ses amitiés avec des militants d'extrême gauche. L'un d'eux, Martin Mélandeau, avait fait partie des Brigades prolétariennes. Son groupuscule était responsable de l'assassinat de Pierre-Yves de Chanteloup, le PDG d'une banque franco-belge, au cours de l'hiver 1970.

Chanteloup avait été enlevé devant son domicile de l'avenue Foch par des hommes cagoulés, armés de pistolets-mitrailleurs Uzi. Des photos envoyées aux proches, et par la suite largement diffusées par la presse, le montraient enchaîné à un radiateur par le cou. Il y avait eu demande de rançon, soixante millions de francs, et exigence de libération de militants politiques liés aux Brigades prolétariennes. La famille avait traité en direct avec les ravisseurs. La rançon avait été versée à l'insu de la Crim', et le corps de Chanteloup retrouvé dans le coffre d'une voiture abandonnée sur l'aire de stationnement d'un hypermarché. Deux balles dans la nuque. Exécution de pro sans état d'âme. L'enquête avait suscité des centaines d'interrogatoires dont celui de Gérard Antony, entendu plusieurs fois au 36. Antony avait été l'amant d'une comédienne très en vogue à l'époque. Cette jeune femme était également la maîtresse du banquier Chanteloup.

Antony avait fréquenté pègre, milieux terroristes et haute société dans un périlleux exercice de grand écart. Clémenti réalisa que c'était un point commun avec Julian Eden. Aux dires de Louise, l'oncle était un mondain ne refusant pas de s'encanailler. Mais le dossier des RG ne mentionnait pas le privé.

Le mystère de la présence du producteur au domicile de Louise restait entier.

16

Hauts toits d'ardoise, pierres blondes et briques claires, la gentilhommière et ses dépendances se laissaient deviner à travers la luxuriance du parc. Arriva un jardinier au volant d'une voiturette de golfeur ; il ne lui demanda pas son identité, ouvrit les grilles, remonta à bord de son engin. Elle suivit en roulant au pas, et se gara devant la vaste demeure. Calme et raffinement, jugea-t-elle, mais les volets ont besoin d'un sérieux coup de peinture et la façade d'un ravalement. Une grange servait de garage. Son porche était ouvert sur un vieux break esseulé. Bernie n'avait donc plus les moyens de son cadre de vie ?

Elle se tenait sur le seuil, menue dans son chemisier de soie bleu pâle, son ample jupe marine. Un châle bariolé drapait ses épaules ; un turban blanc dissimulait ses cheveux mais mettait en valeur ses yeux améthyste. Louise se souvenait d'une jolie brune énergique débarquant chez Julian, fume-cigarette de femme du monde et djellaba bariolée en bonne adepte du *flower power*. Elle avait insisté pour lui faire découvrir le tube *California Dreamin'* du groupe The Mamas and The Papas, mais Louise connaissait déjà cette musique mélancolique, grâce à son oncle. Ce jour-là, ils s'étaient disputés. À quel sujet ? Elle n'avait capté que des bribes, et depuis, oublié la moitié.

De toute évidence, Bernie avait été prévenue de sa visite. Blaise ne voyait plus sa comtesse depuis des lustres mais n'avait pas hésité à lui téléphoner.

– Ma chérie, ça me fait un bien fou de te revoir. J'ignorais que tu avais repris les activités de Julian. C'est formidable pour une femme. Bravo !

L'exubérance intacte mais la voix plus fragile, éraillée. Bernie tenait une blonde entre ses doigts lourdement bagués. Exit le fume-cigarette des années psychédéliques.

– C'est son Aston Martin, n'est-ce pas ? Il l'adorait. On s'est offert des virées magnifiques avec ce petit bolide. Mais je suppose que tu n'es pas venue écouter une vieille dame égrener ses souvenirs.

– Si, justement.

– Ma mémoire n'est plus ce qu'elle était. Je mélange les dates, je mets les bons mots dans la bouche des mauvaises personnes. Il faudra que tu t'en contentes. J'adore parler, je vais te soûler, ma belle. Tu demanderas grâce.

Louise fut invitée au fameux salon vert. Un rayon de soleil magnifiait un corps féminin stylisé en bronze, les dorures d'une harpe. Une cheminée, bordée de candélabres en forme d'arbrisseaux escaladés par des oursons, supportait un vaste miroir agrandissant encore l'espace. Louise imagina le reflet de Bernie et de son oncle enlacés, tanguant sur *California Dreamin'*. Quand il était un peu éméché, il aimait danser, même en solo. Il avait dû danser ici. Mais non, peut-être pas. Le salon vert ne ressemblait en rien à l'appartement bohème de la rue des Fossés-Saint-Marcel. Les murs gris pâle étaient couverts de tableaux. Portraits de gentilshommes et de dames en costume, scènes de chasse, paysages aux contours vaporeux, ruines dans la campagne. Louise repéra quelques œuvres modernes, sans doute de la grande époque surréaliste. Des tentures vert céladon à imprimé floral tamisaient la lumière. Le même tissu recouvrait une foison de fauteuils, de bergères en bois blanc. Et une singulière causeuse à trois places trônant sous le lustre de cristal. Bernie proposa de s'y asseoir.

Une domestique apporta thé et scones sur un plateau d'argent qu'elle déposa sur le panneau central de l'antique causeuse. *Une comtesse du XVIIIe siècle égarée dans un espace-temps qui ne la mérite pas.* Louise s'était attendue à découvrir quelques photos de Julian, elle était déçue. Bernie, qui avait vécu sans entraves les joyeuses années de l'après-guerre, n'avait gardé aucune trace de cette période. Les seuls souvenirs étaient les portraits que le clan familial avait entassés au fil des siècles, les visages conquérants d'inconnus émergeant du temps de l'opulence.

– Quel soulagement de voir de la jeunesse dans ma maison. Je suis heureuse avec mon grand homme, mais il s'enferme souvent dans ses appartements pour rédiger ses Mémoires. En ce moment, Antoine est plongé dans la période 39-45. Sa guerre. Longue, glorieuse, passionnante. La France Libre, c'est son *Énéide*, et je suis sa Pénélope. Un prénom d'empereur, un tempérament de héros. Il n'a pas encore abordé les chapitres de sa fuite à Londres pour rejoindre le gouvernement provisoire du général de Gaulle. L'appel du 18 juin tarde à se faire entendre. Autant te dire que je ne suis pas tirée d'affaire.

– Antoine ?

– Antoine Castillon. Il avait soixante ans et moi quarante-neuf quand il a enfin accepté de partager ma vie et d'installer son auguste personne à Bessières. Pourtant, quelquefois, je me dis que je le voyais plus

116

quand il avait son maroquin sous le coude et son épouse sur les bras.

Louise n'ignorait pas qui était Castillon. Chevelure léonine, nez fort, verbe haut, mâtiné d'un léger accent du terroir, ce haut fonctionnaire avait fait les délices des médias en son temps. Si ses souvenirs étaient bons, le vieux lion avait été ministre de la Culture dans les années quatre-vingt.

– Tu dînes avec moi, bien sûr ?

Elle accepta, jugeant son hôtesse très différente de Marina. Du moins de celle qui s'esquissait au fil des témoignages, cette jolie femme froide, cette artiste sans grande générosité. *A priori*, Bernie avait gardé son tempérament solaire. Mais une goutte d'eau froide perturbait la brillance des rayons.

Elles parlèrent longuement de Julian. Le registre différait de celui de Blaise. Avec la dame de Bessières, Julian prenait une autre envergure. Il n'était plus seulement le collectionneur de femmes, le viveur qui refaisait le monde chaque nuit de bar en bar, dans les vapeurs d'alcool et la fumée des havanes. Il gagnait la stature d'un amateur de littérature, de musique, de cinéma, conversant des audaces d'Henry Miller et des solos de Miles Davis. Il aimait par-dessus tout *Blow Up*, s'émerveillait qu'Antonioni ait su raconter mieux que personne le *Swinging London* des années soixante, son parfum de liberté, ses premières notes d'amertume. Un Londres chahuté par les guitares saturées des Yardbirds, ému par les visages de Vanessa Redgrave et Jane Birkin. Un Londres pas si différent du Paris de ses dernières années. Un *Swinging Paris* en train de se dissoudre. Une fête aussi belle et intense qu'un orage. Louise demanda si elle avait eu envie d'écrire sur ce Paris-là. Bernie répondit qu'il était dans tous ses romans mais dans aucun en particulier ; elle ne parvenait pas à cerner avec de pauvres mots « la période la plus heureuse de sa vie ».

Vers 20 heures, un feu de cheminée odorant dissipa l'humidité de la vieille demeure et réchauffa Bernie la frileuse ; elles dînèrent à la lumière des candélabres. Le grand homme n'avait pas fait son apparition. La solitude de Bernie de Chevilly prenait des contours plus fermes alors que la nuit gommait ceux du salon vert. Elle avait forcé sur un volnay-santenois, la pâleur de ses joues cédait du terrain ; Louise gardait la tête froide, sentait le moment propice aux confidences. Elle évoqua la dispute rue des Fossés-Saint-Marcel. Nul souvenir, une chamaillerie à propos des conquêtes de Julian, sans doute.

– Tu sais, Louise, il m'a fallu des années pour comprendre que c'est Castillon mon port d'attache. Julian me faisait tourner la tête, avec lui la moindre conversation était un instant volé au paradis. Ton oncle était le charme incarné, mais tu le sais, sinon tu ne serais pas ici. La notion de propriété n'existait plus en ces temps libertaires. On essayait de croire à ce que l'on racontait. Mais la jalousie se fiche des diktats d'une époque. J'ai détesté un temps Marina, mon amie, la sœur que je n'ai jamais eue, pour l'intérêt qu'il lui portait. Ah oui, elle était belle. Peu d'hommes résistaient à sa grâce.

– Vous vous êtes fâchées ?

– Non, voyons. C'eût été qualifié de comportement bourgeois. J'avais une réputation à défendre.

Elle racontait ses défaites sur le ton de la plaisanterie. Louise admirait sa vaillance.

– Et puis Marina a disparu.

– Ça existe vraiment, une femme qui disparaît du jour au lendemain ?

– Les gens sont capables de s'évaporer plus vite que les illusions, Louise.

Blaise Seguin ignorait l'histoire du vol des bandes musicales ; il n'avait donc pas pu en faire profiter sa comtesse. Louise sortit la photo de son sac, désigna Gérard Antony.

– Il avait racheté à Marina des bandes volées, enregistrées par Jim Morrison. Vous étiez au courant ?

– C'est la première fois que j'entends parler de cette histoire.

– Mon oncle enquêtait pour lui. Marina était votre meilleure amie. Julian a dû vous en parler.

– Oui, il la cherchait. Pour une raison que j'ignorais. J'ai pensé que la mafia russe l'avait retrouvée.

– La mafia ?

– Marina a eu une vie de chien. Elle avait travaillé pour des monstres. Et d'ailleurs, elle était mariée avec l'un d'eux. Wlad Kostrowitzky. Un natif de Novgorod comme elle.

– La prostitution ?

– Bien sûr. Le régime la condamnait par idéologie et voulait instaurer la vertu. Mais les Soviétiques n'ont jamais pu empêcher qu'elle s'exerce dans les grandes villes. Marina n'aimait pas parler de son passé. Moi, je la pressais de questions. À vrai dire, j'avais envie d'en faire l'héroïne d'un roman.

– Et vous êtes passée à l'acte ?

– Après sa disparition, c'est devenu impossible. J'aurais eu le sentiment de trahir. À Paris, Wlad fournissait en drogue un aréopage distingué. Je n'ai pas cherché à savoir. J'ai été lâche. M'adresser à cet homme, avec ses yeux de mort-vivant, bien avant qu'il perde Marina, m'était impossible. Je crois en Dieu, et je crois au Mal. Il le portait en lui.

Revenait-on au point de départ ? Un règlement de compte mafieux. Deux balles dans la nuque, et un sachet de chinoise pour égarer la police. Mais une pensée à la fois sinistre et réconfortante lui vint aussitôt. Un mafieux apprenant la liaison de sa femme avec Julian n'aurait pas abattu son rival proprement. Il l'aurait amoché avant de l'exterminer.

– J'ai toujours senti que Wlad était au courant pour Julian et Marina. Mais je n'avais aucune preuve.

– Décrivez-moi Wlad.

– Massif. Un visage aux traits épais. Et il commençait à perdre ses cheveux.

– Vous savez où le trouver ?

– Dieu merci, non. Je l'espère mort et enterré.

Le silence, inhabituel pour une citadine, était plus épais que les lourdes tentures de la « chambre rose » dans laquelle on l'avait installée. Elle avait entendu le hululement d'un oiseau nocturne tantôt, mais dressé en vain l'oreille, à l'affût d'un bruit de moteur sur la route menant au village. De temps à autre, un frissonnement de feuillage émergeait du parc, dont elle ne parvenait pas à imaginer la superficie, et la densité de l'immobilité reprenait ses droits. Pas un craquement des parquets vétustes, pas un cliquetis d'horloge, pas une voix humaine. Bessières était un endroit magnifique, mais où Julian n'avait pas dû s'attarder.

Elle s'enveloppa dans un plaid, s'intéressa à une bibliothèque abritant de beaux volumes en cuir fauve. Ainsi que les œuvres complètes de Bérengère de Chevilly telles que *Ma vie de garçon* ou *L'amour et autres complications*. Elle ouvrit *Elvira ou la Tentation du pire*, s'amusa de la citation de Francis Bacon en exergue : « Je suis contre l'incinération parce que je pense que dans mille ans, s'il n'y a plus personne à déterrer, on s'ennuiera beaucoup. » Elle lut le tiers du premier chapitre et renonça. Cette femme n'écrivait pas, elle bavardait, et s'efforçait. D'être pétillante, spirituelle, charmante. La citation de Bacon était ce qu'il avait de meilleur dans le bouquin. Sur ce point, même l'auteur semblait d'accord : *Elvira*, publié en 1970, était le dernier roman avant un passage à vide d'une dizaine d'années. La disparition de Marina puis de Julian était-elle la cause de cette grosse panne de stylo ?

Elle rangea *Elvira* et ses tentations, ouvrit *Les Mille et Une Nuits* dans une version de quatre mille quarante-quatre pages, augmentée d'une « dissertation » signée d'un certain baron Sylvestre de Chevilly. Le signataire se présentait comme « pair de France, membre de l'Académie des inscriptions et belles-lettres, etc. ». Louise s'amusa du *etc.*, s'attarda sur une gravure montrant des odalisques occupées à la toilette d'un roi. Elle abandonna rapidement l'introduction – le talent de l'aïeul étant encore plus discutable que celui de sa descendante –, et se laissa emporter par la beauté intemporelle des contes perses.

« Si vous ne dormez pas, ma sœur, dit-elle à la sultane, je vous prie de nous raconter ce qui se passa dans ce palais souterrain entre la dame et le prince... »

17

La main de Shéhérazade sur son bras nu. Elle frissonna.

Louise ouvrit les yeux pour découvrir Bernie à ses côtés. Le plaid avait glissé, livrant ses épaules à la fraîcheur nocturne ; elle s'était endormie dans une bergère avec le pavé du baron Sylvestre sur les genoux.

– Je n'arrive pas à dormir. Le fait d'avoir remué le passé. Prendras-tu un cognac en ma compagnie ?

L'haleine de l'hôtesse indiquait qu'elle n'en était pas à son premier service. Elle n'avait pas quitté son turban, revêtu un déshabillé de dentelle noire et ressemblait plus que jamais à la comtesse éternelle de Blaise Seguin. Son visage démaquillé, parsemé de fines ridules évoquant plus un jardin de sable japonais que les stigmates de la vieillesse, exprimait une tristesse indicible. Louise regrettait presque d'avoir troublé sa quiétude. Elle but une gorgée de cognac, apprécia sa qualité et la chaleur artificielle qu'il procurait.

Bernie avait oublié ses cigarettes et ressentait manifestement le manque de nicotine. Ses vêtements exhalaient une odeur de tabac et de parfum de prix ; les mêmes effluves que du temps de *California dreamin'*.

Le dialogue entre Julian et sa maîtresse se balançait au bord des lèvres de Louise…

Bernie rompit le charme.

– Je crois qu'il l'a tuée.

– Qui ça ?

– Julian. Marina.

Louise se libéra de ces yeux implorants. Elle n'était pas venue dans cette demeure catafalque pour des insanités alcoolisées. Mais l'autre insistait.

– Il l'a sans doute retrouvée. Ils se sont disputés. C'était peut-être un accident.

Elle agrippa les poignets frêles. Bernie bredouilla comme une vieillarde perdant la tête.

– Il n'était plus… le… même. J'ai senti son malaise…

– Vous étiez présente, oui ou non ?

– Non, mais j'ai compris… sous les mots. De jour en jour, il perdait sa joie de vivre. Il ne m'écoutait plus. Il savait que Wlad apprendrait qu'il avait tué Marina. Et qu'il se vengerait…

Louise retrouva ses vêtements, commença à se rhabiller.

– Tu ne vas pas partir comme ça.

– Vous comptez m'en empêcher en me gavant de contes ?

– Patiente encore. Antoine est un lève-tôt. Il te dira ce qu'il sait.

– D'accord. Allons le voir. Maintenant.

– Il prend des somnifères. Mais il sera debout dans quelques heures. Je t'en supplie. Ne pars pas sur un malentendu. J'ai été maladroite. Est-ce que tu veux bien me pardonner ?

La pendule de la cuisine indiquait 5 h 02, une brume mauve colorait le parc. Louise avait trouvé les réserves d'arabica, s'était confectionné un café serré et attendait devant une vaste table de ferme, dans le silence immuable de Bessières. Bernie avait ressassé ses invraisemblances. Elle l'avait laissée dire jusqu'à ce qu'elle tombe d'épuisement, l'avait mise au lit – son corps frêle était encore plus léger que prévu –, avait tiré derrière elle la porte de la chambre rose. Pour attendre Castillon. Castillon et ses révélations. Les fantômes du passé se succédaient à la barre, chacun avec une histoire différente. En couchant Bernie comme une enfant, Louise avait rangé sa propre rage dans un gros sac de feutrine ; elle la retrouverait le moment venu.

Des pas sur le gravier. Elle se tourna vers la porte-fenêtre, vit un homme de dos. Une veste de chasse kaki, des bottes en caoutchouc, un bâton de marche. Et cette crinière si reconnaissable. Il avançait d'un bon pas, s'engageait déjà dans l'allée. Elle déposa son bol dans l'évier, ramassa son sac, sortit. Antoine Castillon dépassait le bosquet de charmes. Elle le rejoignit près d'une fontaine au vaste bassin bordé de statues. Il se retourna, salua d'un ton neutre. Elle n'hésita pas, lui détailla les motifs de sa venue, ses découvertes à propos de son oncle, sa conversation orageuse avec Bernie.

– Comment va-t-elle ? demanda-t-il, inquiet.

– N'ayez crainte. Elle s'est endormie.

Il s'installa sur un banc de pierre et lui proposa de s'asseoir à ses côtés, face à la rangée de beautés de pierre aux gorges, hanches et chevelures opulentes, aux sourires empreints de douceur. La déesse Diane flanquée d'un chien, une musicienne d'une lyre, une nymphe d'une corne d'abondance. Des filles qui n'avaient jamais éprouvé la moindre contrariété.

– Bérengère est très malade. Le traitement l'épuise.

Elle continue de fumer malgré les conseils de son médecin. Son moral vacille. C'est terrible.

– Vous êtes en train de me dire qu'elle réinvente le passé et que ses déclarations à propos de mon oncle sont douteuses ?

– Je comprends votre colère, mademoiselle. Mais un peu de compassion, par pitié. Je suis sûr que vous n'en êtes pas dépourvue.

Une once de condescendance perçait. Cet homme avait été un grand serviteur de l'État. Il n'oubliait rien de son rang. Mais Louise était touchée, elle l'admettait. En soulevant le corps de Bernie, cette nuit, elle avait deviné que la séduisante comtesse de Blaise vivait ses derniers moments.

– Je voudrais que vous preniez mes déclarations avec calme. J'ai passé l'âge des confrontations, surtout avec de jeunes personnes.

– Je vous écoute, monsieur.

– Merci. Bérengère pense que Julian a tué son amie lors d'une dispute. Il ne s'agit que d'une intuition qui, au fil du temps, est devenue dévorante. Elle a eu besoin de s'en libérer et s'est confiée à moi il y a quelques années. De mon côté, j'ai bien connu votre oncle et cette histoire m'a remué.

– Où l'accident aurait-il eu lieu ?

– Je n'en ai aucune idée. Bérengère non plus. À l'époque, elle abusait de la drogue. Après la disparition de Marina, je l'ai envoyée en clinique de désintoxication.

– Vous croyez Julian coupable ?

– Disons que j'ai du mal à accepter sa culpabilité.

– Pourquoi ?

– Si mes sources sont exactes, votre oncle était un informateur de police.

– Impossible, lâcha Louise en se levant.

– Un informateur sait gérer ses émotions, agit par intérêt, et non par passion. Vous avez raison de vouloir découvrir la réalité, mais il faut en accepter les conséquences. Pardonnez-moi de ne pas prendre de gants ; l'indulgence n'a jamais été ma spécialité.

Elle s'approcha du bassin, retenant une envie de vomir. Le reflet de Diane tremblait entre un nénuphar jaune et le plateau vert d'une fleur de lotus. Louise leva la tête vers son sourire de tueuse épanouie. Le soleil réchauffait déjà la blondeur de la pierre, s'emparait de l'eau glauque du bassin.

– Qui vous a dit qu'il était indicateur ? réussit-elle à articuler.

– Le divisionnaire Jean Poitevin. Un ami.

– Pourquoi aviez-vous parlé de Julian avec lui ?

– Bérengère pouvait avoir des aventures. Mais à condition que je sache avec qui. En gros, je voulais savoir ce qu'Eden avait dans le ventre.

On entendit un ronronnement. Louise tourna la tête. Le jardinier au volant de sa ridicule voiturette traversait le parc en diagonale et en sifflotant un air imperceptible.

18

Louise emprunta le boulevard de Clichy et se gara rue Pigalle ; le *Relais Trinité* se trouvait à deux pas de l'église du même nom. Elle demanda Gabriel Casadès à la réception. L'hôtelier objecta qu'il n'était que 7 h 12 du matin. Elle se fit indiquer la salle du petit déjeuner. Café soluble, pain de mie industriel, plaquettes de beurre rachitiques, œufs durs et musique molle. Elle s'entendit préciser que le petit déjeuner était réservé aux clients, et certifia n'avoir aucune intention de faire subir « les derniers outrages à l'opulence du buffet ». L'hôtelier partit en haussant les épaules. Elle s'installa à une table et patienta.

Casadès émergea dans une chemise couleur vanille, une cravate verte à carreaux et un pantalon bordeaux trop large pour lui. Une tenue idéale pour lui faire encaisser la gifle qu'elle lui devait ? Pas vraiment, si elle comptait obtenir des réponses à ses questions.

– Tu as découvert mon cinq-étoiles, championne ! Les cloisons sont aussi minces que les matelas, mais l'atmosphère du quartier vaut le sacrifice. Tu commençais à me manquer. Quand je m'enquiquine, je t'imagine en vedette de mon opéra rock. Une version moderne d'*Orphée et Eurydice*. Tu es chanteuse à paillettes période David Bowie Ziggy Stardust, et tu descends l'escalier en bramant à la recherche de ton oncle, pianiste de bar aux *Rives du Styx*, disparu dans les vapeurs infernales. J'ai le rôle d'Hadès bien sûr, et je joue de la Stratocaster avec les dents, comme Jimi Hendrix. C'est très marrant.

– Vous parlez trop, Casadès. Ou alors pas des bons sujets. C'est Wlad qui m'intéresse.

– Tu as fait du chemin sans tonton Casadès, dis-moi. Eh bien, sache que Wlad était un dealer de la bande à Pélégrini.

– Pas nouveau. Il est toujours vivant ?

– Possible.

– Où le trouve-t-on ?

– Tu es sûre de vouloir réactiver la bête ? Dans mon opéra rock, il serait chien des Enfers. Je l'imagine bien. Un énorme bouledogue virant gras. Cuir noir et bave au museau. Batterie et percussions…

– Julian était votre informateur ?

– Non.

– Julian et le divisionnaire Jean Poitevin, ça vous parle ?

– Poitevin, un flic de légende. Mort il y a quelques années. Je ne vois pas de rapport avec Julian.

– Quelle légende ?

– Il est passé de l'Antigang à l'anti-terrorisme. Toujours sur les gros coups. Mesrine, Carlos, Action directe. Rien que du lourd.

– Qu'est-ce qui vous amuse ?

– Ta splendide énergie. Tu es enfin prête à interroger tout Paris. Jusqu'aux gargouilles de Notre-Dame.

Elle balaya ces divagations d'une main et raconta sa nuit à Bessières, condensant les informations recueillies auprès de Bernie de Chevilly et d'Antoine Castillon. Casadès s'offrit un sourire béat.

– Tu as de la chance, mon chou. Tu sonnes et le grand monde t'ouvre sa porte. Tu es la digne héritière de Julian. Personne ne m'a invité à Bessières. Pourtant, je crois que ça m'aurait plu. J'aime le mélange des genres. Marina, la femme d'un truand, reçue par une comtesse. Une aristo, une chanteuse et un privé dans le même plumard. Ah, j'ai raté des trucs épatants ! Mais grâce à toi, j'ai l'impression de rattraper le temps perdu. Tu me restitues mon époque. Et voilà tonton Casadès reparti sur le toboggan de l'apocalypse. J'adore.

Il ne plaisantait pas. Elle le sentait en arrêt sur image. Bloqué sur ce qu'avait été sa folle jeunesse. Un flic à la retraite retrouvant l'excitation des premiers jours. Et des nuits à palabrer avec des poètes et des illuminés, des défoncés et des penseurs politiques, des truands et des mondains. Casadès avait souffert du mépris de Julian. Et dégusté le moment où il s'était enfin rapproché pour lui extirper des informations sur Jim Morrison.

Elle parla des bandes, du rôle de Marina et de son producteur, Gérard Antony. Il l'écouta d'abord d'un air sceptique, puis les rôles s'inversèrent. Yeux embués, rosissement des joues, elle le gagnait avec ses histoires. Casadès revenait à la vie. L'opération lui avait pris deux bonnes décennies.

Quittant le *Relais Trinité*, ils remontèrent la rue Pigalle. Il n'y avait qu'un être humain dans les parages : une femme gigantesque tanguant sur ses hauts talons ; elle portait des gants scintillants, une guêpière fuchsia, un porte-jarretelles rouge, des bas à résilles. Et une surprenante coiffe rose en plumes froufroutantes et strass. Louise pensa à une danseuse échappée du Moulin-Rouge, puis réalisa qu'il s'agissait d'un travesti.

– Comment ça va, les amis ? Remballez vos mines

de déterrés et venez vous marrer avec moi. Ça vous tente une petite fête ?

– On n'en a pas l'air, chéri, mais on s'amuse déjà comme des petits fous entre nous, répliqua Casadès.

– Dommage, tes moustaches affoleront longtemps ma mémoire, biquet.

Louise et Casadès s'installèrent dans l'Aston Martin.

– J'ai dit la vérité à ce grand machin rose. Tomber sur toi a été une chance. Tu es plus marrante que le mec.

– Quel mec ?

– Le journaliste venu me trouver il y a un an à peu près. Lui aussi avait appris que j'avais été viré de l'affaire Eden. Il voulait savoir pourquoi. Je l'ai rencontré une paire de fois. Et puis il a laissé tomber.

– Vous parlez de Laurent Angus ?

– Non, d'un type de *Libération*, spécialisé dans les affaires criminelles. Intéressant, cultivé mais trop sérieux à mon goût… Quoi ? Qu'est-ce que j'ai dit ?

– Ne bougez pas, je reviens.

Louise entra dans le premier bar venu. Un employé nettoyait le comptoir. Deux détourneuses de fonds professionnelles discutaient avec trois pigeons alcoolisés. Louise demanda où téléphoner. L'employé lui indiqua la cabine en sous-sol.

– Tu as vu l'heure, Louise ? C'est du harcèlement.

– Et ce n'est que le début. Je veux savoir ce que tu foutais avec Casadès, l'été dernier.

Un silence sur la ligne. Un long soupir harassé. Et Béranger reprit :

– L'été dernier, on était ensemble, Louise, et j'essayais de t'aider. J'avais appris par hasard l'existence de Casadès. J'ai pris contact sans te le dire. Je voulais tâter le terrain.

– Ensuite, tu as enquêté en solo parce que l'histoire était juteuse.

– Erreur. Ensuite, j'ai laissé tomber parce que tu m'avais largué pour Clémenti.

Elle se frotta la base du nez et se laissa glisser contre le mur. Une fatigue mortelle lui mordait les épaules et les orbites. Elle mit le temps à trouver la réplique.

– Tu aurais pu me le dire quand je suis passée au journal.

– Mille vérités auraient pu être dites, mais tu n'as pas envie de les entendre. Comme par exemple : cesse de te servir de moi comme d'une serpillière. Ou : raye-moi de ta mémoire. Tu peux essayer de comprendre ça, Louise ?

– Certains prétendent que Julian était un indic. Tu le savais ?

– Tu tiens vraiment à remuer tout ça ?

– Pourquoi ? C'est dangereux pour qui ?

– Julian buvait des coups avec des flics, de temps à autre. Ça ne prouve rien...

– Dis-moi, Jean-Louis. Je t'en prie.

– On voyait Eden avec Casadès. Mais aussi avec Clémenti. Voilà. Tu as ce que tu voulais.

Il avait raccroché. Elle demeura un instant accroupie. Elle se redressa lentement, les membres plus engourdis que si elle avait gravi les marches de Notre-Dame au pas de course.

Elle hésita, glissa une nouvelle pièce dans le téléphone, appela Clémenti à son domicile. Sans le saluer, elle lui balança ce que Béranger venait de lui apprendre.

– J'ai rencontré ton oncle, une fois, Louise. Une seule.

– Explique-toi.

– Il y a une éternité. J'étais à l'Antigang. J'enquê-tais sur un casse probable dans le quartier du Palais-Royal. Parmi les hommes que nous filions se trouvait le Galant, un braqueur qui appréciait le *Rock and Roll Circus*. J'ai offert un verre à Julian. Il m'a appris que le Galant avait une petite amie parmi les serveuses. Notre échange s'est arrêté là.

– Tu l'as payé ?

– Oui. Il avait une vie remuante, et donc assez coûteuse, tu le sais bien.

– Pourquoi ne m'as-tu rien dit ?

– Quand je t'ai rencontrée, j'ignorais que tu étais la nièce de Julian Eden. Un homme que j'avais d'ailleurs oublié. Par la suite, j'ai pensé que de le savoir indicateur te ferait plus de mal que de bien. Et, dans le fond, rien ne prouve qu'il l'était vraiment. Il était un peu ivre. Insouciant. C'est moi qui lui ai proposé de l'argent…

– Et si le Galant ou un autre s'était vengé ?

– Nous avons mis le Galant et ses copains au frais, mais aucun d'eux n'a jamais eu vent de Julian. À l'Antigang, les indics sont le nerf de la guerre. Occasionnels ou pas.

– Le divisionnaire Poitevin a prétendu que Julian…

– Poitevin est mort. À l'époque, il ne m'a pas fait de confidences. Qui t'a parlé de lui ?

– Pas toi, en tout cas, dit-elle d'une voix amère avant de raccrocher.

Quand elle retrouva la rue, la lumière métallique lui fit baisser les yeux. Casadès était adossé au capot de l'Aston Martin et prenait la pose pour une petite troupe de touristes japonais. Il semblait vivre la plus excitante journée de son existence. Elle s'installa derrière le volant.

– Qu'est-ce qui te travaille ? Tu as un teint de navet.

– Clémenti a payé Julian pour un renseignement. Vous le saviez ?

– Bien sûr. Lui et moi, on a démarré à l'Antigang. Je me suis fait virer. Clémenti est resté. Alors, le jour où je l'ai vu débarquer dans mon fief, je n'ai pas apprécié l'intrusion. C'était à moi qu'il aurait dû demander des renseignements. Je connaissais le *Rock and Roll Circus* et sa population mieux que ma vie. Clémenti était un blanc-bec, mais il me prenait de haut. Il n'avait pas confiance. Il voulait de l'info en direct.

– Il est venu souvent ?

– Non. Il enquêtait sur le casse des anciens Magasins du Louvre. Une fois la bande arrêtée, je ne l'ai plus revu au *Circus*. Bon débarras. N'est-ce pas, jeune fille ? Nous y allons ?

– Où ça ?

– Rencontrer un vieil indic, pardi. Mais un vrai celui-là.

19

Casadès avait extirpé un plan de Paris fripé de son hideux pardessus et jouait le rôle du copilote. L'Aston Martin avait remonté la rue de Caulaincourt, traversé Montmartre. On était arrivé dans les hauteurs de Ménilmontant. Une fois garée rue du Retrait, et encore engourdie par les révélations de la matinée, Louise lui accorda sans discuter les quatre cents francs qu'il quémandait. Ils entrèrent dans une MJC, traversèrent un hall envahi d'enfants, débouchèrent dans une cour intérieure bordée d'immeubles d'habitation. Une équipe d'ados jouait au basket sous l'œil d'un entraîneur muni d'un porte-voix. Casadès longea le terrain de sport, Louise sur ses pas. Son indic vivait dans un immeuble à deux entrées, celle sur cour était la plus discrète.

– Yvon ! Comment vas-tu, p'tit père ?

– C'est toi, Casa ?

– En chair et en os. Personne ne m'a appelé Casa depuis des siècles. Ça fait du bien.

Ledit Yvon, un sexagénaire armé d'une caisse à outils, d'un bleu de travail et d'une casquette à carreaux, n'avait pas l'air ravi de retrouver sa vieille connaissance, surtout accompagné d'une inconnue. Il resta silencieux tandis que Casadès sollicitait ses lumières quelque peu affadies.

– Je connais plus grand-monde, Casa. Je fais des chantiers dans le quartier maintenant. Et d'ailleurs, je suis à la bourre.

– Wlad, dealer et exterminateur en tout genre. Tu sais où il crèche. Forcément, la saga Pélégrini, tu connaissais à l'époque.

– Il a pris huit piges pour trafic de dope. Après ça, il s'est dissous. Évacué, parti, ciao, le Wlad. Et c'est plutôt une bonne nouvelle, pas vrai ?

– J'ai eu d'autres échos. Réactive-toi les circuits, tu veux bien ? J'ai pas toute ma journée.

Casadès glissa l'argent sous la bretelle du bleu d'Yvon. Celui-ci agrippa les billets comme s'ils venaient de le mordre et les lui remit aussi sec dans la poche. Louise reprit les billets, leur fit refaire le voyage à l'envers, maintint sa main sur la bretelle.

– À deux pas, un sportif entraîne des gamins. Il a un impeccable mégaphone. Donnez-nous un tuyau solide vite fait, ou je m'en sers. Et le quartier au grand complet apprendra que vous êtes un indic. Adieu les chantiers chez les particuliers. Je me fais comprendre ?

Yvon étudia deux secondes son interlocutrice, et se décida à mériter les billets froissés qui s'obstinaient contre sa bretelle. Louise retira sa main.

– Le gros naze est toujours de ce monde. Mais il est gravement givré. Son père devait être un zombie et sa mère une tortue ninja, mais la disparition de sa nana lui a liquéfié le bulbe. La dope a fini le boulot. Il tient encore en l'air, mais c'est du réflexe automatique.

– Oui, bon, abrège, Yvon, soupira Casadès.

– La dernière fois que j'ai entendu parler de lui, c'était il y a environ trois ans. On racontait qu'il avait buté un petit dealer.

– Pour lui prendre sa dope ?

– Non, pour rendre service et se payer « sa dose. Il vit la tête dans le cul. Paraît qu'on peut le louer pour une poignée de biftons.

– Il crèche où ?

– Va savoir ? M'étonnerait fort qu'il ait une carte à la sécu ou son blaze dans l'annuaire.

– Comment louer ses services s'il a pas le téléphone, eh, malin ?

– Tu m'excuseras, Casa, mais j'ai jamais eu besoin de ses talents.

– Le mec qui t'a dit que Wlad avait buté le dealer, c'est qui ?

– Presque un pote. Un mec dans mon créneau, mais qui l'ouvrait à tort et à travers. Il s'est fait buter sur une autre histoire, sûrement par un braqueur qui n'avait pas apprécié qu'il le balance aux flics. Alors depuis, je me suis reconverti. J'étale du mortier et de l'enduit plutôt que mes connaissances.

– Judicieux.

– Pourquoi tu reviens à la charge, Casa ? Y a bien quinze piges qu'on s'est pas reniflés.

– Cette petite dame m'a donné envie de faire mon come-back. C'est la nièce de Julian Eden.

Yvon tira sa casquette en arrière, se gratta le front, étudia encore un peu Louise.

– Je comprends mieux le coup du mégaphone. Eden était du même genre que vous. Pas un mot au-dessus de l'autre. Rarement une baffe. Il entubait son public sans froisser ses costards. Vous avez de qui tenir.

– Je prends ça pour un compliment.

Les yeux d'Yvon disaient : « Tu ne devrais pas, vois comment tonton a fini. »

– Est-ce que vous diriez que Julian était dans votre partie ?

– C'est-à-dire ?

– Le monnayage d'informations.

– Possible, mais pas sûr. On voyait Eden causer, et causer encore. Et parmi les oreilles qui se dressaient, il y en avait qui appartenaient à la maison Poulaga. Pour un privé, je trouvais pas ça trop exotique, remarquez. Ça devait être donnant-donnant comme ambiance.

Une fois dans l'Aston Martin, Casadès alluma l'une de ses horribles cigarettes. Elle ouvrit la fenêtre sans protester. *Vous avez raison de vouloir découvrir la réalité, mais il faut en accepter les conséquences.* Les conseils de Castillon le vieux lion s'enroulaient comme une ritournelle. Le genre de tube fatigant qui vous colle aussi bien à la mémoire qu'un sparadrap sale à la semelle.

– À quoi tu penses ? demanda Casadès.

– Au travesti de la rue Pigalle, entre autres.

– Tiens donc.

– Je caresse une idée idiote, et je me demande si ce n'est pas la bonne.

– Dis toujours.

– Et si on réinventait une femme ?

– Pardon ?

– Et si on ressuscitait Marina ?

20

Elle entra avant qu'on ne l'y autorise. Serge et sa secrétaire étaient penchés au-dessus d'un dossier ; ils relevèrent la tête en même temps. Leurs expressions étaient très différentes. Il signa un document, referma le dossier, le tendit à sa collaboratrice qui passa devant Louise en marmonnant un *pardon* sonnant comme une insulte.

– J'interromps une réunion au sommet ? demanda Louise en refermant la porte d'un coup de pied arrière.

Il la serra dans ses bras, l'embrassa avec fougue. Ils se regardèrent un moment en silence, relâchèrent leur étreinte, prirent place de part et d'autre du bureau.

– Tu m'en veux, Louise ?

– À quel sujet ?

– Je ne voulais pas t'imposer une mauvaise image de Julian. Il fallait que tu le redécouvres par toi-même…

– Tu as les moyens de te racheter, Serge. Écoute-moi attentivement.

Elle fit le bilan des derniers événements. Via le critique de rock Laurent Angus, elle avait rencontré Gérard Antony, le producteur ayant engagé son ami Julian pour retrouver une certaine Marina. Chanteuse, épouse du trafiquant Wlad, maîtresse de Julian, cette jeune femme avait volé un enregistrement inédit de Jim

Morrison pour le vendre à Antony. Mais les bandes avaient été dérobées au domicile du producteur, et Marina s'était volatilisée dans la nature.

Elle détailla sa mésaventure au *Renaissance*, un bar consacré à la mémoire des Doors. Son sauvetage par Gérard Antony. Sa nuit sur les terres de Bérengère de Chevilly, dite Bernie, amante de l'ancien ministre Castillon. Et de Julian. Bernie, malade et névrosée, affirmait que Julian avait tué Marina accidentellement et que Wlad s'était vengé. Invraisemblable, son oncle n'était pas du genre à se bagarrer avec une femme. Un scénario plausible se dessinait : Wlad aurait récupéré de fausses informations, tiré des conclusions hâtives, cru Eden coupable. Assassin ou non de Julian, Wlad avait des révélations à produire. Issu de la mafia russe, drogué, alcoolique, cet homme était décrit comme incontrôlable. Pour le débusquer, il n'y avait qu'un moyen.

Serge avait écouté son récit dans une attitude de concentration totale. Mais elle le connaissait trop bien. Ses yeux gris parlaient pour lui. « Dans quelle embrouille cataclysmique t'es-tu fourrée, Louise ? » Elle prit une grande inspiration.

– Jouons sur le fait que cet homme salement perturbé aimait Marina comme un dingue. Faisons-la revivre.

– Comment ça ?

– Lançons un appel à témoins avec son visage dans la presse. Ou plutôt deux visages. Marina jeune, Marina vieillie par ordinateur. Ajoutons ton nom et un contact téléphonique.

– Pourquoi mon nom ?

– Wlad n'aura pas le cœur de s'attaquer à un commissaire.

– Il est fort probable qu'il ait tué sa femme en

apprenant qu'elle l'avait trompé avec ton oncle. Alors pourquoi sortirait-il de l'ombre en retrouvant son visage dans les journaux ?

– C'est un début d'idée. Cherchons une meilleure solution.

– Louise, je t'adore, mais j'ai un travail fou. La population est à cran, les journalistes nous attendent au tournant. Je ne peux pas faire gérer à mes hommes et mon secrétariat déjà mobilisés à deux cents pour cent les appels de tous les mythomanes ou rigolos de Paris excités par l'apparition du visage de Marina dans la presse. Tu peux comprendre ça. Qui plus est, cette affaire ayant eu lieu il y a une vingtaine d'années, il y a prescription.

Louise se sentit rougir. Elle n'aimait pas la dureté de son regard, et ce ton paternaliste était une nouveauté. Évidemment, Clémenti subissait une forte pression avec son Boucher des Quais, mais ce n'était pas une raison pour balayer ses propositions comme des suggestions immatures. Et cette histoire de prescription était insupportable. On pouvait tuer en toute impunité et attendre que le temps passe, que la société oublie. Les victimes valaient moins cher que les vieux trente-trois tours des années psychédéliques.

Tu peux comprendre ça.

La colère, cette compagne inconnue qui avait toujours habité son cœur, se signalait enfin. Personne ne te dit la vérité, Louise. Le monde se contrefout de la mort de Julian. C'est inadmissible.

– J'ai du mal à te croire, Serge.

– Comment ça ?

– Si ton équipe est aussi occupée que tu le prétends, pourquoi mettre un homme en planque devant chez moi ? Ne me regarde pas comme ça. J'ai assuré suffisamment de filatures pour savoir quand les rôles sont inversés.

– L'inspecteur Bernardin a planqué quai de la Gironde, c'est un fait. Je ne voulais pas que Casadès te joue un mauvais tour. Mais tu as raison. C'était un luxe que je me suis octroyé. Pour toi. Mobiliser un officier dans la période que nous vivons n'est pas déontologique. Il est donc hors de question que j'aille plus loin.

– C'est ton dernier mot ?

– Accepte la réalité, Louise. Il y a de fortes probabilités pour que ton oncle ait été tué par la mafia. Par Wlad ou un type dans son genre. Un règlement de comptes parmi tant d'autres. La police française n'a pas les moyens de résoudre les vieilles affaires. Ou alors, il faut de la patience. Beaucoup. J'ai mes priorités. Laisse-moi le temps.

– Ça fait plus de vingt ans que j'attends.

– Je peux en revanche créer des soucis aux deux comiques qui t'ont droguée au *Renaissance*. Et à Casadès dans la foulée. Comme il ne perçoit pas de limites, ce type passe les bornes.

– Tu suggères que je l'encourage à me piétiner ?

– Je ne suggère rien. Je te conseille de porter plainte. Là, au moins, nous tiendrons du concret.

– Ce n'est pas mon genre de me plaindre. Merci pour tes *conseils*.

Elle ouvrit la porte, tomba nez à nez avec la secrétaire.

– Je parie que vous espionnez nos conversations, lança-t-elle. Occupée à deux cents pour cent ! Mon œil !

– Vous avez perdu la tête !

– Et vous, pas le nord, apparemment.

Clémenti murmura à Louise d'éviter le scandale.

Elle fut tentée de répondre : il n'y en aura pas parce que tu n'es pas près de me revoir, mais réalisa que la secrétaire apprécierait trop le spectacle. Elle partit en trombe vers la sortie.

21

Le mot PARADIS en lettres de néon rouge palpite sous la pluie froide au-dessus du porche vert acide. Elle frissonne. Le platine des lampadaires contamine les flaques d'eau. C'est la nuit, mais l'impasse est saturée de lumière. Elle frissonne. Les baies orangées de l'immeuble barrant la vue sont chaudes, s'y détachent les silhouettes discrètes des gens heureux, bien au chaud dans leur vie de famille, leurs lectures au coin du feu, les alcools roux qu'ils s'octroient avant la mort de l'automne. Elle frissonne. Son souffle est court et nuageux. Ses mains malhabiles.

Elle utilise des clés rouillées, mais le porche cède sans résistance. Des échafaudages métalliques encombrent la cage d'escalier et résonnent à chacun de ses pas, émettant un son de flûte de Pan. L'appartement est en travaux. Meubles couverts de bâches opaques, pots de peinture rouge entassés. Autour de la table, des formes humaines, bâchées elles aussi. Elle tente de soulever ces cocons de plastique, mais résistance, résistance, ils sont soudés aux corps mystérieux qu'ils recouvrent. Frustrée, elle descend au parking. L'électricité ne fonctionne plus.

Elle retrouve l'Aston Martin à tâtons, s'y installe, met la radio. Un air de jazz. Une voix androgyne.

C'est pour toi que j'ai fait ça /
Pourquoi ne le comprends-tu pas ?

Elle sent une présence sur le siège arrière. Des mains douces se posent sur son cou. Sans perdre son calme, elle se demande quelles sont leurs intentions.

Pacifiques comme l'océan ? /
Maléfiques comme le néant ? /
C'est pour toi que j'ai fait ça/
Donne-moi ce que tu me dois...

Louise s'éveilla la tête colonisée par mille questions acides et une jolie migraine, se souvint d'avoir forcé sur la cuvée du patron en compagnie de Robert le barman et d'un habitué du *Clairon*. Un besoin de décompresser après un épisode désagréable avec Blaise Seguin : la veille, elle avait bataillé pour le convaincre de recevoir un client à sa place. Il renâclait, pensait que l'enquête sur Julian ne « devait pas faire oublier le quotidien ». Et que l'idée de ressusciter Marina était « franchement déraisonnable ». De guerre lasse, il avait accepté de rencontrer le client en solo le lendemain, pendant qu'elle irait fureter dans l'ancien immeuble de son oncle. Bien sûr, Seguin ne voyait pas l'intérêt d'une telle démarche. Elle s'était bien gardée de lui dire à quel point son attitude défaitiste la décevait.

Elle se concocta un expresso, lui trouva un goût d'encre ; la cafetière italienne héritée de Julian avait une existence propre, et refusait de produire le meilleur d'elle-même lorsqu'elle était manipulée par une personne stressée. Ouvrant grand sa fenêtre sur un matin lumineux, contraste parfait avec la grisaille de ses pensées, elle put constater que le jeune Bernardin ne planquait plus devant son domicile et que Serge savait se draper dans un silence de plomb. « Accepte la réalité, Louise. Il y a de fortes chances pour que ton oncle ait été tué par la mafia. » Leur dispute ne remontait qu'à quelques jours ; elle semblait dater d'une éternité, chaque jour creusant un peu plus une tranchée imaginaire.

Une « tranchée » imaginaire ? Les mots lui venaient en salves énervées, en rébus ordonnant d'être décryptés. Julian habitait rue des Fossés-Saint-Marcel, et elle venait de rêver de sa rue sans doute, une tranchée qui n'avait jamais vraiment quitté ses souvenirs. Ou bien Julian se retranchait-il dans cet appartement, menacé par des inconnus ? Un coup de sonnette dissipa les charades.

Casadès se tenait sur le seuil en compagnie d'un air jovial. Il fila à la cuisine comme en terrain conquis, se servit un café, prit place sur une chaise en lissant les plis d'un pantalon vert pâle. Elle n'émit pas de commentaire, elle s'habituait à son style. Il voulut savoir comment avait réagi Clémenti. Elle raconta.

– Je t'avais prévenue, ma grande. Il fallait le laisser hors jeu.

– Je ne vois pas comment courir après un type dans le genre de Wlad sans la collaboration de la police.

– Ouais, eh bien maintenant, c'est râpé.

– Sûrement.

– Tu veux laisser tomber, c'est ça ? Après tout ce qu'on a vécu ! Je me suis monté le cerveau en mayonnaise pour te ressusciter les années soixante-dix. C'est pas rien, bon sang !

Elle passait ses journées à se faire enguirlander.

Parce qu'elle voulait continuer. Parce qu'elle voulait arrêter. Le monde était à chaque instant plus brouillon et cacophonique, tandis que le visage de Julian dormait toujours dans sa boîte à chapeau. Depuis cet enfouissement, les conversations imaginaires de l'oncle et de la nièce avaient cessé ; elles avaient été remplacées par des rêves offensifs. Ils l'emmenaient dans le paradis saturé de lumière et pourtant opaque d'un homme au nom aussi doux et prometteur qu'une caresse. Gagnait-elle au change ? Rien de plus incertain. Elle se demanda si elle ne pourrait pas rendre à la photo sa place attitrée, entre Henry Miller et Aldous Huxley, et puis elle se resservit un mauvais café en soupirant.

Casadès s'extasia sur les trente-trois tours de Julian. Il en sortit un de sa pochette en carton et dénicha la chaîne hi-fi héritée en sus de la collection de disques. Il l'alluma avec un plaisir gourmand, déposa sa découverte sur la platine avec délicatesse. Un accord de guitare. Les premières paroles de Ziggy Stardust, le guitariste gaucher au large sourire de chat japonais, à la coiffure en pétard enflammé. Ziggy à la tête des Araignées de Mars.

Ooohhh yeah Ziggy played guitar...

Casadès esquissa un pas de danse et se tortilla un moment.

Il se lança ensuite dans un monologue confus à propos de Bowie qui avait su « dissiper un peu le blues après la mort de Morrison ».

Il tendit la pochette à Louise. Une portion de ruelle londonienne éclairée par une lanterne. Le ciel bleu marine. Le macadam brillant de pluie. David Bowie, sous une enseigne marquée K. West, guitare en bandoulière, le pied gauche posé sur une pile de vieux cartons, devant l'entrée d'un immeuble en brique au porche vert. Le mince Duc blanc. Dans une attitude gaillarde qui tranche avec sa blondeur et la finesse de ses traits.

La rue ressemblait à s'y méprendre à celle de son rêve.

– Ce disque est sorti en juin 1972. Tu as noté ?

– Oui, je pensais l'avoir oublié. Je me trompais.

– Tu te rends compte ? C'est sans doute l'un des derniers trente-trois tours qu'Eden a écoutés avant de tirer sa révérence. Pétard, il avait du goût !

Louise observa les doigts qui frappaient la table en rythme, puis le visage du bonhomme, et retourna se réfugier dans ses pensées. Ils écoutèrent l'intégralité de la chanson.

– Je n'ai jamais regretté d'avoir été viré de l'Antigang pour atterrir aux Stups. Tu veux des détails ?

Pourquoi réagir. Elle aurait droit à l'histoire. De toute façon.

– À Pigalle, un petit malin faisait fortune dans le négoce de champagne. Tous les tenanciers lui achetaient ses bouteilles, trente pour cent plus cher qu'à la concurrence. Il était soutenu par quatre frangins et leur mère. On l'appelait Ma Dalton. Ce petit monde était nul en maths. Au moment de partager le blé, ils se sont gourés dans l'addition. Un mot en a entraîné un autre. Le négociant a traité Ma Dalton d'« enculée ». Elle est rentrée chez elle sans s'énerver, a organisé une réunion de famille. Le lendemain, le roi du champagne a fini dans une mare de sang. Douze coups de surin. Et ça a été l'escalade. Vengeance et consternation. Treize mecs y ont laissé la peau. Tout ça pour te dire que les truands sont des gros lourds. Dépourvus de sens de l'humour. Je préfère les dealers. Ils savent compter et aiment souvent la bonne musique. Sur leurs traces, j'ai écouté les meilleurs groupes du moment...

Elle poussa un soupir. Il se décida à lever le camp.

– Bon, tu as un petit coup de fatigue, déclara-t-il dans l'escalier. C'est rien. Ça va passer. Je réfléchis à un plan B, et je te reviens.

– C'est ça, revenez-moi, dit-elle en refermant sa porte.

Inutile d'aller chercher l'escabeau pour dénicher le carton à chapeau et libérer Julian. Elle savait ce qu'il avait à lui dire. Dans le fond, il était aussi cartésien que Serge. *Reprends ta vie, Louise. J'ai laissé derrière moi de la bonne musique, une petite voiture rapide et une trace de comète. Cette époque était vibrante, mais le show est terminé.*

Elle éteignit la chaîne hi-fi, rangea Bowie à sa place, appela Blaise Seguin et lui déclara qu'elle verrait le nouveau client en sa compagnie.

– À la bonne heure. Vous revenez à la raison, ma chère.

Elle raccrocha, demeura immobile dans un rayon de soleil. Sa migraine ne semblait pas prête à céder du terrain. Elle fit fondre un comprimé de paracétamol dans un verre et profita du temps de dissolution pour enfiler un tailleur adapté à son rendez-vous avec leur nouveau client. Les affaires reprenaient.

On sonna à la porte. Elle ouvrit. Casadès. Il se mordillait l'ongle du pouce, semblait cogiter dur.

– J'ai une idée. File-moi la photo du trio Eden Antony Marina piquée au *Renaissance*. Pas d'histoire, je sais que c'est toi.

– Oui, moi aussi, je sais que c'est vous. Merci pour le comité d'accueil.

– Je n'ai rien à voir là-dedans. Mes amis sont comme

les sous-fifres du ministère de l'Intérieur. Ils font dans l'excès de zèle parfois.

– Pour une fois, je vais vous croire, mais c'est surtout parce que je n'ai plus envie de discuter.

Il ouvrit son manteau, glissa la photo dans sa poche intérieure et tapota l'emplacement.

– Pas d'inquiétude, jeune fille. Tu auras bientôt de mes nouvelles. Tonton Casa fait toujours ce qu'il dit.

Oui, c'est ça, pensa Louise en regardant le dos de tweed rapetisser dans l'escalier. Tonton Casa parle beaucoup, et forcément il en fait trop. Question d'équilibre. Elle se demanda si elle ne pourrait pas le rattraper et lui administrer sa gifle. Mais l'énergie lui manquait. Et peut-être même la motivation.

– Le tailleur te va bien, petite, cria-t-il. Tu ressembles à Kim Novak dans *Sueurs froides* du grand Hitchcock. Tout aussi suante que la Kim, mais moins blonde. D'ailleurs, tu serais pas mal en blonde. Bon, allez, ciao, tonton Casa a pas toute ma journée…

Louise quitta les locaux de Carré Créations en compagnie d'un Blaise Seguin ravi de leur rencontre avec leur nouveau client. Il avait fait un effort : son complet semblait sorti du pressing, ses cheveux étaient propres. Le patron de la société de design soupçonnait l'existence d'une taupe vendant les projets à la concurrence. On avait convenu que Seguin serait « engagé » en tant qu'audit de façon à enquêter au cœur du personnel, en toute discrétion. Début de la mission après les congés d'été.

Tenaillé par « un impérieux désir croisé de caféine et de nicotine », il insista pour entrer dans un café de la rue Lafayette. Elle l'écouta lui raconter une anecdote sans intérêt sur un collègue de Perpignan. La radio diffusait la fin d'une émission dédiée à Neil Young. Elle reconnut les premières mesures de *Heart of Gold*.

I want to live / I want to give, I've been a miner for a heart of gold...

Harvest. Julian lui avait fait écouter cet album, quelques semaines avant sa mort.

Pour lui, l'un des meilleurs de tous les temps. « Je déteste la country, mais le vieux Neil a réussi à m'avoir avec son folk-rock et sa voix trop haut perchée. » Tombé malade, le musicien était incapable de se tenir debout et de jouer de la guitare électrique. Il avait composé les chansons de *Harvest* alité, avec sa seule guitare acoustique. « Tu vois de quoi est capable un homme couché, ma Lou ? Pense à ceux qui ont leurs jambes et ne font rien d'intéressant. Quand on a un désir, il faut se concentrer dessus. Un point c'est tout. »

Elle interrompit Blaise.

– Je veux que vous veniez avec moi.

– Où ça ?

– Allée du Souvenir.

– Je ne comprends rien…

– Chez Julian.

Il leva les yeux au ciel, écrasa son mégot dans un cendrier en forme de trèfle et quitta le café avec le dos rond du condamné à mort. À travers la vitrine, elle le vit s'installer dans l'Aston Martin. Il bougonnait. Elle paya l'addition, demanda au cafetier la fréquence de sa radio.

Elle rejoignit Seguin, se brancha sur la bonne station. Neil Young terminait sa chanson. Il avait traversé l'océan pour trouver son cœur d'or. Rien de moins. Elle éteignit sur la dernière note. Ils roulèrent en silence jusqu'à la grande mosquée.

– C'est ridicule, Louise. À quoi rime cette mise en scène ?

– À se glisser dans les pas de Julian. J'aurais dû le faire il y a des années.

– Vous suggérez que c'est moi qui aurais dû le faire. Pour et avec vous, c'est ça ?

– À peu près.

– Quel aurait été l'intérêt de faire revivre des circonstances traumatisantes à la toute jeune fille que vous étiez ?

– Considérez que je suis bel et bien traumatisée, et que vos efforts n'ont servi à rien. Vous venez ?

Elle se garait rue des Fossés-Saint-Marcel.

– Où ça exactement ?

– Vous allez me raconter la reconstitution. Vous y étiez, n'est-ce pas ?

– J'y étais. Mais je ne vois pas…

– Vous ne croyez pas au pouvoir de l'improvisation, Blaise ?

Il se contenta d'un soupir excédé. La gardienne leur ouvrit le porche de l'immeuble. Ils se retrouvèrent dans le parking, adossés contre une Volvo déglinguée, qui avait pour avantage d'être garée à l'endroit exact où se trouvait l'Aston Martin, vingt-deux ans auparavant.

– En fait, j'ai mieux que la reconstitution. J'étais là quand on l'a trouvé.

– Comment ça ?

– J'avais rendez-vous avec Julian, chez lui. Quand je suis arrivé, les flics étaient sur les lieux. Le concierge les avait alertés. Ils m'ont fait reconnaître le corps.

La lumière s'éteignit sur l'expression d'incompréhension de Louise. Elle retint Seguin par la manche pour éviter qu'il ne rallume.

– Quel intérêt de converser dans le noir ?

– Faire jaillir la lumière de l'intérieur, bien sûr.

– Je vous trouve bien mélodramatique.

– Et vous dissimulateur.

– Désolé, mais je n'avais pas l'intention de décrire un étal de boucherie à une gamine. Vos parents m'auraient flanqué dehors et ils auraient eu raison.

Sa voix lui parut plus grave. Sa respiration laborieuse. L'odeur de son after-shave prononcée. Elle aimait beaucoup celui de son oncle, un parfum qui évoquait un feuillage non loin d'un rivage. Celui de Seguin était terrien. Trop sans doute.

– Racontez-moi. Maintenant.

Un autre soupir et il s'exécuta. Il raconta la position du corps, derrière le volant, renversé sur le côté droit. Les sièges de cuir de l'Aston Martin maculés.

– Vous voulez vraiment que je continue ?

– Allez-y.

Il raconta l'exécution à bout portant. Le tueur installé sur le siège arrière. Le mufle du pistolet appliqué sur la base du cou, puis sur la tempe. Deux balles de 9 mm. Les orifices d'entrée nets et sans bavures. Les blessures de sortie plus violentes, à cause de la résistance des os du crâne. Le visage était très abîmé. Le premier projectile avait traversé le pare-brise. Le deuxième s'était encastré dans la carrosserie. La boîte à gants était entrouverte, tachée de sang, avec le Walter P4 de Julian à l'intérieur. Sa tête avait probablement actionné l'ouverture en la heurtant.

– Pourquoi deux balles ? La première avait suffi, non ?

– C'était une exécution, Louise. Aucun risque de laisser un survivant.

– Pourquoi se placer sur le siège arrière ?

– Effet de surprise garantie je suppose.

– Ou la décision de ne pas voir son visage.

– Peut-être.

– La portière avait été forcée ?

– Non.

– Julian n'aurait pas ouvert à un inconnu. De plus, on n'invite pas à monter à l'arrière. À moins d'être chauffeur de taxi.

– C'est exactement ce que la police a pensé. Mais il y a aussi la possibilité que Julian n'ait pas jugé utile de verrouiller sa portière. Difficile de piquer une voiture dans le parking privé d'un immeuble.

– Julian tenait beaucoup à son Aston Martin. Vous le voyez laisser la portière ouverte ?

– Pas vraiment.

– Depuis quand avait-il le Walter ?

– Il l'avait acheté quelques semaines avant sa mort.

– Pourquoi ?

– Il disait qu'avec le développement des drogues dures, il fallait être prudent.

– Et vous l'avez cru ?

– Je le crois toujours.

Un bruit de porte, des pas. Les néons éclairèrent le parking et une vieille dame la main sur l'interrupteur. Elle les découvrit adossés au capot de la Volvo, prit peur. Louise expliqua les raisons de leur présence, montra sa carte professionnelle.

– Vous voulez revivre les circonstances de la mort de votre oncle ! s'exclama la dame. C'est une idée formidable. Moi aussi, je me suis toujours demandé qui m'avait privée de mon charmant voisin. Et j'espère bien que vous le ferez jeter en prison.

– Vous connaissiez Julian ?

– Il m'avait tiré d'un mauvais pas. Un jeune m'avait agressée dans le hall de l'immeuble. Sans doute un drogué à la recherche d'argent facile. Votre oncle l'a mis en fuite. Et je l'ai invité à prendre le thé. Ensuite, c'est devenu un rituel. Il venait me voir. Sa vie n'était pas facile. Il manquait de moyens. Il était bel homme, mais n'avait pas rencontré la bonne personne. Ou alors pas au bon moment.

– C'est ce qu'il vous a dit ?

– Ce n'était pas difficile à deviner.

– Saviez-vous ce que lui reprochait une certaine Bernie ? Bérengère de Chevilly ?

– En parfait gentleman, Julian ne citait pas de noms. En revanche, il n'avait pas peur de se regarder en face. Il était conscient de boire trop. De se brûler les ailes.

– Vous êtes allée chez lui ?

– Une fois seulement. Je lui ai dit que je n'aimais pas l'odeur du tabac ni celle du haschisch, même s'il la cachait en faisant brûler du papier d'Arménie.

– La dernière fois, comment était-il ?

– Préoccupé. J'aurais dû insister. Mais j'avais peur qu'il ne vienne plus me voir si je devenais trop intrusive. Julian aimait le contact mais protégeait son jardin secret. Il parlait souvent de vous. Ça lui faisait plaisir et lui évitait de parler de lui.

Ils s'attablèrent à la terrasse d'un café, à deux pas du Jardin des Plantes. Elle lui offrit un expresso et l'étudia du coin de l'œil. Il était pâle et de mauvaise humeur.

– Je sais ce que vous pensez, Louise. Que vous aviez raison. Que cette virée sur les terres du passé n'était pas inutile.

– J'ai tort ?

– Vous avez rencontré une femme sous le charme de

Julian. Elle le chérit toujours dans son cœur. Comme vous. Et voilà l'histoire.

– C'est au moment où son fantôme nous fait signe que vous voulez abandonner.

– Je ne veux rien abandonner, surtout pas vous. Votre attitude m'inquiète. D'ailleurs, Julian n'aimerait pas vous voir dans pareil état. Et n'oubliez pas que c'est votre responsabilité de faire tourner l'agence.

– J'ai assuré deux filatures cette semaine.

– Vous aviez sûrement la tête ailleurs. Notre client de Carré Créations l'a senti. Pour une fois que nous avons l'occasion de sortir de ces éternelles histoires de divorce !

– Vous m'avez toujours dépeint Julian insouciant et fort. Cette vieille dame évoquait sa fragilité.

– Qu'est-ce que vous insinuez au juste ? Que je vous mens ?

Dépitée par cet interrogatoire aux forceps, elle jeta un billet sur la table et s'en alla sans un mot. Seguin ne prit pas la peine de la retenir.

Une fois dans son quartier, elle acheta du papier d'Arménie, en fit brûler jusqu'à ce que l'odeur douceâtre prenne possession de son appartement. Elle s'allongea sur son canapé, ferma les yeux, essaya de revivre la scène qui l'obsédait. Elle, debout devant la chambre de Julian. Son oncle et Bernie se chamaillant dans le salon.

Des bribes. *Ce à quoi je suis prête pour toi. Ange bancal. Tes foutus principes...*

La vieille dame affirmait qu'il était conscient de boire trop, de se brûler les ailes...

C'était toi, l'Ange bancal, Julian ?

Les vapeurs arméniennes étaient impuissantes. Les relations entre Bernie et Julian cimentées dans le passé. Elle se fit un café, se remémora sa discussion avec

Seguin. Point par point. Lentement. Une sensation restait en suspension, nuage surchargé mais insaisissable. Il l'avait épuisée avec ses révélations en tiroirs. Elle en avait perdu ses moyens. Il y avait un élément sur lequel insister. Lequel ?

Le nuage plombé éclata.

Vos parents m'auraient flanqué dehors et ils auraient eu raison.

Vos parents. Blaise parlait habituellement de son père, et laissait sa mère hors du jeu. C'était avec Adrien que ni Julian ni Blaise n'étaient en odeur de sainteté. *Vos parents.* Elle tenta de joindre Blaise à son domicile, puis au *Clairon des Copains*, sans succès.

Ne restait qu'une option. Les appeler. Elle ne les avait pas joints depuis Noël dernier. Une conversation formelle. La fausse bonne humeur de son père. La douceur lasse de sa mère. Ils lui reprochaient de couper les ponts mais se seraient tranché la langue plutôt que de l'admettre. À présent, elle se voyait mal leur annoncer qu'elle rouvrirait le dossier Julian Eden.

Elle demeura immobile un long moment, puis composa le numéro de leur propriété bordelaise. Le nouveau contremaître répondit que ses patrons étaient partis en voyage en Toscane. Elle raccrocha avec un sentiment de regret mâtiné de soulagement.

Elle ouvrit grand ses fenêtres, attendit que l'odeur du papier d'Arménie se dissipât complètement et descendit glaner du réconfort au *Clairon des Copains*.

22

Il vint la voir à l'aube. Elle reconnut son visage déformé dans l'œilleton, ouvrit en étouffant un bâillement.

– Qu'est-ce qui vous met en transe ?

– Habille-toi, un taxi nous attend.

Elle lui fit remarquer qu'elle avait repris ses activités officielles, lesquelles étaient incompatibles avec des entourloupes nocturnes.

– Il n'y a aucune entourloupe. Rien qu'une idée de génie que j'ai eue. Grâce à toi. Tu m'inspires, Kim Novak. Allez, quoi ! Fais un effort. Tu ne le regretteras pas.

Il attendait le verdict, avec une appréhension qu'elle pouvait sentir. De son côté, Louise se l'avouait : sa dernière semaine avait été sérieuse, rendez-vous, filature, rendez-vous, mais elle s'était sentie comme un oiseau à ressort. Il fallait se persuader chaque matin de remonter son propre mécanisme. Elle étudia mieux l'expression de Casadès, n'y découvrit aucune duplicité, se jura que c'était la dernière fois qu'elle suivait cet homme sur la pente glissante de sa fantaisie. Elle s'habilla et le suivit.

Miles Davis dans *My Funny Valentine*. Ils voyagèrent en musique grâce à la radio du chauffeur, un type au visage hanté et à la conduite idoine, qui déclara faire taxi mais être en réalité comédien. Ne le sommes-nous pas tous un peu ? se dit-elle en essayant d'oblitérer son manque de Clémenti. Elle n'avait jamais pu entendre un air de jazz des années cinquante, la période qu'il considérait comme l'âge d'or, sans voir son visage, ses yeux à la couleur si particulière.

Casadès fit arrêter la voiture près du Pont-Neuf, « lieu symbolique ». D'après lui, « on repartait d'un bon pied vers une nouvelle aventure ». Grand prince, il paya la note et désigna une affichette collée sur la peau de fonte d'un lampadaire. C'était un format A4 au milieu duquel s'épanouissait le beau visage slave de Marina Kostrowitzky. Louise lut le texte d'accompagnement. *Cette femme a disparu. Une récompense à qui donnera la moindre information à son sujet. Nous pouvons encore la sauver. Prière de contacter le commissaire Clémenti à la Brigade criminelle.* C'était accompagné du numéro de téléphone de Serge au 36 qu'elle connaissait par cœur.

— Il y en a des centaines dans tout Paris ! Une vraie campagne de pub. J'y ai passé la nuit. Et je ne te demanderai pas de remboursement de notes de frais. C'était un plaisir. Et donc, c'est cadeau.

Louise demeura un instant groggy. Un bruit de moto la secoua.

— Mais vous êtes cinglé.

— Cette histoire d'appel à témoins était ton idée. Tu étais dans le vrai.

— Vous avez fait ça pour emmerder Clémenti.

— J'ai joint l'utile à l'agréable…

Elle l'agrippa par le col de son manteau de tweed. Sa colère décuplant ses forces, elle le fit basculer.

Le sifflement fendit l'espace. Se termina en choc métallique. Casadès, cou en sang, tomba comme un sac. Un autre coup de feu. Le pont à deux pas, la Seine. Elle s'élança. Une nouvelle détonation. La balle déchira son épaule. Elle prit appui sur le parapet. Sauta.

Eau glaciale, courant énervé, aidée de son bras valide, elle refit surface. Un homme barbu sous l'arcade du pont. Il tendait le bras dans sa direction. Elle pensa à Julian, deux balles dans la nuque. Fini sa vie. Fini la mienne. Mais l'homme n'avait pas d'arme. Elle voulut nager vers lui, vers le quai. Son cœur battait dans son épaule blessée, sa nage lui arrachait ses dernières forces.

Souvenir.

Elle est petite. Un garçon gigantesque lui maintient la tête sous l'eau. Chaque fois qu'elle tente d'émerger, il la repousse vers le fond. Hercule contre Goliath en bikini. Fond bleu miroitant. Mort scintillante. Des mains solides la tirent. Elle se retrouve dans les bras de Julian. Sur le bord du bassin, un homme. Blaise ? Et une femme. Des cheveux blonds, un beau visage inquiet…

Louise commença à couler.

Elle revint à elle sur le quai, entourée de deux secouristes et d'un homme en hardes dégoulinantes. Le barbu vu sur le quai. Il s'était donc jeté à l'eau pour la sauver. Elle grelottait dans ses vêtements trempés, une odeur de vase lui emplissait la bouche, elle était épuisée au point de ne plus pouvoir remuer les doigts. Elle ne parvenait pas à prononcer la question qui la tenaillait. On l'installa dans une ambulance du Samu. Un secouriste lui donna les premiers soins, lui mit un respirateur sur la bouche, la sangla. La sirène retentit, l'ambulance s'ébranla.

Elle reconnut sa voix. Il questionnait un homme dans le couloir. On lui répondait que la balle avait entaillé l'épaule. La blessure était superficielle. Six points de suture. Une bonne dose d'antibiotiques. Rien de cassé à part les nerfs. La porte de la chambre s'ouvrit sur Serge. Il vint s'asseoir à ses côtés.

– Casadès ? articula-t-elle avec difficulté.

– Au Val-de-Grâce. Comme toi.

– Il a ses chances ?

– On le saura d'ici peu. La balle était perforante, pas explosive. C'est déjà une chance énorme.

– J'ai bien cru y passer.

– Je ne te le fais pas dire. Si l'un de mes hommes n'avait pas été en planque près du pont, je t'aurais perdue.

– En quelque sorte, j'ai été sauvée par le Boucher des Quais.

– Je ne trouve pas ça drôle.

– À vrai dire, moi non plus.

Que faisait-elle dans les parages à pareille heure ? Elle lui expliqua le plan de Casadès, la campagne d'affichage. Il encaissa en maître zen, puis se passa une main lasse sur le visage.

– Le pire de l'histoire, c'est qu'il est possible que votre plan de branquignols ait marché et que Wlad Kostrowitzky soit sorti de ses limbes. Il aura repéré Casadès, attendu le moment et l'endroit propices pour le descendre.

– Wlad lui aurait posé des questions avant.

– À condition que Wlad maîtrise encore le langage articulé.

– Et moi, quel intérêt aurait-il eu à m'abattre ?

– Tu étais témoin de l'agression de Casadès.

– J'ai entendu une moto. C'est tout. Je n'ai vu personne. Croyant Casadès mort, j'ai sauté du pont sans demander mon reste.

– Les gens n'obéissent pas toujours à une logique imparable, surtout les tueurs amateurs de dope.

Elle se revoyait agrippant Casadès par le col, déplaçant son corps dans l'espace, échangeant leurs positions. Des danseurs. Des pas cadencés. Un tireur aux aguets surpris par leurs pas.

– Admettons que je sois une victime collatérale, dans ce cas comment expliques-tu que le tireur n'ait pas terminé Casadès ? Au lieu de s'acharner sur moi.

– La seule réponse logique est que tu l'intéressais autant, sinon plus.

– Pas faux.

– Louise ?

– Serge ?

– Tu te rends compte dans quel bourbier tu as mis les pieds ?

Il lui redessina un sourcil, puis le bout de son index suivit la courbe de son visage. Elle pencha la tête, laissa sa joue s'installer dans la paume de Clémenti. Elle entendait distinctement ce qu'il pensait. « Il faut arrêter tes folies, Louise Eden Morvan. Maintenant et pour de bon. Sinon mon pauvre cœur va exploser. »

Le téléphone la fit sursauter. Les analgésiques la maintenaient dans un état comateux, elle mit le temps à décrocher. Serge s'interrompait entre deux réunions pour lui apprendre que Casadès était tiré d'affaire. Un coup de chance énorme. La balle était passée à quelques millimètres de l'artère carotide. On avait d'ailleurs retrouvé un projectile de 7.65 près du pont. Leurs chambres seraient gardées jour et nuit, il n'y avait pas à s'inquiéter. L'homme en charge n'était autre que l'inspecteur Milan, son sauveur barbu. Un énergique et un débrouillard. Elle le remercia, raccrocha.

L'homme en charge. Le sauveur barbu.

Elle pensa à son sauvetage par Julian. Souvenir ou pure invention ?

Elle avait lu que des prisonniers soumis à la torture avaient inventé des informations pour les livrer à leurs bourreaux, et avaient fini par y croire. Pour se protéger, un être humain était capable de créer des souvenirs plus vrais que nature. Avant de couler dans la Seine, s'était-elle bâti un scénario idéal avec Julian dans le rôle principal ? C'était une explication. S'il l'avait secourue lorsqu'elle était enfant, il en aurait parlé à Kathleen et Adrien Morvan.

Mais Blaise jouait un rôle dans ce rêve ou ce souvenir. Blaise plus jeune. Et une blonde au visage inquiet. Qui ressemblait à Marina Kostrowitzky. Louise fit un effort de concentration. Julian, Blaise et Marina l'emmènent à la piscine. Ils relâchent leur surveillance. Julian réagit et la sauve. Au dernier moment. Peu fier de cette mésaventure, son oncle se garde d'en parler à la famille.

Et il m'a peut-être manipulée pour que je me taise. Je n'ai jamais douté de lui. Ai-je eu tort ?

Elle rappela le contremaître à la propriété, lui demanda le numéro de téléphone de l'hôtel de ses parents en Toscane.

La voix de sa mère était joyeuse. Sans l'avouer, Kathleen avait toujours reproché à son mari de ne penser qu'au travail. Lors de leurs rares voyages, elle revivait. À croire qu'Adrien fonctionnait comme ses crus bien-aimés, et se bonifiait avec les années.

– Rien de grave, ma chérie ?

– Quelque chose me tracasse au sujet de Julian.

– Allons bon.

Toujours ce ton de femme raisonnable qui prend sur elle. À quoi bon aborder les sujets qui fâchent ? Louise domestiqua son agacement.

– Tu en voulais à Julian et Blaise pour une raison particulière ?

– Bien sûr que non.

– Dis-moi la vérité. C'est important.

– Il est arrivé quelque chose, Louise ! Je le sens.

– Je vais bien. C'est le passé qui m'intéresse. C'est en rapport avec moi, c'est ça ? J'ai eu un accident, alors que j'étais avec Julian et Blaise ? À la piscine ?

Elle finit par avoir sa mère à l'usure. Kathleen raconta que Julian et ses amis l'avaient emmenée à la piscine Deligny à Paris.

– Ils étaient occupés à boire sans doute. Tu as failli te noyer. Tu avais cinq ans.

– Mais Julian m'a sauvée.

– De justesse, je suppose.

– Il t'a avoué ce qui s'était passé.

– Oui.

– Il ne t'a pas menti. Alors pourquoi cette colère entre vous ? Je la perçois encore dans ta voix après toutes ces années.

– Parce qu'il y avait eu un précédent. Ton père a hurlé à Julian qu'il était un raté. Ça s'est très mal passé. Mon frère n'a plus jamais voulu mettre les pieds à la maison. Je me suis réconciliée avec lui, mais pas sans mal.

– Explique-moi, et commence par le commencement.

Kathleen raconta un pan de vie soigneusement oblitéré par la famille. Julian, jeune étudiant en droit à Londres, fait la fête au bord d'une rivière avec une bande de copains et sa petite amie, Patricia. Ils boivent, fument des joints. Et la fête finit mal. Patricia et Julian se disputent. Elle lui reproche de ne pas s'occuper suffisamment d'elle. Pour le défier, elle menace de plonger dans la rivière. Il croit à un caprice. Patricia passe à l'acte mais la rivière est trop froide, le courant trop fort, elle se noie. Julian tente de la sauver mais n'y parvient pas. Il manque d'y passer lui aussi. Après la mort de Patricia, il abandonne ses études, déprime, se fâche avec ses parents et part en Asie sac à dos. Il en revient des mois plus tard, efflanqué, différent. Il ne rentre pas à Londres. Il se rend chez sa sœur aînée, mariée à un Français. La suite, Louise la connaît. Kathleen et Adrien vivent entre Paris et la propriété viticole bordelaise avec leur fille. Julian s'attache à Lou, à la France, et revient à la vie. Il rencontre Blaise Seguin dans un bar et décide de créer une agence de détective. Il a des connaissances en droit, et pas la moindre envie de rentrer dans le système. Il veut vivre au jour le jour. Sans attaches.

— Le passé lui a sauté au visage quand tu as manqué te noyer. Patricia est revenue le hanter. Je ne crois pas qu'il se soit beaucoup défendu quand un salaud l'a descendu à Paris.

— Julian était d'une gaieté incroyable, maman !

Elle ne croyait pas vraiment à ce qu'elle racontait. La réponse de sa mère ne la surprit pas.

— Non, il avait un impeccable sens de l'humour. C'est bien différent, Louise.

Après avoir raccroché sur la vague promesse de passer à la propriété après les vendanges, Louise réfléchit un long moment. Elle arriva à une conclusion inévitable. Blaise, ses parents et même Julian lui avaient caché certaines vérités, sans doute pour la protéger. Mais ils n'étaient pas les seuls. Elle-même n'avait gardé que les aspects les plus solaires de Julian et avait évacué les autres. L'oncle de la petite Lou était un homme parfait, sans fêlures, sans faiblesses. Et devait le rester pour l'éternité.

La petite Lou n'existait plus. La femme qui l'avait remplacée ne croyait pas à l'existence des héros. Et d'ailleurs, les héros étaient ennuyeux.

Elle éteignit sa lampe de chevet, croisa ses bras derrière sa tête et sourit dans la pénombre.

– Je t'aime comme tu es, Julian Eden, murmura-t-elle. Tu peux enfin enlever ton loup noir.

23

La maison encombrée de puanteurs. Climax dans la cuisine. Des sacs en plastique débordaient d'ordures. L'évier vomissait des piles de vaisselle sale. Tessons de bouteille jonchant le sol. Taches de vin sur les murs. Empreintes de sang sur le carrelage. Il s'était coupé la plante des pieds.

Son cerveau peuplé de cauchemars. Tantôt des idées venaient par vagues, ondes suprasensibles, lui labourer le centre. Tantôt des images fusaient accompagnées de cris. Des animaux vicieux sortis d'une faille spatio-temporelle. Il savait que c'était une faille parce qu'il arrivait encore à réfléchir. Son centre vivait toujours. Mais plus faiblement quand les animaux sortaient.

Il faisait très froid. Son corps était mouillé de sueur. Il sentait ses lèvres bouger, avait conscience qu'il parlait seul. Il parlait à son centre pour qu'il continue de palpiter.

Les animaux arrivèrent.

Ce sont des rats à dents cariées. Leurs yeux de bakélite te brûlent. Insupportables. Ils dansent sur place. Un pas en avant. Deux pas en arrière. Les rats ne dansent pas.

166

Mes rats sont vrais. Ils dansent. L'armoire est ouverte. Qui l'a ouverte ? Un crotale. Sa queue sonne.

Le corbeau vint se poser sur sa tête. La tête du gros homme dans le lit. C'est moi, pensa-t-il en se cachant sous l'oreiller. Il resta comme ça, sans bouger.

Le crotale sonna plusieurs fois. Le centre s'élargissait. Il osa un œil en dehors de l'oreiller. Le corbeau n'était plus perché à côté du lit. Mais le crotale était toujours là et sonnait, de temps en temps. Son centre était revenu. Il occupait toute la place. Il se souleva sur un coude, s'assit avec précaution, posa ses mains sur ses tempes et appuya fort. Il entendit la sonnerie. C'était le téléphone. Il n'avait qu'à tendre la main.

– Wlad ? C'est Khaled, tu m'entends ?

– J'entends.

– Y a un gars qui veut plus dealer pour nous. Il s'est barré avec cinq bâtons de meth. On sait où il est.

– Où ?

– Tu peux le faire ?

– Je peux. Où ?

– Le squat, rue des Pyrénées. C'est un Yougoslave. Trente ans. Son nom, c'est Beko. Tu retiendras ? Beko.

– Beko. Je retiendrai.

– Tu t'occupes pas de la marchandise. Quelqu'un s'en charge. Tu t'occupes du mec.

– Je m'occupe du mec.

Wlad raccrocha. Il ouvrit le tiroir de la table de chevet. Une boîte métallique avec du matériel à injection. Il se fit une piqûre, se rallongea.

Plus tard, dans la salle de bains, il força son gros corps à pénétrer dans la douche et respira profondément. Il laissa l'eau chaude ruisseler sur sa peau. Comme s'il était dans le ventre de sa mère. Ses tremblements se calmèrent.

Longtemps après, il nettoya la cuisine et alla déposer les sacs-poubelle sur le trottoir devant la maison.

Il regarda le ciel bleu strié de nuages longs et blancs. La radio annonça l'heure : 15 h 40. Il réchauffa une boîte de cassoulet et prit des amphétamines avec du café.

Vers 17 heures, il eut une suée. Il s'observa dans le miroir, se reconnut. Ses yeux bleus injectés de sang. Son crâne chauve parcouru de quelques veines gonflées. Sa bouche charnue, son nez aplati, engoncés dans un visage gras. Des gouttes de sueur perlaient sur son front. Il se déshabilla, entra dans la douche. Cette fois, ce fut facile. L'eau réchauffa son gros ventre, son sexe flasque. Il se frotta vigoureusement, s'accroupit, laissa couler.

Il se rasa, se désépaissit les sourcils pour ne pas faire peur au Yougoslave qui s'appelait Beko. Il se sentait encore faible. Une barquette de bananes séchées dont la date de péremption était dépassée lui fit son repas. Il alla s'allonger. Les amphétamines l'empêcheraient de dormir, mais il lui fallait se reposer. Il ferait le boulot cette nuit. Ou demain, si le Yougoslave n'était pas là.

À 22 h 30, il s'attacha au mollet droit l'étui de cuir spécial garni du Beretta Cheetah et sortit de la maison, une guitare à la main. Il enjamba les sacs-poubelle éventrés par des chiens, déposa la guitare dans le coffre de la 4 L. La poche de son blouson contenait une bobine de fil de pêche.

Il se gara rue Botzaris et marcha vers la rue des Pyrénées, guitare sur l'épaule. Il surveilla la rue depuis un café, vit les flics faire leur ronde, effectuer deux passages. Il attendit encore un peu, sortit du café, poussa un porche branlant, déboucha dans une cour vide. Le squat occupait le premier étage du bâtiment central.

Une bande jouait au tarot en faisant tourner un joint.

– Hé, mon pote ! Tu cherches quelqu'un ? demanda un rasta aux yeux brillants.

– Karine, je cherche Karine, répondit Wlad d'une voix douce.

– Connais pas.

– Une brunette, très jolie. Elle m'a dit qu'elle serait là ce soir.

– Crache-toi là, mec, et joue-nous un truc ! dit un brun à lunettes. Et toi, Ludo, tu reprends la partie, merde !

Wlad plaqua les premières mesures de la *Chaconne* de Bach. Ses doigts étaient engourdis, il trébucha sur de nombreux passages. De toute façon, les jeunes n'écoutaient pas. Tout en jouant, il étudia les lieux. Des corps emmitouflés dans des sacs de couchage balisaient la vaste salle dont tous les murs, sauf ceux de soutien, avaient été abattus. Une fille se brossait les cheveux, assise sur une caisse en bois. Un gars lisait à la lumière d'un cierge d'église. Wlad sentait l'odeur de la cire.

Il joua *Dindi*, d'Antonio Carlos Jobim, et fredonna sur la musique. Le lecteur ferma son livre. Wlad lui sourit. Le gars s'approcha.

– T'es un pro ?

– Non. Mais ma mère m'a fait commencer tôt. Ça aide. Je joue mal. J'ai de l'arthrite.

– Tu viens d'où ?

– Yougoslavie.

L'autre avala l'information avec un air compatissant.

– Le pays, c'est important, dit Wlad. Quelquefois, j'ai envie de repartir.

– Je comprends. Y a un Yougoslave, ici. Enfin, je suis pas spécialiste. Il a un accent de l'Est.

– Ah bon ?

– On l'appelle Beko. Il dort près de la porte, au fond.

– Vaut mieux le laisser dormir, alors ?

– Ouais. Tu connais *The Girl from Ipanema* ?

Wlad interpréta le morceau assez mal. Le gars écouta jusqu'au bout, puis lui donna une tape sur l'épaule et retourna vers son matelas. Wlad prit une capsule d'amphétamines, s'adossa à une poutre et allongea les jambes.

24

Tous dormaient, sauf une fille et le fan d'Antonio Carlos Jobim. Dans la lumière grise de l'aube, Wlad voyait le cul blanc du gars monter et descendre à cadence rapide. La fille émit un râle, puis ce fut au tour de son compagnon. Ils restèrent empêtrés un moment, le gars roula sur le côté, tourna le dos à la fille. Wlad la vit s'asseoir pour fumer une cigarette. Elle se rhabilla et réintégra son sac de couchage. Il s'étira, changea de position, repartit dans une attente infinie.

Une éternité plus tard, Beko émergea de sa couche, les cheveux en bataille. Il se débarrassa de sa couverture en bâillant, finit par se lever, descendit l'escalier. Wlad empoigna sa guitare et suivit. La cour était vide, si ce n'était le Yougoslave qui pissait dans un coin. Wlad sortit le fil de pêche de sa poche, roula les deux extrémités sur ses pouces, fonça. Beko n'eut pas le temps de crier. Un gargouillis humide sortit de sa gorge. Wlad maintint la pression, puis lâcha d'un coup sec. Beko tomba dans un bruit mou. Sa langue violette pendait hors de sa bouche, son sexe hors de sa braguette. Wlad s'agenouilla, dégagea les cheveux sur le front du Yougoslave et y traça une croix invisible avec son pouce.

Il récupéra sa voiture, fila vers le Châtelet, se gara près du Théâtre de la Ville, entra dans une cabine téléphonique.

– Khaled ?

– Putain, Wlad ! T'as vu l'heure ?

– J'ai donné l'extrême-onction à Beko.

– Déjà !

– Oui. Je la lui ai donnée.

– Euh, oui. Bon. De toute façon : chapeau ! Toujours au top. T'es où ?

– Au Châtelet.

– Max te retrouve dans quatre heures dans les jardins du Forum des Halles.

– En face de l'église Saint-Eustache.

– C'est ça. Où y a la statue de la grosse tête.

Il s'allongea sur un banc et patienta jusqu'à l'aube. Il retourna à sa voiture, mit de l'argent dans le parc-mètre, remonta à pied la rue Saint-Denis en direction du Forum et s'arrêta aux abords de la fontaine des Innocents. Deux vagabonds partageaient une bouteille de vin. Ils lui donnaient envie. Une vieille prostituée quitta l'ombre d'une porte et s'avança vers lui.

– Un petit coup matinal ?

– Ça m'est interdit, madame.

– Ah ouais ?

– Mon centre me l'interdit.

– Ton centre de sécurité sociale ?

– Le centre de mon identité. Il pourrait se disloquer.

La vieille pouffa en réajustant la bretelle de son soutien-gorge. Il reprit son chemin, soulagé de ne plus entendre son rire. Arrivé devant la tête géante, il contempla Saint-Eustache.

Il passa le porche, pénétra plus avant. Il huma l'odeur d'encens à pleins poumons, puis s'avança vers le chœur, leva les yeux vers les vitraux de la nef. Christ en croix saignait pour les victimes, les siennes et toutes les autres. La douce lumière jaune des cierges dansait aux pieds du Sauveur. Mû par une impulsion irrésistible, Wlad marcha vers lui. Il s'agenouilla sous la croix puis s'allongea, écarta ses membres. Le froid de la pierre le pénétra. Il serra les dents, embrassa le sol et récita une prière dans la langue de sa mère.

Quand il sortit de l'église, la ville était réveillée et des passants affluaient. Max attendait sur un banc. Son visage était froid. Il fit un signe à Wlad, qui s'installa à ses côtés et le regarda. Max avait de longs cheveux soyeux, des cheveux de femme. Le soleil y créait des reflets d'or. C'était beau.

– J'ai à faire. À plus, mec, dit Max en se levant.

L'enveloppe de papier kraft était sur le banc, avec l'empreinte du derrière de Max. Wlad l'ouvrit, palpa la masse des billets, glissa l'enveloppe dans son blouson. Un jeune homme arriva en flânant et s'installa sur le banc. Il trouva un vieux journal, le feuilleta. Une fille appela. Wlad et le jeune homme levèrent la tête. Le garçon alla à la rencontre de la fille en abandonnant le journal, vieil oiseau fatigué, qui vint atterrir sur les chaussures de Wlad. En se penchant pour le ramasser, il aperçut une affichette souillée sous le banc. On voyait la photo d'un visage à l'envers. Il saisit l'affichette, la retourna.

Marina le regardait.

C'est dans la voiture qu'il se mit à pleurer. Les larmes ruisselaient. Il avait posé l'affichette sur le siège du passager. À un feu rouge, il la regarda encore, relut la légende :

Cette femme a disparu. Une récompense à qui donnera la moindre information à son sujet. Nous pouvons encore la sauver. Prière de contacter le commissaire Clémenti à la Brigade criminelle.

Wlad mémorisa le numéro de téléphone.

Il prit la direction de Montparnasse, passa la porte de Versailles. À Montfort-l'Amaury, il trouva à se garer dans la rue Christian-Lazard, non loin de sa maison. Il s'attarda quelques minutes dans sa voiture, puis essuya ses larmes avec la manche de son blouson et se décida à ouvrir la portière. Il colla l'affichette sur le mur de sa chambre au-dessus de la commode, s'assit sur le lit et contempla le beau visage aux cheveux blonds.

Il fila chez l'épicier arabe, revint avec des allumettes et des bougies d'anniversaire ; le marchand n'avait rien de plus gros. Il installa les bougies sur la commode. Allumées, elles nimbèrent le visage d'une lumière de vie.

Il la contempla longtemps, jusqu'à ce que l'envie revienne. Il se roula en boule sur le lit, gémit en serrant son ventre. Il réussit à se redresser, ouvrit le tiroir de la table de chevet, déballa le matériel, prépara l'aiguille.

Il s'injecta sa dose. Une onde de chaleur embrasa son corps. Il se laissa aller en arrière et se tourna vers Marina. Il s'endormit en la regardant.

Il ouvrit un œil. Il faisait nuit. Il appela Khaled.

– Wlad ! Un coup dur ?

– Connais-tu le commissaire Clémenti ?

– Ce fils de pute m'a déjà embarqué. Parle pas d'horreur, mec ! Tu l'as dans les pattes ?

– Non. Je voudrais savoir des choses sur lui.

– Quelles choses ?

– Tout.

– C'est vague.

– La police cherche des informations sur une femme. Je veux savoir qui les a renseignés.

– Je te rappelle.

Khaled téléphona à Wlad deux heures plus tard. Il lui apprit que le commissaire Clémenti dirigeait l'enquête sur le Boucher des Quais, autrement dit le tueur en série des bords de Seine, et qu'il habitait rue de Lancry, dans le 10e arrondissement.

– Pour la meuf, personne sait qui les a rencardés. Wlad, entre nous, c'est toi qui l'as butée ?

– Je n'ai jamais tué de femme. Khaled ?

– Ouais ?

– Je vais être très occupé. Je ne vais plus pouvoir travailler pour toi.

– Pas grave. La mort du Yougo a remis les choses en place. Les gars vont plus moufter pendant un bout de temps. Merci, Wlad. T'es un pro. On reste en contact.

Khaled raccrocha. Sa femme se retourna dans le lit et grogna.

– Hé, Khal ! Qui c'était encore ?

– Un gros tas de bœuf avec une cervelle de vache folle. Vaut mieux être avec que contre.

25

– Allô ! Louise ? Un indic a aperçu un homme qui pourrait être Wlad. Sur les quais de Seine.

– Vraiment ?

– Leur dernière rencontre remonte à une quinzaine d'années. Il faut prendre le témoignage avec des pincettes. En tout cas, mirage ou extrapolation, les langues commencent à se délier.

– Je n'en peux plus d'être ici, Serge.

– Je sais. Tu me manques, je te rappelle très vite.

Elle raccrocha, reposa sa tête sur l'oreiller. Sa chambre était un cauchemar floral aussi réussi que celle de Casadès, avec télé timbre-poste, dessus-de-lit synthétique hypnotisant et vue sur l'arrière-cour et les secrets des habitants de l'immeuble d'en face. Malgré son nom imposant, l'hôtel *Commodore* n'avait rien de reluisant. Il avait cependant un avantage, ses accès étaient faciles à surveiller, et deux officiers mandatés par Clémenti planquaient vingt-quatre heures sur vingt-quatre dans les locaux. Un mois s'était écoulé depuis la fusillade du Pont-Neuf. Clémenti avait insisté pour que Louise et Casadès se mettent à l'abri, le temps que ses hommes interceptent Wlad. Mais la traque se révélait difficile. D'autant que le Wlad des années quatre-vingt-dix ne devait plus ressembler à la version soixante-dix. Que restait-il du costaud aux cheveux dégarnis ?

Désormais persuadée que son oncle n'avait pas été éliminé pour une banale histoire de drogue, elle avait promis de se tenir tranquille et d'attendre que le groupe Clémenti fasse son travail, mais sa patience s'effritait. Elle fixa le lustre. Le propriétaire du *Commodore* avait poussé le vice jusqu'à tapisser le plafond avec le même papier peint à fleurettes que les murs. Navrant et claustrophobique, surtout sur la durée. Je suis une poupée dans une boîte, pensa-t-elle.

Elle se redressa sur un coude. Le coup de fil de Serge combiné à la sensation d'être une Barbie abandonnée par une môme capricieuse venait de lui donner une idée. Mais elle n'était pas sûre de sa qualité. Elle se leva, décidée à consulter Casadès. Elle mit un pied dans le couloir, vit bientôt Bernardin entrouvrir sa porte.

– Tout va bien ? demanda le jeune officier de la Crim'.

– Impeccable. Je vais visiter mon vieux collègue, répondit-elle en désignant la 32.

Bernardin lui décocha un sourire compréhensif tandis qu'elle frappait à la porte. Un brave gars, pensa-t-elle, ce n'est pas de sa faute s'il doit me coller aux basques, et puis restons philosophe, Bernardin n'est pas désagréable à regarder avec sa bille à la Tintin et ses chemises à carreaux.

Casadès vint ouvrir. Le téléviseur graillonnait dans son dos. L'ennui lui travaillait les paupières, plus lourdes à chacune de leurs rencontres. Ils prenaient leurs repas ensemble comme des petits vieux dans un hospice de troisième zone. Elle ne lui avait pas pardonné son intrusion nocturne, ni la gifle qu'elle s'était juré de lui rendre à l'occasion, mais commençait à trouver du charme à sa conversation. L'agression sur le Pont-Neuf avait créé un lien étrange, sans doute celui des anciens combattants. Casadès était un véritable tordu de la musique. Un affamé aux connaissances remarquables. Et un original. Il lui avait confié s'être acheté une moto en 1969, après avoir entendu la divine Bardot chanter avec brio *Je n'reconnais plus personne en Harley Davidson*. Si l'on convoquait Laurent Angus pour une rencontre au sommet, ces deux hommes dissemblables s'entendraient comme larrons en foire. Pour le moment, cette possibilité n'était pas plus envisageable qu'une autre. Visites interdites. Distractions prohibées. Louise et Casa faisaient un long arrêt au purgatoire.

Elle s'affala sur un lit au matelas aussi défoncé que le sien et jeta un coup d'œil au téléviseur. Patrick McGoohan tentait de s'échapper de son île ; la boule géante dévalait la grève avec la ferme intention d'écrabouiller ses mauvaises pensées. Le Prisonnier avait de la classe, mais pas une chance. C'était presque à croire que dans ce bas monde, plus on avait de style moins on vous plébiscitait. Morte saison. Triste rivage. Louise se détourna de la boule fatale, et raconta ce qu'elle avait en tête.

— C'est la même idée qu'avant, dit Casadès en étouffant un bâillement. La résurrection de Marina.

— Il y a une variante. J'ai certes été élevée dans les fastes de la religion catholique, mais il ne m'en reste rien.

— Ça ne m'étonne pas de toi.

— Donc, exit les résurrections et autres secondes vies dans un monde meilleur, je crois désormais à la puissance du mensonge.

– Tu as trouvé de la schnouf derrière la grille d'aération de la baignoire, ou quoi ?

– Je suis aussi sobre que le verre à dents en plastique de la tablette entartrée du lavabo. Mais je constate que si l'on ne fait pas preuve d'imagination, on mourra d'ennui.

– C'est peut-être mieux que de finir avec une bastos dans le portrait (il avait effleuré le pansement qui ornait son cou et le faisait ressembler à un rescapé des tranchées de 14-18). Et puis, de toute manière, Clémenti ne nous laissera jamais sortir.

– Nous sommes protégés, pas emprisonnés. Il suffit de dire stop, et nous sortons d'ici.

– Ce sera encore l'occasion de te chamailler avec ton amour de commissaire. Tu sais que je n'ai rien contre.

– Je n'ignore pas que vous êtes un vieux vicelard, Casa. J'avais compris dès le départ que vous auriez aimé me voir tomber dans les bras de ce séducteur de Gérard Antony. Histoire d'enquiquiner Clémenti en beauté.

– Depuis que j'ai failli perdre la voix et peut-être la vie, je réagis différemment, Louise.

– Vous êtes flic dans l'âme. Qui s'ennuie comme un rat mort depuis sa retraite. Je vous offre un scénario en or. Je téléphone à un copain. Il n'a pas de Harley, mais une gentille Vespa. Il nous la dépose dans le quartier. On s'évacue d'ici en douceur.

– Et je fais le pilote, bien sûr. Parce qu'avec ton épaule abîmée, tu ne peux pas la conduire, cette foutue Vespa. Tu te sers de moi.

– Amusant venant de vous. C'est match nul, non ? Écoutez-moi au lieu de râler. Quand nous aurons nos casques, dites-moi un peu qui pourra nous reconnaître ? Celui qui a essayé de nous descendre sait désormais

179

que les quais regorgent de flics en planque. S'il y a bien un endroit sûr, c'est celui-là.

Il se contenta de produire une grimace navrée.

– Vous avez mieux à proposer, Casa ?

Il attrapa la télécommande, échangea un regard avec Louise et éteignit le téléviseur sur le visage stoïque de Numéro 6. Elle passa le coup de fil à son ami.

– Tout va bien ? demanda l'inspecteur Bernardin pour la millième fois en un mois.

– Nous allons prendre notre petit déjeuner, répondit gaiement Louise.

– J'arrive dans deux secondes.

Ils descendirent d'un pas normal quelques marches recouvertes d'une moquette élimée mais providentielle, puis accélérèrent. Le réceptionniste dévorait un match de foot, l'oreille collée contre sa radio ; il ne les vit pas se faufiler. Louise retrouva le propriétaire de la Vespa à l'endroit convenu. Il lui tendit deux casques et les clés. Qu'elle tendit à son tour à Casadès.

26

Wlad avait fait la queue devant le centre Baudricourt.
Il était installé devant un plateau-repas, le nez dans
l'assiette. De temps en temps, un SDF levait une tête
au regard vide. Un homme riait tout seul ; la purée
formait des rigoles qui sortaient de sa bouche édentée.
Les autres faisaient mine de ne pas le remarquer. Wlad
termina son assiette et repéra un jeune homme ; il ne
devait pas avoir plus de vingt-cinq ans malgré une
chevelure grasse prématurément grise.

Il alla à sa rencontre. Le gamin eut un mouvement
de recul en voyant arriver ce géant chauve. Wlad lui
sourit et posa son paquet de cigarettes sur la table. Les
yeux brillèrent de convoitise.

– Sers-toi, petit.

Le jeune homme prit une blonde, puis osa croiser
son regard. Il alluma sa cigarette, inhala la fumée avec
un plaisir évident.

– Merci, dit-il d'une voix timide.

– Comment tu t'appelles ?

– Jean-Michel. On m'appelle Jean-Mi. C'est plus…

Le gamin cherchait ses mots, se mordait la lèvre.

– C'est plus facile, dit Wlad.

– Ouais. Et toi ?

– William.

– Je t'ai jamais vu dans ce centre.

– C'est la première fois que je viens. Je vis dans la rue depuis quelques jours seulement.

– Qu'est-ce qui t'est arrivé ?

– Je ne peux plus rester chez moi.

– Tu as un endroit à toi ?

– Une maison, mais je ne peux pas y rester.

– T'as pas de boulot ?

– Plus maintenant. Et toi, Jean-Mi ?

– Je travaillais dans une imprimerie. Le patron a fait faillite. J'ai plus de chambre. Ma logeuse m'a viré. C'est difficile de rester propre et de retrouver quelque chose. Et je suis fatigué.

– Oui, tu as l'air crevé.

– Tu es fort, toi. Tu pourrais trouver du travail.

– Non, je n'y arrive pas. Je pense trop à mon passé.

– T'avais une famille, William ?

– J'avais une femme, Jean-Mi. Belle et douce.

Wlad déplia l'affichette.

– Elle est belle, t'as raison.

– Elle est morte, tu sais, petit.

Jean-Mi regarda tour à tour son assiette et son interlocuteur. Wlad sentait la gêne émaner de lui, et la peur. Il passa une main sur ses yeux, sourit de nouveau.

– Jean-Mi, je parle depuis des jours et des nuits. Je ne dors que quelques heures.

– Pourquoi tu fais ça ?

– Je cherche quelque chose.

– Quoi ?

– Quelque chose sur le tueur des sans-abri. Moi, je peux trouver le Boucher.

– Peut-être bien. Pourquoi tu me dis ça à moi ?

– Je parle à ceux qui ont encore un visage. Ceux qui ne sont pas détruits.

– T'es flic ?

– Non. Parole. Je suis quelqu'un qui peut aider.

– Pourquoi tu courrais après un dingue comme ça ? Qu'est-ce que ça t'apporterait, hein ?

La méfiance du gamin gonflait comme le mercure. Brebis craintive, il était incapable de se battre. Si le tueur ne l'abattait pas, c'est le système qui le broierait dans quelques mois, quelques années. Wlad pouvait donner ces années de vie au gamin : il avait toujours eu le choix entre donner la vie ou la mort. Il lui fallait trouver le tueur pour Marina. Il le ferait aussi pour Jean-Mi et tous les pauvres types lessivés de cette ville sans pitié.

– Tu sais, je n'ai rien à perdre si ce n'est mon centre.

– Ton centre ? Qu'est-ce que tu racontes, mec ?

– J'ai une force, dit Wlad en désignant un point sous son plexus solaire. Je peux l'utiliser. Débarrasser la ville du tueur. Il me sera utile. Il faut que je trouve sa piste. Elle commence bien quelque part.

– Va voir le type au manteau vert foncé, assis derrière. Il a fait des études, celui-là. Il construisait des ponts. Il sait peut-être quelque chose. Son nom, c'est Bernard.

– Merci, Jean-Mi. Garde le paquet de cigarettes. Dedans, il y a un billet. C'est ton bien maintenant.

Le môme bredouilla des remerciements, et son visage fripé se métamorphosa. Pendant deux secondes, il fut illuminé de l'intérieur. Wlad aperçut son âme, pensa à un berger sur un vitrail dans une église de campagne où il s'était arrêté par hasard. La pureté de l'innocence, il savait la reconnaître partout, même dans les cloaques, les caniveaux charriant la honte et le désespoir. Le gamin fourra son butin dans une pochette en plastique qu'il portait autour du cou sous plusieurs épaisseurs de linge sale et se leva. Il ramassa son barda, un vieux sac d'écolier maculé, décoré de Power Rangers dans des poses de karaté acrobatiques et sortit du centre Baudricourt en jetant des regards craintifs.

Wlad se retourna vers l'homme en vert installé au milieu d'un groupe ; il pelait son orange à l'aide d'un petit couteau pliable. Ça lui prenait un temps infini. Très concentré, il tirait la langue. Wlad se leva, sortit un autre paquet de cigarettes de sa poche et alla le déposer devant l'homme, qui continuait de peler son orange et ne bougea pas. Il s'assit en face de lui.

– Je peux ? demanda le voisin de l'homme en vert, un vieux maigre comme un coup de trique.

Wlad acquiesça pendant qu'il se servait avec une mine gourmande.

– Bernard, tu veux une cigarette ? demanda doucement Wlad.

– Y fume pas, intervint le vieux. Tout ce qu'y veut, c'est bien peler son orange. Tu peux pas le déranger pendant qu'y fait ça.

– Tu as raison, dit Wlad en rempochant son paquet.

Il s'enfonça dans le dossier de sa chaise et observa Bernard. Visage jaune, strié de veines rouges. De près, ses mains tremblaient comme des feuilles, certains de ses ongles étaient arrachés, les autres rongés. Il entreprit de manger son orange, quartier par quartier, en prenant soin de se pencher au-dessus de son assiette pour ne pas tacher son manteau, un loden élimé, troué aux manches, mais assez propre. Il y eut un raclement de chaise. Le vieil homme se levait, partait en traînant la jambe vers la sortie. Plus tard, la table se vida et Wlad se retrouva seul face à Bernard. Six pépins baignaient dans une petite flaque de jus et le spectacle semblait fasciner l'éplucheur rassasié.

– Bernard ! Regarde-moi !

L'homme leva la tête et eut un tic nerveux. Wlad vit nager des frayeurs d'alcoolique dans ses yeux.

– N'aie pas peur, je veux te payer un coup au café d'à côté.

– Oui, j'ai soif, j'ai très soif, dit l'homme dont le débit était celui d'une mitraillette enrayée.

Wlad partit lentement vers la sortie. Il se retourna à mi-chemin. Bernard le regardait avec une indicible peur qui luttait contre une soif non moins intense.

– Viens ! dit Wlad en tendant la main.

27

À Barbès, ils avaient déniché un hôtel du même genre que le *Commodore* ou le *Relais Trinité*. Louise était assise sur le rebord de la fenêtre. Casadès s'était installé sur le lit sans enlever ses chaussures, deux péniches jaunasses à semelles de crêpe. Justement, parlons chiffons, se disait-elle.

– J'ai cru comprendre que vous aviez une mémoire d'éléphant.

– Qu'est-ce que tu mijotes ?

– Comment était habillée Marina la dernière fois que vous l'avez vue ?

– C'est une question-piège ?

– Je m'imbibe de mon sujet.

– Une minijupe verte avec une ceinture dorée, un chemisier à gros ramages hippies, des bottes vernies à lacets et hauts talons.

– Que fumait-elle ?

– Des menthols.

– Parfait. Je reviens.

– Il n'y a pas beaucoup d'action dans ton scénar.

Pour toute réponse, elle agrippa la télécommande et sélectionna un épisode de *Ma sorcière bien-aimée*.

– Un truc pour que je ne t'oublie pas ? demanda-t-il alors qu'elle quittait la chambre 8.

La foule était dense chez Tati ; elle patienta un moment devant la cabine d'essayage. Elle enfila une minijupe verte à ceinture métallique et une tunique à fleurs violettes et manches bouffantes.

– Pas de doute, voilà revenu le temps de Hare Krishna et des fumeurs de pétards, dit-elle à son reflet.

Elle acheta une paire de bottes vernies noires, trouva la perruque idéale – un modèle en cheveux synthétiques du plus bel effet – et peaufina sa tenue avec un gilet sans manches à franges qui permettrait de dissimuler son Ruger P dans sa ceinture sans affoler les foules. Pour l'instant, il dormait dans son sac à main. Il attendait la nuit, il attendait Wlad.

Elle acheta des produits de maquillage, fit un détour par le rayon homme, paya en liquide, acheta des cigarettes dans un bar-tabac et rentra à l'hôtel avec ses paquets. La photo volée au *Renaissance* était scotchée au-dessus du lavabo. Elle épila ses sourcils, appliqua un fond de teint qui éclaira son visage de quelques tons, accentua le dessin de ses lèvres d'un coup de crayon avant de les laquer de rose parme. Elle passa vêtements et perruque, rectifia la frange blonde d'un coup de ciseaux.

Dans le miroir de la chambre, Louise vit la femme que son oncle avait courtisée, et Bernie jalousée. Une blonde à l'expression froide et déterminée. Une séductrice que tout le monde avait oubliée, sauf deux hommes. Son tueur de mari. Et cet allumé de Casadès.

Son compère continuait d'écouter la télé. Elle posa son oreille contre la cloison mince comme un *soji* japonais. Un épisode de *La croisière s'amuse*. Elle se brancha sur la même chaîne. Chacun dans leur chambre, ils finirent ce feuilleton et enchaînèrent sur *Dallas*. Louise déclara forfait sur *Flipper le Dauphin*, éteignit le téléviseur et alluma une menthol pour tuer le temps. Elle pensa à Serge, à ses yeux quand elle fumait. À son espoir silencieux que ce soit la dernière cigarette et qu'elle devienne raisonnable…

Vers 22 heures, on frappa à la porte. Il s'ébroua pour se débarrasser des heures de conneries télévisées empilées dans sa cervelle. Il ouvrit, se figea sur le seuil, étouffa un juron.

Marina Kostrowitzky s'était enfin décidée à le remonter, ce putain d'escalier.

– J'ai eu raison de miser sur toi, ma grande. Tu es même mieux que l'original. Y a pas à dire, une belle blonde, ça arrache sévère.

– Enfilez ça.

Elle lui tendait un pardessus et un chapeau noirs, une paire de lunettes à verres orangés. Rien de moins marrant que d'être la seule déguisée à une soirée costumée, non ?

Casadès fit la grimace, puis abandonna son pardessus de tweed. Elle déplia une carte de Paris, se lança dans des explications. Elle parlait vite, s'arrêtait pour de courtes pauses, histoire de vérifier que l'auditoire n'était pas à la ramasse. Elle ressemblait à un mélange hybride : le corps d'une pute russe et le mental de Julian Eden. Nettement plus intéressant qu'un épisode de *Ma sorcière bien-aimée*. Il l'écouta en évitant de regarder ses jambes révélées par la minijupe. « Leur périmètre de chasse » était délimité ; il s'agissait d'une zone partant du pont de Bir-Hakeim pour s'arrêter à celui de Tolbiac, au fil d'une série de stations. Le plan de bataille était archisimple. Il s'agissait de se balader sur les rives accessibles aux piétons et d'interroger promeneurs et SDF à propos du passage d'un gros chauve au regard de chien enragé.

Bernard buvait à courtes gorgées, le regard enroulé sur lui-même. Wlad le laissait se retrouver, récupérer une chaleur qui allait bientôt le tenir tout entier.

– C'est gen-gen-til, monsieur, ce que vous-vous faites.

– As-tu de la famille, Bernard ?

– J'a… j'a-vais une femme et des enfants. Ils sont rentrés en pro-pro-vince. Ma femme n'aimait pas l'alcool et moi, je l'aime trop.

Son débit reprenait un rythme plus normal. Wlad commanda un quatrième ballon pour son compagnon. Lui en était à son deuxième. L'alcool mordait déjà ses synapses, mais son centre veillait. Il déclencherait l'alarme le moment venu. Pour l'instant, sa conscience était aiguisée. Elle le resterait.

Maintenant, les mots de Bernard sortaient plus en souplesse. Wlad l'écoutait raconter son ancienne vie dans une entreprise de construction métallique. Il avait été cadre, savait conseiller les architectes quant à l'emploi des meilleurs matériaux en fonction des sollicitations. Sollicitations. Il avait réussi à prononcer le mot sans bégayer et ça l'avait fait rire. Wlad le voyait flotter dans le bonheur de l'instant et l'enviait un peu de ne pouvoir s'y abandonner lui aussi. Il avait des choses plus importantes à faire. Il déplia l'affichette sur le comptoir. Bernard contempla le portrait de Marina et, l'air ému, donna à Wlad une tape sur l'épaule. Il bredouilla des paroles de réconfort assez bien tournées, écouta Wlad lui parler de son projet. Capturer le Boucher des Quais.

– Je fouillerai les entrailles de la ville. J'ai besoin des souvenirs des hommes qui vivent dans ses rues pour me guider. Pour ces souvenirs, ils ont payé le prix. Le prix du sang, Bernard. Tu le sais.

– Il tue toujours près de l'eau. Il te suffit de marcher longtemps sur les berges, sous les ponts, et d'attendre. Tu n'as pas besoin de souvenirs, pour ça. Tu as besoin de courage et de patience.

Wlad avait l'impression que son cerveau était connecté à celui de son compagnon et qu'il pouvait ressentir, millimètre par millimètre, l'effet du vin qui circulait dans ses veines. Il était heureux pour lui.

– Tu dors où, Bernard ?

– Quelquefois, avec une bande, quand ils ont de quoi acheter à boire. Ces nuits-là, on ne nous admet pas dans les refuges. Mais je ne reste jamais seul. Plus maintenant que le fou nous guette.

– Tu as déjà senti sa présence ?

– Jamais.

– Quelqu'un l'a vu ou sait quelque chose ?

– Il n'y a guère qu'un fou qui pourrait avoir envie de le voir.

– Tu connais un fou comme ça ?

– Plutôt un hâbleur, mais c'est peut-être aussi un fou. Il refuse de passer la nuit dans les foyers. Il se vante. Dormir seul dans la rue ne lui fait pas peur.

– Son nom ?

– Il veut qu'on l'appelle le Bœuf.

– Le Bœuf ?

– Il ne sait pas parler normalement, alors il beugle. Un jour, je lui ai dit qu'il finirait à l'abattoir et que son nom était pré-des-ti-né !

– Où le trouve-t-on ?

– Il mange presque toujours au centre Crimée. La nuit, il traîne avec une bande vers le port de plaisance et les quais de la Rapée ou de Bercy. Mais je ne les ai pas vus ces derniers temps. Le Bœuf me fatigue. Trop de bruit et de fureur.

– Tu as été quelqu'un dans ton ancienne vie, Bernard. Tu es cultivé.

– J'ai eu mes moments. Mais maintenant, je suis un vieux poivrot. Vieux poivrot, mais poivrot libre. Quelquefois je me revois dans mon bureau. Je portais un costume, une cravate comme les collègues. Eh bien, tu me croiras si tu veux, mais c'est là que j'avais l'impression d'être en prison parce que j'attendais toujours quelque chose.

– Aujourd'hui, tu attends tout de même ton homme. Celui qui te paiera un verre.

– Oh ! ça se trouve, ça. J'attends.

Une vague de compassion passa sur Wlad. Les frisottis rares et bruns de Bernard faisaient comme un tas de plumes légères sur son crâne. De bonnes vibrations sortaient de son corps. Le cadre déchu était bien différent du jeune Jean-Mi qui suintait la peur et la médiocrité.

– Ils ne sont pas tous comme moi, Bernard.

– Ils sont assez moches à l'intérieur quelquefois. Enfin, pas vraiment moches, disons abîmés.

– Leur centre s'effrite.

– Oui, c'est un peu ça.

28

Wlad laissa quatre cents francs à Bernard. En échange de la promesse qu'il éviterait de traîner avec sa bande de buveurs, le temps qu'il trouve le tueur. Il en avait fait la promesse solennelle. Bernard avait ri gentiment et lui avait dit : « T'es christique, mon copain. Chris-ti-que ! »

Alourdi par le vin, il prit un taxi pour le centre Crimée. Une fois dans la voiture, il regretta de ne pas se déplacer à pied ou en métro comme les vagabonds de la ville. Pour trouver le Boucher, il lui faudrait adopter le mode de vie de ses victimes. Offrir une partie de sa périphérie aux circonstances pour attirer le destin, et protéger son centre, un pur diamant qui ne prenait pas de place.

Il avait résisté au puissant appel de camaraderie de Bernard, s'était fixé pour limite les deux verres de la politesse, et avait tenu bon, mais ses nerfs lui envoyaient des ondes de douleur. Il avala une capsule d'amphétamines. Retardé par les embouteillages, le taxi s'arrêta devant les portes closes du centre Crimée.

Il espéra soutirer des informations sur le Bœuf à un gardien, tambourina au porche jusqu'à ce qu'un résident de l'immeuble voisin proteste. Le parc des Buttes-Chaumont était encore ouvert ; il remonta l'allée éclairée, s'assit sur un banc pour réfléchir à un plan d'action. Son centre lui réclamait de s'organiser, de faire de sa traque un mouvement continu, sans aspérités.

Avec l'alcool, il convoquait le chaos qui le nourrissait, nécessaires ténèbres, et lorsqu'il décidait d'émerger, c'était pour glisser souplement dans l'espace de la ville, corps d'aplomb, esprit vif, sans états d'âme polluants. Il n'avait jamais tué par haine, ni même sous l'effet de la colère. Il avait tué, et tuerait encore, parce qu'il était monstrueusement doué pour ça, et qu'on lui avait demandé de supprimer des êtres nuisibles contre de l'argent. Il avait toujours observé attentivement ses futures victimes et lorsque des ondes d'innocence s'étaient échappées de leurs enveloppes corporelles – il s'agissait de rayons droits et jaune vif –, il les avait épargnées. C'était arrivé deux fois. Bien que répugnant au mensonge, il avait su trouver une histoire plausible pour ses commanditaires et jouer de sa voix apaisante afin d'expliquer l'échec de sa mission.

– Mauvaise nuit, gros père !

La voix, jeune, venue de derrière. Une pointe piquant la naissance de son cou. Le jeune homme était bien proche pour une attaque si peu offensive. Wlad comprit pourquoi en voyant se matérialiser un deuxième homme armé lui aussi d'un couteau. Une tête exsangue et blonde. Un regard vitreux de junkie.

– Lève-toi, tas de gras ! cracha le blond. Fouille-le, Ahmed.

Il obéit, sentit les mains de l'invisible Ahmed courir sur son corps. Agiles, elles trouvèrent l'enveloppe.

– Merde, c'est le pacson !

Wlad sut qu'Ahmed s'était reculé d'une trentaine de centimètres, étonné par sa découverte. Il pivota, buste droit. Sa jambe gauche, déployée en coup de fouet, fit exploser la rotule du jeune Arabe. Il laissa son corps partir avec l'attaque, roula sur l'herbe, disparut dans l'ombre. Il sortit son Beretta de son étui. La tête du blond était une auréole sous la lumière du lampadaire. Elle explosa. Wlad se releva d'un bond. Ahmed rampait vers son couteau. Il brillait à deux mètres. Fut dans sa main en quelques secondes. Le pied de Wlad écrasa le poignet d'Ahmed. Le gamin ne devait pas avoir plus de seize ans, ses boucles noires encombraient des yeux exorbités.

Il lui ordonna de se mettre sur le dos.

– Ne me tuez pas, monsieur, pitié !

Wlad attendit, Beretta dans une main, couteau dans l'autre. Il étudia la géométrie de l'arme sous la lune : un couteau de parachutiste à manche noir. Une belle arme. Le gamin recula, rampant sur les fesses, la jambe blessée, raide, jusqu'à ce qu'un buisson l'arrêtât. Alors Wlad vit les rayons lumineux. Bleus et violets, ils quittaient la poitrine du jeune Arabe en longs zigzags. Il enleva sa veste et son polo, posa son pistolet sur le tas de vêtements. Tétanisé, le gamin ne bougeait plus. Buste nu, d'un geste coulé qui fit du couteau le prolongement de sa chair, Wlad fondit et lui transperça le cœur. Sa main fut sur la bouche pour étouffer l'agonie. Il l'enleva quand les yeux noirs furent débarrassés de la vibration de vie. Il retira le couteau, essuya le sang sur le pantalon de sa victime.

Il traça une croix sur le front et fit rouler le corps dans l'ombre végétale. Il tira le blond par les aisselles, l'installa à côté d'Ahmed. Il se rhabilla, rengaina le pistolet dans le holster de cuir attaché à son mollet, utilisa une bride pour y fixer le couteau. Il se débarrassa de la terre qui souillait ses vêtements, ramassa l'enveloppe de billets, sortit du parc et prit le métro à Botzaris.

Son centre fonctionnait impeccablement. Boussole magnétique, il lui indiquait de partir vers le fleuve pour passer la nuit sur ses rives. Celles où, comme l'avait dit Bernard, se réunissaient le Bœuf et sa bande. Les deux morts du parc étaient un signe. La piste se dégageait, le sang la traçait, sillon rouge dans la nuit. Mouvement continu, sans aspérités.

29

Samedi 27 août

Philippe Argenson en était à son cinquième café et téléphonait. Il mettait les bouchées doubles. Louise Morvan avait encore fait un caprice de star. On lui avait accordé deux officiers à plein temps pour veiller sur sa petite personne ; elle les avait possédés comme des bleus avant de mettre le cap sur Wlad Kostrowitzky, flanquée de ce cloporte de Casadès. Argenson battait donc le rappel de ses *tontons* à l'affût de renseignements et à toute vitesse.

À ce propos, sa conversation avec Andrea durait trop longtemps. Le proxo jouait à l'imbécile heureux. Argenson fit mine d'avaler son numéro, réfléchit un moment. Ce type était l'un de ses meilleurs indicateurs, celui qu'il ménageait au mieux. Le vent tournait. S'il ne voulait pas collaborer, il passerait à la casserole. Dans le même temps, sacrifier une telle source de renseignements à cause des bourdes de Louise Morvan était un lourd tribut. Dilemme.

Une demi-heure plus tard, l'inspecteur se garait près du métro Pigalle ; il savait qu'il trouverait Andrea au *Katcha*, relevant les compteurs de son écurie de putes. D'habitude, le proxo rameutait les gogos sur le trottoir en leur proposant de s'encanailler pour une somme proportionnellement inverse à leur quotient intellectuel, mais c'était l'heure creuse. Dans la salle, un jobard affublé d'une entraîneuse ; d'après l'accent, un Batave.

– Alors comme ça, t'as rien sur Wlad, mon Andrea.

Le proxo s'humecta les lèvres, écouta Argenson lui expliquer que la trêve était rompue. S'il ne se réactivait pas vite fait, la Mondaine s'intéresserait de près aux activités culturelles de l'arrière-salle du *Katcha*. Andrea comprit vite où était son intérêt.

– Il paraît que les mecs qui travaillaient avec lui ne veulent plus en entendre parler.

– Pourquoi, il sent mauvais ?

– Avant, il se ranimait quand on avait besoin de lui, faisait le contrat pour pas cher et replongeait dans sa merde. Paraît qu'il fonctionne plus comme ça. Le gars est réveillé. Un truc le tenaille.

– On peut savoir ?

L'indic se tortillait comme si des fourmis rouges avaient pris possession de ses bijoux de famille. Argenson en était presque incommodé. Il sortit quatre billets de cinq cents francs de son portefeuille, les posa sur le comptoir en les maintenant du doigt, et attendit.

– Si le type concerné apprend que je vous ai renseigné, inspecteur, je suis mort.

– Tu m'as déjà vu dilapider ?

Andrea fit encore sa timide pendant un moment.

– C'est un dealer. Sa couverture, c'est un garage à Ménilmontant. Le Khaled, c'est pas un gros poisson d'accord, mais un teigneux. Il m'a à la bonne. Allez savoir pourquoi. Je crois que je ressemble à son frangin qui a été buté.

– Accouche, Andrea, tu me feras vraiment plaisir.

– Wlad a appelé Khaled chez lui. Plusieurs fois. En

pleine nuit. Il a réveillé sa gonzesse. Khaled l'avait mauvaise. Il avait dit de ne l'appeler qu'en cas d'urgence. Wlad s'est pas gêné. Il a questionné Khaled comme un larbin. Il voulait être rencardé sur un flic.

– Quel flic ?

– Clémenti.

– Tiens donc. Et pourquoi ?

– À cause d'une affichette avec la trombine d'une morte. Khaled a été supercool. Il s'est renseigné comme s'il était prêt à faire ça toute sa vie pour ce taré. Quand il lui a dit que Clémenti suivait aussi l'histoire des clodos étripés, Wlad a bien aimé. Là-dessus, il a osé lui dire qu'il serait très occupé et pourrait plus travailler pour lui. Pas de respect du tout ! Vous voyez, inspecteur ?

– Mauvaise éducation, t'as raison. Et Khaled ne saura jamais que c'est toi qui m'as fait part de ce petit instant de faiblesse. Parole, Andrea.

– Alors si je peux en être vraiment sûr, j'ai un deuxième tuyau, inspecteur. Mais c'est du lourd.

Argenson soupira, et posa deux autres billets sur la pile.

– Wlad a réveillé Khaled une dernière fois.

– C'est vraiment un gros malpoli.

– Il lui a raconté qu'il avait buté deux mecs dans le parc des Buttes-Chaumont. Des junkies qui l'avaient braqué. Il appelait Khaled pour lui demander pardon.

– De quoi ?

– D'avoir buté un frère. Un des types s'appelait Ahmed. Khaled le connaissait ni des lèvres, ni des dents, mais il a laissé le gros malade s'épancher. L'autre a dit qu'il était heureux qu'il lui en veuille pas, parce que la mort des deux pignoufs était un signe du destin. Et un tas de conneries du même genre, pour finir par cracher qu'il allait chercher le Boucher des Quais et le donner au commissaire Clémenti. Le Khaled en avait marre, il lui a dit ciao, mec, je ne te hais point, et il a raccroché.

En quittant le *Katcha*, Argenson dressa le bilan. Le budget de la Brigade était grevé, mais l'investissement en valait la peine. Il remonta la rue en regardant les passants qui défilaient à cadences variées. Touristes en goguette. Parisiens à la recherche d'une tranche de rigolade, d'un cinéma porno ou d'un kiosque où trouver les nouvelles rabougries du soir. De l'agitation sans réel fondement. Comme la vie de Louise Morvan. Mais où était donc cette enquiquineuse ? Elle finirait bien par rentrer chez elle. Elles finissaient toutes par rentrer un jour. Sauf celles qui avaient passé l'arme à gauche, comme à coup sûr la femme de Wlad. Une vilaine pensée le surprit : la vie serait plus simple si Louise Morvan avait pris un aller simple pour le Grand Nulle Part.

Il brancha sa radio, appela son patron. Clémenti lui confirma que N'Diop et une patrouille iraient coffrer l'ami Khaled le moment venu.

À chaque feu rouge, les automobilistes mataient ses cuisses, sans parler du reste. Casadès pilotait la Vespa au mieux, mais ses seins comprimés contre son dos n'aidaient pas à se concentrer. Comment une fille aussi mince pouvait-elle se trimballer pareille paire de lolos ? Mystère épais de la génétique et de la poésie.

Il se gara sur le trottoir. Elle rigola alors qu'il s'escrimait sur l'antivol récalcitrant. Elle avait enlevé son casque intégral, la perruque n'était même pas de travers ; à croire que cette blondeur s'était greffée sur son crâne pendant qu'ils roulaient. En plus, elle commençait à marcher comme Marina. Il lui avait expliqué que la femme de Wlad roulait des hanches, alors la nièce d'Eden s'appliquait. Ah oui, elle jouait sa partition au-delà de ses espérances. C'était peut-être le moment de l'écrire, ce fichu opéra rock. Des tas d'anciens flics scénarisaient à tout va, pourquoi pas lui ? Il lui suffisait de penser à cette môme deux secondes pour imaginer des scènes croustillantes. Il pourrait se faire du pognon et rigoler un bon coup.

Ils attaquèrent par le pont de Bir-Hakeim. La donzelle trépignait. Elle voulait s'approcher au plus vite de la noirceur de la Seine, renifler les recoins les plus crasseux de ses rives. Ils se mirent donc à la recherche de pauvres mecs attardés sous les ponts et sur les rives piétonnières. Il fallait s'agiter parce que ces types lèveraient bientôt le camp, avertis des habitudes d'un tueur qui n'avait jamais frappé qu'au cœur de la nuit, dans une tranche mortifère démarrant au crépuscule et s'allongeant jusqu'aux lueurs de l'aube. Comme dans les meilleures histoires de vampires ! Il jeta un coup d'œil à Louise Marina Eden Morvan qui marchait d'un pas gaillard à ses côtés, ses bottes vernies scintillant sous la lumière des réverbères. N'importe quelle nana normale refuserait de traîner sur les traces de Frankenstein cherchant Dracula. Quelle santé !

Ils allèrent de groupe en groupe. Elle était en forme pour la causette. Des gars qui ne demandaient qu'à regarder l'eau couler et les boutanches circuler devaient répondre aux questions d'une blonde culottée et trop sexy pour que ce soit supportable de la mater longtemps. Elle leur demandait avec naturel : « Avez-vous vu un type énorme et chauve ? » Impayable, cette nana !

Quai Branly, il exigea un temps de répit, et elle l'entraîna ingurgiter une bière et un en-cas dans un troquet de la rue de l'Université. En épluchant un œuf dur, elle expliqua qu'elle ne s'était pas sentie aussi bien depuis des mois. Casadès la vit dévorer un jambon-beurre comme s'il s'agissait d'un tournedos Rossini. Les filles qui savaient se contenter de peu étaient rares, il fallait l'admettre. Le patron leur servit un café et un calva qu'elle s'enfila en deux gorgées. En sortant, elle décida d'opérer par courtes fractions plutôt que de glandouiller au risque de se faire repérer par les planqués de Clémenti. Ratissage de quai, puis un coup de Vespa, en alternance. Ils levèrent le nez deux secondes vers la tour Eiffel illuminée se détachant sur l'espace du Champ-de-Mars, et se remirent en chasse.

30

Après avoir quadrillé le port de plaisance, Wlad s'était posté sur le pont Sully-Morland. Il observait aux jumelles à infrarouge un groupe de vagabonds sur le port Saint-Bernard, rive gauche. À trois cents mètres, deux hommes assis fumaient, silhouettes recroquevillées contre la masse du pont d'Austerlitz. Wlad remarqua la précision de leurs gestes, le calme de leurs visages. Leurs barbes et leurs cheveux hirsutes n'occultaient pas le fait qu'ils étaient des policiers.

Son attention revint vers le groupe. Un costaud gesticulait devant la troupe affalée. Quelques-uns donnaient la réplique à l'excité. Le vent rabattait l'écho de leurs rires. Mais la gaieté fléchissait. Le sommeil gagnait la partie. Il était 3 heures du matin. Wlad savait que le braillard était le Bœuf.

Une bouteille vide à la main, il alla uriner dans le fleuve, insulta la lune. La bouteille se fracassa sur le quai, et le vagabond partit vers les deux policiers. Il leur parlait avant même d'être à leur hauteur. Wlad entendit des mots qui flottaient, cotonneux dans le calme de la nuit. *Bande de cons… Dormir… Crèverez…* Les policiers s'enroulèrent dans leurs couvertures et s'allongèrent. Le Bœuf continua sa harangue devant le duo immobile, ses bras d'épouvantail en vrille puis, lassé, remonta le quai. Dans l'espace rectangulaire des jumelles, il fut une image fluorescente sur le pont d'Austerlitz. Wlad le vit s'engager sur l'avenue Ledru-Rollin où le flot des voitures s'était tari.

Grand et large, ce Bœuf. Wlad ne savait pas s'il était gros ou emballé de plusieurs couches de textiles. Il portait un poncho crasseux d'où dépassaient des hardes. Le tout s'accordait avec un chapeau de gardien de troupeaux de la pampa. Il traînait un peu la patte, mais marchait vite. Wlad le suivit sur le boulevard Diderot puis dans la gare de Lyon. Le vagabond s'arrêta sous le panneau des départs.

Sa bouche formait des noms de villes, ses mains esquissaient des gestes ronds. Wlad écouta. Il invoquait le mouvement des roues d'acier sur les rails, le rempart des dernières cités avant la férocité de la mer. Son histoire vivait en lui. Sa main se mit à trancher le vide. Une quinte de toux lui tordit les traits et arrêta ses gesticulations. Il s'approcha d'une vieille femme endormie sur un banc, se pencha pour l'observer. Quand il se redressa, son regard croisa celui de Wlad.

– SALUT, AMI ! beugla le Bœuf.

Wlad dévissa le capuchon d'une bouteille de vodka et lui tendit. Il détailla le visage boucané, bordé de longues mèches noires sous le chapeau de gaucho, les yeux délavés. La bouche assoiffée.

– Tu es le Bœuf ?

– Pour te servir, beau prince de la nuit, ricana le vagabond.

– Non, beau prince de la mort.

– Si tu veux, l'ami.

– Tu voudrais partir ? Tu regardais les panneaux des trains.

– Partout, c'est pareil.

Le Bœuf rendit la bouteille. Wlad lampa une gorgée et s'assit au bout du banc. La clocharde était une frontière entre leurs deux corps de géants.

– Dans la ville, un homme tue les gens comme toi. On m'a dit que tu n'avais pas peur de cet homme-là, poursuivit Wlad en tendant la bouteille au-dessus de la femme endormie.

– J'ai pas peur de toi. C'est toi ?

La main piquée de croûtes violacées saisit la bouteille, la bouche emprisonna le goulot et téta ferme.

– Bien sûr que c'est pas toi, reprit le Bœuf. Pourquoi tu dis que t'es le prince de la mort ?

– C'est mon métier.

– Qui est-ce que tu zigouilles ?

Wlad eut un geste d'invite pour expliquer que la vodka était un cadeau.

– À la tienne, mon prince. Tu veux pas me dire. Ça fait rien.

– Tu sais où il est ?

– Il est partout et personne le voit. Il est là.

Wlad porta ses jumelles à ses yeux, opéra un mouvement circulaire. Le Bœuf aima ça et rit en se tordant les côtes.

– Alors, tu l'as vu ? Hein, tu l'as vu ?

– Pas encore. Il est peut-être dans ma poche.

Wlad sortit l'affichette d'appel à témoins, la posa sur le dos de la vieille, puis prit ses jumelles pour la regarder. Le Bœuf poussa un rugissement de joie.

– Elle est pas belle comme ça, ah non !

– Oui, sinon ils auraient tous aimé se faire tuer par une belle comme elle.

– Ouais. Y z'ont pas aimé parce que leur mort, oh !
la pute borgne, elle était moche.

– Moche comme qui ?

Le Bœuf fit une grimace. Il tendit la main pour
avoir les jumelles.

– On voit des fantômes dans ton outil magique, gros
prince de la mort. T'as rapporté ça d'un autre monde ?

Il vint se planter devant Wlad, qui demeura immobile
tandis que l'odeur de son compagnon lui entrait dans
la tête comme une purge. Le Bœuf lui saisit le menton
et approcha son visage du sien.

– Qu'est-ce que tu vois quand tu me regardes, gros
prince ? Attention, réponds bien !

– Un homme.

– Un autre m'a dit : « T'es qu'un court voyage du
gosier au trou de ton cul. » J'aime mieux ta réponse.

– Maintenant, c'est moi qui dois poser ma question.
Tu dois donner ta meilleure réplique. Qui est le tueur
des sans-abri ?

Le Bœuf se tourna vers la femme endormie et la
désigna du doigt.

31

À 4 h 45 du matin, N'Diop, Argenson et leur équipe donnèrent l'assaut au garage de Khaled Moktar. Ils blessèrent un homme, en désarmèrent trois autres et extirpèrent Khaled et sa femme de leur lit sans encombre. On découvrit quinze kilos d'héroïne dans le double fond d'une DS, modèle 1969, restaurée avec amour.

Un peu avant 7 heures, Khaled, menotté et comateux à cause d'un somnifère ingurgité la veille, faisait son entrée dans le bureau de Clémenti, qui envoya Argenson et N'Diop se coucher et demanda à Moreau de l'assister pour l'interrogatoire. Il attaqua avec l'élimination des deux jeunes drogués des Buttes-Chaumont en faisant comprendre à Khaled qu'il le voyait bien dans le rôle du commanditaire. Il n'ignorait pas qu'il n'avait rien à voir avec le meurtre des junkies, mais la manœuvre suffirait à déstabiliser le trafiquant. Le reste n'était qu'affaire de patience.

Une silhouette, une chevelure claire ; elle se tenait au bord du fleuve où flottaient des immondices. Il aurait voulu lui demander son nom, rien que pour entendre sa voix, mais c'était inutile. Il savait qu'il rêvait…

Une odeur d'égout. Wlad ouvrit les yeux sur le

visage du Bœuf à quelques centimètres de ses narines. Aucun zigzag ne sortait de sa tête.

– T'ES PAS UN VAMPIRE, LÈVE-TOI ! LE JOUR VA PAS TE TROUER ! gueula le Bœuf.

Wlad se redressa. La gare s'emplissait de voyageurs et le martèlement de leurs pas se mêlait aux bourdonnements des haut-parleurs. Le Bœuf s'étirait en grognant.

– T'as du fric, beau prince ?

Wlad acheta du saint-émilion, de la vodka et des sandwiches.

– Prends des cigarillos, j'aime ça, cria le Bœuf, affalé sur une pile de boîtes de chocolat, sous l'œil navré de la caissière.

Ils retrouvèrent leur banc, en face du panneau des départs, déballèrent leurs provisions. Wlad alla chercher un café dans un distributeur. Quand il revint, le Bœuf terminait la moitié d'une bouteille de saint-émilion ; il la coinça entre ses cuisses et émit un rot modulé.

– Y a un train qui se barre pour le Sud dans quinze minutes. Si on voulait, on pourrait le prendre. Hein, beau prince de la mort ?

– On pourrait, mais on ne le veut pas.

– T'as raison. On est bien mieux ici. Le train, ça me donne la gerbe. Tu bois pas ?

– Plus tard. J'ai tout mon temps.

– T'es reposant, toi. Pas comme les tarés d'hier. Si ça se trouve, y m'attendent toujours. Eh bien, y z'ont qu'à attendre. Moi, je me fais chier avec ces mecs-là !

– Elle est partie.

– Qui ça ?

– La vieille qui dormait.

– Bien sûr, tiens. Pourquoi elle serait restée, hein ?

– Je veux la retrouver.

– Mais c'est pas elle, le Boucher.

– J'ai bien compris. C'est quelqu'un qui lui ressemble.

Une quinte de toux plia le Bœuf en deux. Il tremblait, se mettait à suer. Wlad se concentra pour lui insuffler une part de sa force. Il repoussa son chapeau, appliqua ses mains sur ses tempes, pressa. Le vagabond gémit, les yeux renversés. Wlad déboucha la vodka et lui donna à boire, puis essuya ses lèvres du revers de sa veste.

– File-moi un cigarillo, dit le Bœuf.

Wlad en alluma un et le glissa entre les lèvres de son compagnon.

– Mène-moi sur sa piste, demanda-t-il doucement.

– Pas maintenant, beau prince. La nuit.

– Tu lui as déjà parlé ?

– Ouais.

– Elle aurait pu te tuer.

– NON !

Wlad recula. Le cri lui vrillait encore les tympans. Le Bœuf s'était détendu comme un ressort, agitait les bras, croquemitaine dans la tempête du monde.

– ELLE CROIT QUE J'SUIS SUD-AMÉRICAIN !

Il avait agrippé les bords de son poncho, tournait sur lui-même. Il fredonna un refrain avec des rimes en « o » et claqua des mains. Une quinte de toux le faucha. Il tituba, corps cassé, et vomit des glaviots ensanglantés. Des voyageurs les regardaient d'un air mauvais. Wlad pensa que des vigiles allaient arriver.

– Elle tue que des Français. Elle me l'a dit, cette pute borgne, graillonna le Bœuf.

– C'est peut-être parce que tu es trop fort pour elle.

– Ma force, c'est fini. La borgne pourrait, si elle voulait. Mais elle veut pas. Ça vaudrait pas le coup. Je vais crever. Les morceaux de mou me sortent par la gueule.

Il tituba en direction des quais. Wlad le suivit jusqu'au museau gris d'un TGV.

– Beau prince, peut-être qu'on pourrait le prendre quand même. Qu'est-ce que t'en dis ?

Wlad regarda le Bœuf touché par un rayon de lumière venant du plafond et vit pour la première fois les veines bleues phosphorescentes qui couraient sous le chiffon tanné de son visage.

– On va attendre la nuit dans la serre chaude du Jardin des Plantes. C'est comme le Sud, Bœuf.

Argenson fumait devant la porte d'entrée du centre Baudricourt. Il ne lui fallut qu'une seconde pour décider que le jeune homme qui venait d'entrer correspondait à la description des responsables du centre. Il attendit qu'il soit installé avec son plateau-repas avant d'exhiber sa carte de police.

– Tu t'appelles Jean-Mi ?

– Ouais, c'est moi.

– On t'a vu discuter avec un gros chauve la semaine dernière.

– Ça se peut.

– Tu causes ou je t'embarque, mon petit pote. C'est clair ?

– Mais j'ai rien fait !

– Il paraît que ce type t'a donné de l'argent. Tant mieux pour toi, mais ça ne veut pas dire que tu lui dois une amitié éternelle. C'est peut-être le Boucher des Quais. T'as pensé à ça ?

– Ouais, mais il avait l'air gentil. Il m'a même montré la photo de sa femme. Elle est morte. Il était encore secoué.

– Quoi d'autre ?

– Comme il a plus rien à perdre, rapport à sa femme,

il veut trouver le tueur. Il a dit qu'il y arriverait parce qu'il a une force dans la poitrine.

– Qu'est-ce qu'il te voulait ?

– Savoir si j'avais vu quelque chose.

– Et alors ?

– Je l'ai envoyé chez Bernard.

– Qui est Bernard ?

– Un alcoolo en manteau vert. Je l'ai pas revu depuis. Si le gros lui a donné de l'argent, il est en train de le boire.

– Tu connais ses cafés ?

– Non, moi je bois pas.

– Il dort où, ce Bernard ?

– Je sais pas. Pas dans les foyers où je vais.

– Bon. Tu viens avec moi.

– Mais vous avez dit…

– On va mettre tout ça par écrit, ça sera plus clair.

Louise mit quelques secondes à se souvenir qu'elle était à l'hôtel. Elle entendit un ronflement provenant de la chambre voisine, un bruit de télévision, un gargouillis de tuyauterie, des roucoulements de pigeons et le trafic de la rue. Elle aurait aimé se réveiller aux côtés de Serge. Elle consacra quelques minutes à s'imaginer dans ses bras, prit une douche et remit sa tenue de guerre. Elle appela la PJ. La voix de la dénommée Audrey était plus glaciale que la mer de Behring. Cette fille lui passa son patron. Clémenti était furieux, inquiet et sans doute harassé. Il voulut savoir où elle se trouvait, elle refusa de lui dire. S'ensuivit un échange houleux. Elle tenta de se justifier, peina à trouver des arguments rationnels face aux interrogations carrées de son amant. Pourquoi prends-tu de tels risques ? Pourquoi ne nous laisses-tu pas travailler ? Elle renonça à le convaincre, goûta encore un peu le timbre de sa voix, et raccrocha. Elle pensa à Julian. Julian dans sa voiture, la nuit. La dernière nuit. Elle enfila la perruque blonde, appliqua le maquillage de Marina.

32

La nuit était tombée sur la ville et les épaules du Bœuf qui toussait comme une bête malade. Ses quintes glaireuses marquaient la piste d'étoiles de sang, et Wlad pensait que le contraste entre l'humidité de la serre, où ils avaient passé la journée avant qu'un gardien ne les chasse, et la brise fraîche de la nuit d'été y était pour beaucoup. Mais le Bœuf rêvait tellement de partir. Les gens rêvaient tous de partir, de prendre des trains, des avions, de quitter leurs maisons pour investir d'autres demeures, dans une ville différente, dans une ville identique.

Il était parti lui aussi. Et elle était partie avec lui. Marina, si belle. Si belle que certains matins, caresser le rêve qu'elle resterait à ses côtés était plus douloureux que la morsure d'une lame. Il lui avait fait quitter l'Union soviétique parce qu'elle était en danger. Ils avaient commencé à la faire travailler sur les trottoirs de Leningrad, dans ces bouges infâmes visités par des hommes qui voulaient la dévorer. Wlad avait abattu le souteneur, l'avait dévalisé et ils avaient fui par la frontière turque en payant un passeur.

Il l'avait emmenée à Paris. Il revoyait son visage, celui d'une gamine qui découvre un monde parfait et veut le sillonner de long en large, de peur qu'il ne s'évanouisse tel un mirage. Elle était si belle quand elle marchait sur les avenues, infatigable, corps gracile sous le gros manteau de drap. Sa chevelure d'or flottait sur le fond de ciel de leur nouveau pays. Les aiguilles de Notre-Dame, les toits de l'île de la Cité, les ponts courbés sur le fleuve vert, ce fleuve qui séparait les ventricules d'un cœur palpitant. Et Marina qui montrait cette beauté du doigt. Marina éblouie, heureuse comme jamais.

Cette nuit, le fleuve était noir, et la vivante compagne n'était plus. Wlad marchait aux côtés d'un moribond qui l'emmenait vers une passante sanglante. Quand suis-je devenu fou ? se demandait-il en accordant ses pas sur ceux du Bœuf claudiquant. Lorsque mon père a assassiné ma mère ? Lorsque j'ai tué pour la première fois ? Lorsque j'ai serré Marina dans mes bras ? Lorsque j'ai su qu'elle ne m'aimait pas ?

Clémenti voyait le bout du tunnel. Les effets du somnifère s'étaient évaporés depuis longtemps. Pleinement lucide, Khaled se savait fait comme un rat. Il allait tomber pour avoir commandité des meurtres, et pour trafic d'héroïne. Sa femme semblait au courant de ses affaires. Si Khaled voulait qu'elle conserve la garde des enfants, il s'agissait d'être coopératif et de donner tout ce qu'il avait en magasin sur un certain Wlad, dont il avait utilisé les talents homicides à plusieurs reprises.

Après un nouveau round féroce, Clémenti et Moreau eurent raison des résistances du trafiquant. Khaled leur apprit que le dernier domicile connu de Wlad était un pavillon bordé d'un jardin, à Montfort-l'Amaury. N'y ayant jamais mis les pieds, il ignorait son emplacement. Wlad avait évoqué sa maison, un jour, lors de ses conversations téléphoniques hallucinées. Là-dessus,

Khaled se lança dans une diatribe qui sembla le soulager ; il regrettait d'avoir travaillé « avec cet enfoiré de Russkof aussi fou qu'un chimpanzé sous LSD ». Clémenti faillit répliquer qu'il aurait le temps de vérifier ses vues en prison, le calme monastique de sa cellule lui permettant de se plonger dans l'œuvre de Burroughs, Castaneda, et de tous ces littérateurs fascinés par les psychotropes. Il eut une pensée pour Louise Morvan qui lui parlait si souvent de la bibliothèque enchantée de son oncle. Si les livres favoris de tonton Julian ne lui avaient pas enflammé l'esprit depuis l'adolescence, on n'en serait pas là. Khaled dormirait dans son lit, Wlad serait peut-être mort d'overdose dans le sien et Casadès arpenterait Paris et ses souvenirs sans enquiquiner personne. Le destin tenait à peu de chose.

Il envoya Bernardin et Moreau à Montfort-l'Amaury avec ordre de retrouver la maison du Russe et de faire parler ses murs.

– ELLE SE TIENT EN PLEINE LUMIÈRE ! EN PLEINE LUMIÈRE DANS LA NUIT ! mugit le Bœuf, qui avait retrouvé son énergie grâce à la vodka.

– Alors ceux qui la cherchent peuvent la trouver, dit Wlad.

– Non ! Elle est tellement dans la lumière qu'on la voit pas.

– Quelle lumière ?

– Celle de la licorne.

– Quelle licorne ?

– Faudra aller au bout du chemin avec moi, prince de la mort. Sinon tu la trouveras jamais.

Ils marchaient du même pas. Wlad se mettait au diapason de son compagnon, traînait même la jambe. Ils dépassèrent le pont du Carrousel, remontèrent le quai des Tuileries. Le Bœuf montra la masse grise du Musée d'Orsay, de l'autre côté de la Seine.

– Un jour, j'ai voulu entrer. Y m'ont foutu dehors. Moi, je voulais voir la grande horloge, retrouver la vieille gare. Y m'ont jeté ! Tu comprends ça, mon prince ?

– Tu n'es pas trop fatigué ? On pourrait y aller en taxi.

– Non. La vieille, faut aller vers elle en marchant. En plus, je monte jamais en bagnole, ça me réussit pas question estomac.

Plus tard, ils longèrent le port des Tuileries. Du ventre du jardin flottaient des bouffées humides au parfum végétal. Les bruits de la ville leur parvenaient, étouffés. Wlad entendait mieux la respiration sifflante de son compagnon.

– J'ai soif !

Wlad sortit la vodka de sa poche. Le Bœuf but une gorgée et passa la bouteille à Wlad avec un sourire provocant. Il but sans hésiter.

– T'as pas peur d'attraper ma mort, siffla le Bœuf.

– Non, je n'ai pas peur de la mort.

– Tu veux que la vieille te fasse ton affaire ou quoi ?

Sur le port des Champs-Élysées, Wlad observa les alentours. Les bastions de l'Assemblée nationale et de l'aérogare des Invalides étaient des blocs désertés. Devant eux, le pont Alexandre-III exhibait ses dorures, mais traçait un croissant sombre sur le fleuve. Bouteille en main, le Bœuf partit en courant.

– Tes princes arrivent, ma belle pute borgne ! À l'abordage !

Il poussa un hurlement et son bras moulina l'air. La bouteille vide virevolta, disparut dans l'eau. Wlad regarda la silhouette en déséquilibre qui vociférait vers les étoiles. Il sut qu'il lui faudrait prendre sa peau pour s'en revêtir.

– Parle-moi. Maintenant.

Le Bœuf se retourna, corps chancelant. Il ricana, puis fit mine de tirer une fermeture Éclair sur sa bouche. Quelques pas rapides et Wlad l'entraîna vers l'ombre du pont, prit sa tête entre ses mains, déposa un baiser sur ses lèvres. Le Bœuf eut un hoquet et cessa de rire. Il s'essuya la bouche du revers de la main, regarda Wlad d'un air dégoûté.

– Qu'est-ce que tu veux, hein ?

– La vieille borgne, où est-elle ?

– T'avais dit qu'on irait ensemble.

– Je n'ai jamais dit ça, Bœuf. Où est-elle ?

– Je parlerai pas ! Ni à toi, ni aux flics, ni à personne !

Il écarquilla les yeux. Un large couteau à manche noir reposait à plat sur la main gauche du gros prince. Il pensa le saisir, avança la main, vit le couteau bouger. Vivant, il venait de sauter dans la main droite de son compagnon. Il entendit le gros prince lui poser encore une fois la même question.

– Je te dirai rien, cracha-t-il en se redressant.

Ils avaient la même taille, mais le gros prince était un colosse de chair riche qui le saisit au cou, colla son corps d'une seule pression contre la muraille du pont, appuya le tranchant du couteau contre sa glotte. Le visage du prince de la mort, à quelques centimètres de son propre visage, n'était qu'une masse molle, toute de douceur. Le Bœuf sentit son corps se vider comme une baignoire. L'autre était bien un vampire. Il lui prenait tout, rien que par ce contact.

Une lueur passa dans le regard du gros prince de la mort.

– Tu as dit « à l'abordage », murmura-t-il d'une voix presque tendre.

Le Bœuf sentit ses genoux se dérober. Il pensa : je vais chier dans mon froc.

– Il y a un bateau-restaurant vers le pont de l'Alma, avec une licorne en figure de proue, continua Wlad à voix basse.

Il relâcha la pression, recula. Le Bœuf poussa des deux mains contre la muraille humide.

– Donne-moi ton poncho et ton chapeau.

Il obéit, cette fois, jeta ses habits aux pieds du gros fou.

Il le vit foncer sur lui à la vitesse d'un train.

33

Après avoir tranché la carotide d'un geste net, en
se plaçant derrière pour éviter les éclaboussures, Wlad
traça le signe de croix sur le front du Bœuf et l'allongea sur le quai. Il essuya le couteau avec un mouchoir
en papier, le glissa dans l'étui fixé à son mollet. Il fit
rouler le corps vers le mur, l'installa dans la position
courbe d'un dormeur recroquevillé sur ses rêves. Il
regarda son visage une dernière fois, prononça quelques
phrases d'une prière en russe, ramassa le chapeau, plia
le poncho et quitta le quai.

Il se fit conduire en taxi boulevard de la Bastille
pour récupérer sa 4 L. Il enfila le poncho et mit le
chapeau. Des vêtements montait une odeur rance.
Bientôt, Wlad put sentir cette odeur. Et la voir. Un
brouillard bleuté, parsemé de milliers de particules
rouges, flotta autour de lui, armure de nuages. Il
monta dans sa voiture et prit la direction du pont
de l'Alma.

Casadès fumait, accroupi contre le parapet du pont
de Tolbiac. Il se sentait fatigué, démuni. Les sbires de
Clémenti lui avaient confisqué son ancienne arme de
service ; il n'avait plus que ce foutu nunchaku acheté
dans une boutique d'articles pour arts martiaux. Il

ignorait le maniement de ce bidule et s'en servirait comme d'une matraque, au petit bonheur la chance. Heureusement, c'était une compensation de reluquer cette môme à la fois vive et gracieuse en plein mode opératoire.

Poitrine frémissante, reins cambrés, cuisse ferme, jumelles bien en main, elle scrutait les quais, de part et d'autre du fleuve. Elle réagit vite à des voix lointaines dans son dos, traversa le pont pour s'intéresser au quai Panhard-et-Levassor.

Elle revint sur ses pas, régla ses jumelles sur le quai de Bercy, expliqua d'une voix gourmande que des ombres approchaient. Elle annonça un grand noir à dreadlocks qui remontait le quai en chantant et un malingre en short criant dans le dos de son compagnon, l'air en pétard. Casadès la suivit sur le quai, où elle interrogea ces hommes. Ils ne connaissaient aucun Wlad, n'avaient pas croisé le moindre gros Russe à tête de dur. Ils proposèrent de partager un joint. La nièce d'Eden déclina l'offre. Les mecs insistèrent. Casadès joua au garde du corps en poussant un cri à la Bruce Lee. Les deux minables déclarèrent forfait.

Ils reprirent la Vespa, se garèrent boulevard de la Bastille, marchèrent jusqu'au pont d'Austerlitz, restèrent sur ce promontoire jusqu'à ce qu'elle repère un duo vêtu de haillons mais à la démarche vive de flics en service sur le port Saint-Bernard. Elle ordonna de bifurquer vite fait vers l'île Saint-Louis.

Moreau et Bernardin poursuivaient leur travail de bénédictins à Montfort-l'Amaury. La ville était truffée de pavillons à jardinets, mais aucun n'était recensé sous le nom de Wladimir Kostrowitzky ou d'un patronyme approchant. L'homme au loden vert était le seul témoin susceptible de mener à Wlad. Or le gars était muet comme une carpe. Il se contentait de se tordre les mains, de jeter des regards terrorisés. Les canettes de bière qu'on lui agitait sous le nez n'avaient aucun effet. Argenson sentait que derrière ses airs de paumé, le type était un coriace. Clémenti et lui avaient donc convenu d'une mise en scène.

Le patron était assis derrière son bureau, immobile et silencieux. Mains croisées sur son ventre, il fixait le dénommé Bernard. N'Diop avait passé l'une de ses longues jambes par-dessus l'accoudoir d'un fauteuil et jouait avec une agrafeuse. Argenson s'était fabriqué l'expression d'un type exténué qui en veut à la terre entière.

– Arrête de nous les briser, Bernard ! Ton copain Jean-Mi t'a vu avec le gros chauve. Le patron du rade à côté du centre Baudricourt t'a vu lever le coude avec le même gars. Tes potes se font trucider les uns après les autres, et toi tu restes comme une pauvre lope à nous mater comme si c'était nous les tueurs ! Merde, c'est à vous dégoûter d'être flic.

– Argenson, allez donc vous reposer un peu dans votre bureau !

L'inspecteur se figea et regarda le commissaire qui n'avait pas changé de position.

– Mais, patron, je ne me suis pas donné tout ce mal…

La bouche ironique du patron dessina une expression horripilante très réaliste : entre la grimace et la moue. N'Diop quittait déjà le bureau en se marrant. Argenson lui emboîta le pas, mâchoires serrées.

Quand la porte fut refermée, Bernard leva les yeux vers le policier occupé à farfouiller dans un tiroir, puis qui en ressortit un bouquin corné dont il lissa la couverture avec une sorte de tendresse. Il le posa sur le bureau, récupéra deux bières dans le réfrigérateur, lui en donna une. Cette fois, Bernard accepta. Le policier but une gorgée d'un air satisfait, tourna longtemps les pages de son livre. Bernard se détendit un peu. Depuis le départ des deux adjoints, l'ambiance avait changé. Le policier garda le silence un très long moment. Enfin, il lut à haute voix.

– *Un soir passant le long des quais déserts et sombres / En rentrant à Auteuil j'entendis une voix / Qui chantait gravement se taisant quelquefois / Pour que parvînt aussi sur les bords de la Seine / La plainte d'autres voix limpides et lointaines…*

Bernard sentit une traînée de bien-être laver sa fatigue. Il se décida à boire une gorgée tandis que l'homme aux cheveux ras et au visage intelligent continuait de lire.

– *Et j'écoutai longtemps tous ces chants et ces cris / Qu'éveillait dans la nuit la chanson de Paris…*

Bernard ferma les yeux et écouta mieux. Il retrouvait une mémoire perdue.

– *Mes grappes d'hommes forts saignent dans le pressoir / Tu boiras à longs traits tout le sang de l'Europe / Parce que tu es beau et que seul tu es noble…*

La belle voix du commissaire le berça longtemps.

– *… Et la nuit de septembre s'achevait lentement /*

Les feux rouges des ponts s'éteignaient dans la Seine /
Les étoiles mouraient le jour naissait à peine...[1]

– C'est un Jack l'éventreur, vous savez ?

Bernard rouvrit les yeux et vit le commissaire – le livre refermé devant lui – qui souriait.

– L'homme avec qui l'on vous a vu, est-ce un ami ?

Bernard fit non de la tête. Il eut un frisson. Le policier se leva pour fermer la fenêtre. Il prit deux autres bières, en offrit une, s'accroupit à ses côtés.

– Il n'y a plus rien quand un monstre rôde dans la nuit. Le fleuve des poètes se tarit. Et la peur envahit le monde. L'amitié ne peut pas s'accommoder de ça.

Bernard fit une grimace et but. La deuxième bière est toujours meilleure que la première. Quel mystère. Il baissa la tête, essaya d'enrouler son corps sur l'indécision logée dans sa poitrine.

– Vous croyez que... c'est... c'est... lui ?

– Je ne sais pas. En tout cas, il peut nous donner des informations. Et vu la rapidité avec laquelle le tueur massacre vos compagnons, une information au bon moment, c'est une vie sauvée.

Il observa le commissaire dont la silhouette se détachait devant la fenêtre. Il avait une tête élégante, un corps élégant.

– J'ai be-be-soin d'une bière en-co-co-re, s'il vous plaît !

Le policier lui donna ce qu'il voulait, alla se rasseoir et se replongea dans son livre. Le temps s'étira avec la facilité d'une pâte à gâteau. Quand Bernard sut qu'il pourrait articuler sans éprouver cette atroce sensation

1. *Vendémiaire*, Guillaume Apollinaire.

de cracher ses mots comme s'il s'agissait de lames de couteau, il parla.

– Il veut trouver le tueur. Je l'ai envoyé au-devant du Bœuf. Un sans-abri qui traîne du côté du port de plaisance.

34

Wlad venait de comprendre. Quand le bateau-restaurant fermait ses portes commençait l'étape du nettoyage. Vaisselle. Sortie des ordures. Des ordures suffisamment appétissantes pour qu'elles vaillent la peine de défier la peur.

Ces affamés étaient ceux qui ne supportaient pas l'atmosphère confinée des centres d'hébergement, la foule de leurs semblables, le regard des travailleurs sociaux. Contre ces gens organisés qui leur voulaient du bien, ils choisissaient de se nourrir des déchets de la ville. C'était là que la mort attendait. Aux portes de la *Licorne*, elle guettait, patiente, silencieuse. Se coulait dans le paysage, s'insinuait parmi eux.

C'est sous les lampadaires du port de la Conférence qu'elle repérait sa victime. « En pleine lumière », comme l'avait dit le Bœuf, qu'elle liait conversation ou se taisait, établissait une complicité. Elle entraînait ensuite sa proie, ou bien se contentait de filer dans son sillage jusqu'à l'endroit propice d'une mise à mort hystérique où sa rage se déchaînait. Une vieille femme borgne. Qui aurait pu soupçonner une vieille femme borgne ?

Le Bœuf avait deviné. Il venait chercher pitance et compagnie. Elle avait dû lui taper dans l'œil, la vieille tueuse. Il devait tourner autour d'elle, comme une mouche fascinée par la lumière dangereuse d'un sémaphore. Peut-être souhaitait-il qu'elle lui donne enfin la paix, préférant mourir d'une mort violente plutôt que de ce lent pourrissement, plutôt que de se cracher par petits morceaux. Wlad comprenait.

Les poubelles étaient déjà sorties et une dizaine d'hommes et de femmes s'affairait, masse fureteuse. Wlad s'assit sur une bitte d'amarrage, dans l'ombre du bateau blanc, et attendit. On ne voyait pas son visage, sa lourde silhouette ressemblait à s'y méprendre à celle du Bœuf, une figure bien connue des habitués des quais.

Le plus grand l'agrippa par le bras. Sentant ses ongles dans sa chair, elle faillit crier. Casadès se précipita, nunchaku en main, frappa l'abruti à l'épaule et fit détaler son compagnon. Le vagabond brisa une bouteille sur le sol, avança tesson en main vers Casadès. Elle cria une sommation, Ruger au poing. Le type détala. Elle ramassa le tesson et le jeta dans la Seine.

Ils remontèrent l'escalier menant au quai Voltaire, retrouvèrent la Vespa. Casadès était essoufflé. Elle le remercia, lui demanda comment il se sentait, se surprit à l'appeler par son prénom, Gabriel. Stoïque, il affirma en avoir vu « d'autres et des plus tordues dans sa carrière de flic », et enfila son casque.

Une fois le nez au vent, et le corps collé contre celui de Casadès, elle se sentit légère et invincible. Avant de leur réclamer leurs portefeuilles, les deux vagabonds du port des Saints-Pères leur avaient parlé du Bœuf, un solitaire bien connu des SDF. Tantôt, il était passé sur le quai opposé en compagnie d'un gros chauve. Le duo se dirigeait vers le bateau-restaurant la *Licorne*, amarré près du pont de l'Alma, où le Bœuf avait ses habitudes.

Elle repensait à ses conversations avec Casadès, dans ces hôtels, différents chaque nuit, mais où revenaient les mêmes questions. *Que feras-tu, Louise Morvan, si on arrive à ferrer Wlad ? Est-ce qu'il a vraiment la cervelle trouée au point de te prendre pour Marina ? Tu le vois tomber à genoux pour t'avouer le meurtre de ton oncle ou te donner un tuyau en provenance directe de son petit enfer personnel ?* Maintenant qu'ils roulaient vers le pont de l'Alma et son célèbre zouave, elle se disait que son compagnon avait raison. Elle n'avait pas le moindre plan, si ce n'était de faire le zouave justement. Elle n'était persuadée que d'une chose : Julian n'aurait jamais utilisé cette méthode. Mais il l'aurait approuvée. Quand il lui faisait écouter la musique qu'il aimait, il ne manquait jamais de lui rappeler qu'un bon musicien n'était pas forcément un virtuose. Mais un artiste qui avait trouvé son style.

Wlad tourna la tête comme sous l'effet d'une attraction magnétique, et il la vit. Vêtue d'une robe et d'un tablier enveloppant. Maigre, très grande, des épaules larges pour une vieille femme. Son visage était creusé de rides ; des mèches grises sortaient d'un chapeau rond, noué sous le menton, qui lui donnait une allure d'aviateur antique. Elle portait une coque couleur chair sur l'œil droit. Dans l'ombre, Wlad ne bougeait pas, mais sentait qu'elle l'avait repéré, bien que sa tête remuât comme celle d'un oiseau de proie nerveux qui voulait embrasser le paysage, n'y parvenait pas et essayait encore. Il ne notait pourtant aucun signe de trouble. Poncho, carcasse imposante, pour la vieille borgne, le Bœuf était là. Paysage habituel. Pas de quoi s'alarmer. Leurs rapports étaient sans doute ceux de deux fauves silencieux. La Bouchère des Quais, tueuse maniaque, le Bœuf, survivant qui flirtait avec la mort. Respect mutuel.

Il y avait déjà un accord tacite. La vieille et Wlad étaient les seuls êtres immobiles. Autour d'eux, l'humanité s'agitait. Le plus jeune de la bande avait déplié un vieux journal sur lequel il s'était assis. Il mordait à tour de rôle dans un pilon de volaille et une miche de pain. Son buste était agité de soubresauts et, entre deux bouchées, il parlait seul.

La vieille observait elle aussi le pique-niqueur. Il venait de finir de manger et parlait à son pilon. Il le jeta derrière lui, fouilla ses poches, récupéra un paquet de tabac et entreprit de se rouler une cigarette de ses mains tremblantes. Elle sortit un peigne, une grosse boîte d'allumettes, une bouteille d'alcool de son sac. Un jappement rauque, et elle exhiba un paquet de cigarettes qu'elle agita dans la direction du pique-niqueur. Le type haussa les épaules, se leva, replia son journal, l'empocha, partit d'un pas rapide vers le cours la Reine. Il avait encore de l'énergie. La vieille borgne s'intéressait aux proies difficiles.

Elle alluma une cigarette d'un geste sûr. On aurait pu la croire perdue dans ses pensées, mais Wlad savait qu'elle écoutait les conversations des sans-abri attardés sur le quai. Il percevait sa tension à présent. Des vagues frisottantes sortaient de son corps ; de parme, elles devenaient violet foncé, s'organisaient en une sphère qui la nimbait.

Les vagabonds se disséminèrent. La vieille concentra son attention sur un homme encore jeune, le corps en équilibre chancelant au-dessus de la poubelle. Elle lui proposa ses cigarettes d'un geste. Il eut un mouvement de recul immédiat et fila vers les lumières de la ville. Quand il n'y eut plus personne, elle rangea ses affaires dans son sac et se releva. Elle passa devant Wlad comme s'il n'existait pas et partit en direction du pont Alexandre-III. Il lui emboîta le pas. Une brise balayait le quai. Elle rabattait l'odeur de la vieille vers lui. Eau de Cologne et transpiration.

35

Ils approchaient de l'endroit où gisait le Bœuf. Wlad ralentit, se força à penser comme la vieille, comprit qu'elle croyait avoir trouvé une proie endormie. D'où elle se tenait, elle ne pouvait pas discerner les rigoles de sang ; le torse nu du Bœuf n'était qu'une flaque crémeuse.

– Arrête-toi, dit-il dans un souffle.

Elle se retourna, pieds bien plantés, fit face à Wlad qui se tenait une dizaine de mètres en arrière.

– Le Bœuf ? C'est toi ?

La vieille borgne avait une voix d'homme ou une infection rhinopharyngée avancée. Il pensa à la maladie, s'empoigna les côtes, se cassa en deux, tomba à genoux, cracha sur le quai. La vieille avançait d'un pas lent. Il vit bientôt des sandales marron, des chaussettes de montagnard, le bas d'un tablier en plastique rouge foncé. Sous l'ourlet tordu de la robe, les mollets de la vieille. Musculeux, glabres.

– Prends ça, ordonna-t-elle de sa voix âpre.

Elle lui tendait sa bouteille en l'agitant. L'alcool dansait en vagues dorées. Wlad se redressa. En découvrant son visage, la vieille ouvrit une bouche noire.

Il frappa au ventre. Un cri rauque, elle tomba à la renverse. Sous sa jupe, une paire de pantalons retroussés au-dessus des genoux. Elle se redressait déjà, n'avait pas lâché son sac, le fouillait avidement. Wlad se jeta sur elle. Sa tête en bélier cogna sa poitrine. Elle encaissa, main resserrée sur une paire de ciseaux, visage tordu dans un hurlement silencieux. Il avait senti la force prodigieuse vibrant en elle. Elle fonça, ciseaux en avant. Il esquiva, l'agrippa aux épaules, pressa son couteau contre sa gorge.

– Lâche tes ciseaux !

Elle gesticulait comme une furie, tentait de le blesser. Il lui planta le couteau dans le bras droit, sentit son corps traversé d'une longue convulsion. Elle lâcha ses ciseaux. Wlad les envoya valdinguer d'un coup de pied. Il arracha le couteau. Elle n'émit qu'un grognement.

Il trancha le cordon du tablier, le lien du bonnet, celui de la coque masquant l'œil, déchira la robe de bas en haut, arracha la perruque. Il découpa le chandail qu'elle portait sous ses oripeaux et dégagea sa blessure. Il la garrotta avec un lambeau de la robe.

Il se débarrassa de ses hardes, puis ordonna à la vieille de se relever.

Quand elle eut déplié sa carcasse, Wlad put enfin observer un homme de haute taille, très sec, à la calvitie frontale, au regard brillant. Ni borgne, ni jeune, ni vieux. Il le fit avancer. L'homme jeta un rapide coup d'œil au cadavre du Bœuf, mais continua de marcher. Ils traversèrent le cours la Reine, dissimulés par la bande boisée bordant l'artère.

L'homme semblait un Robinson rescapé. Sa litanie nauséeuse n'éveillait nul sentiment chez Wlad.

– Mon nom, c'est Taupard. Michel Taupard. Je sors dans ma tenue d'homme, je marche jusqu'à l'église et je deviens la vieille femme. J'ai mon prie-Dieu. Sous

le tissu de velours, il y a ma cachette pour les vêtements, les ciseaux. Le tablier, je le lave au robinet du
cimetière de Passy avant de rentrer chez moi.

« Je suis tailleur pour hommes. J'ai ma boutique, mon
appartement. Les vagabonds me persécutent, monsieur.
Ils souillent la cour de mon immeuble. Vomi, urine,
ordures. L'immeuble n'a plus de concierge et la nuit,
il se vide. Il n'y a que des bureaux. Je reste seul face
à la meute.

« Je les ai chassés. Ils sont revenus. Je les ai empêchés
d'entrer mais ça a fait des histoires avec les hommes
des bureaux. Eux, ça ne les dérange pas. Ils ferment
leurs fenêtres.

« Un policier m'a dit qu'il fallait rester calme, qu'on
ne pouvait pas frapper une vieille femme. Il parlait
de la rusée, la chef de la bande. Elle demande aux
vagabonds de menacer mes clients. De pénétrer chez
moi. Ils déplacent mes outils. Juste un peu, presque
rien. Ils marmonnent derrière mes volets. Ils sont de
plus en plus jeunes, et de plus en plus mauvais.

« Et la nourriture ! Ils empoisonnent mon café, font
des trous minuscules dans le couvercle d'aluminium des
yaourts. Avec des seringues à aiguilles ultrafines, ils
injectent. J'ai mangé au restaurant. Mais j'ai reconnu
un vagabond. Déguisé en cuisinier. Je me nourris de
conserves. Je désinfecte la lame de l'ouvre-boîte à
cause du cyanure. Je mange des œufs et des bananes
parce que personne ne peut violer leurs coquilles et
leurs peaux.

« La vieillarde aidée par le policier corrompu est très
dangereuse. Elle est forte pour se faire obéir des chacals,
pour convaincre un policier de se détourner du droit
chemin. C'est une magicienne pour les vagabonds qui
lui obéissent. Elle a un œil à moitié mort, chassieux,

et ils pensent qu'avec ça elle voit dans l'au-delà. Ils adorent sa puissance.

« L'église est mon refuge. Elle me donne la force de me défendre contre la meute. Dans cet abri, tout m'approuve. Les statues, les rangées de bancs, les fresques, les voûtes, le beau silence, les voix des anges.

« L'église est le passage. J'entre dans le corps de la vieille, et, la nuit, je pénètre sur leurs terres. Après le sacrifice, je retrouve mon corps. Quand les vêtements sont rangés dans le prie-Dieu, la violence se recroqueville, le silence revient. Je n'ai rien fait d'impur, monsieur, j'ai toujours travaillé. Ces vagabonds ne méritent pas de vivre. J'ai les ciseaux de mon père. Des ciseaux implacables. Ils suivent avec moi la ligne de l'eau qui emporte cris et péchés.

36

– Monsieur, pourquoi avez-vous sacrifié le Bœuf ?
demanda Taupard.

Wlad jeta un rapide coup d'œil autour de lui, vit
passer une Vespa avec une passagère dont la chevelure
blonde dépassait du casque. La blessure de son prisonnier saignait. Il le poussa à l'arrière de la voiture, fouilla
un sac en plastique, en sortit une paire de menottes
qu'il lui passa aux poignets et qu'il fixa à une poignée
boulonnée derrière le siège du conducteur. Il boucla
sa ceinture de sécurité.

Il sortit un gobelet et un sachet de pentobarbital
de son sac. Il dilua la poudre dans de la vodka et fit
boire le breuvage à Taupard, lava sa blessure à l'alcool
avant de le panser, l'emmitoufla dans une couverture.

Il partit vers le Châtelet, se gara boulevard de
Sébastopol devant une cabine téléphonique. Taupard
avait son compte. Wlad entra dans la cabine, composa le numéro appris par cœur, demanda à parler au
commissaire Clémenti. Une femme répondit qu'il était
absent et proposa de prendre un message. Il raccrocha
et téléphona aux Renseignements. Khaled lui avait
appris que le policier habitait rue de Lancry, dans le
10ᵉ arrondissement.

– Commissaire Serge Clémenti ?

– Lui-même.

– Je vous échange le tueur des sans-abri contre un renseignement.

– Qui êtes-vous ?

– Ce n'est pas important. J'ai capturé cet homme.

– Nous recevons des appels à longueur de journée…

– Vous trouverez un mort sous le pont Alexandre-III. Je me suis servi de lui pour trouver le tueur.

– Comment vous appelez-vous ?

– Mon nom ne vous dira rien.

– Vous êtes Wladimir Kostrowitzky, n'est-ce pas ?

Wlad se sentit pris d'un vertige. Personne ne l'appelait plus Wladimir. Ce Wladimir était mort. Le jour où Marina avait disparu. Comment ce policier avait-il entendu parler de lui ? Il essaya de rassembler ses idées. Mais les mots se bloquaient dans sa gorge. Il raccrocha, sentit les frissons le mordre. Son centre se disloquait. Il lui fallait s'apaiser. Réfléchir.

Il se glissa dans sa voiture, se força à se calmer. Taupard avait les yeux mi-clos, sa tête dodelinait. Wlad prit trois gélules de speed avec une gorgée de vodka. Ses doigts se crispèrent sur le goulot, et il observa un instant la saillie des tendons de sa main. Ils gonflaient, dégonflaient. Une respiration de peau. Il pensa au visage de sa femme. Il sortit l'affichette de sa poche, contempla Marina, la supplia de lui dire ce qu'il fallait faire. Mais l'épouse resta silencieuse.

Les capsules faisaient leur effet. Il se souvenait d'une soirée avec Marina. Elle apprenait le français à toute allure. Elle riait en lui disant qu'elle avait découvert une drôle d'expression. « Les Français disent qu'ils veulent "la vérité toute nue", Wladimir, tu te rends compte, ils mettent de la sensualité partout, c'est bizarre, non ? »

Il fit démarrer sa voiture. C'était simple, clair comme

de l'eau de roche. Marina voulait que Wladimir trouve la vérité, la vérité toute nue. N'importe quel moyen serait le bon. Pour le moment, il n'avait que ce policier à la voix calme sous la main. Cet homme qui connaissait son nom, cet homme qui devait connaître la nudité de la vérité.

Rue de Lancry, pas âme qui vive. Il repéra la façade de l'immeuble où habitait le commissaire. La lumière ne brillait que dans quelques appartements. Il entendit un bruit de moteur, vit dans le rétroviseur une Vespa arriver au ralenti. Un couple, les visages casqués. Une chevelure blonde. La même que tout à l'heure ? Wlad accéléra, traversa l'écluse, roula jusqu'à ce qu'il n'y ait plus de véhicule derrière lui, revint rue de Lancry.

Clémenti décrocha son téléphone. Un inspecteur du groupe planqué sur les quais l'informait de la découverte d'un homme égorgé sous le pont Alexandre-III, ainsi que de vêtements et d'une paire de ciseaux de tailleur trouvés près du cadavre. Clémenti ordonna de prévenir N'Diop et Argenson ; il se joindrait à eux dès que possible. Il raccrocha, garda la main sur le combiné.

Louise et Casadès étaient dissimulés dans l'ombre d'un porche. Ils virent passer la 4 L, Wlad à son bord. Il se gara sur un bateau, quitta sa voiture, entra dans une cabine téléphonique. Ils échangèrent un regard. Casadès s'offrit une gorgée d'alcool, puis tendit sa flasque d'argent. Elle but sans hésiter. Puis elle lui tapota l'épaule pour qu'il se tourne vers elle.

– Quoi ?

Elle le gifla de toutes ses forces.

– Pétard ! Qu'est-ce qui te prend ?

– Je vous devais une gifle. C'était le moment ou jamais. Juste avant la bataille.

– Tu as un punch du tonnerre, petite vache.

– Vous êtes motivant. C'est pour ça.

– Tu te sens mieux, j'espère.

– Oui, plus calme.

– Toujours content de rendre service.

– Commissaire ?

– Où êtes-vous ?

– Dans votre rue. Il faut me dire ce que vous savez sur Marina.

– Je ne sais qu'une chose. C'est qu'elle a disparu.

– Elle est morte. Vous avez fait imprimer cette affichette pour faire réagir son meurtrier.

– Je n'ai rien fait de la sorte.

– Il était écrit que vous pouviez encore la sauver. Un mensonge. Pourquoi ?

– Cette affichette n'est pas de moi.

– Je ne vous crois pas. Qui vous a donné cette photo ?

– Quelqu'un qui veut savoir si vous avez tué Julian Eden.

– Je ne connais pas Julian Eden.

– C'était l'amant de Marina.

– C'est lui qui l'a tuée ?

– Je l'ignore.

Wlad pensait qu'il lui fallait voir le commissaire en chair et en os. Ses yeux lui apprendraient qui il était, s'il mentait, et pourquoi.

– Sortez de chez vous, sans vêtement, les bras en l'air. Vous avez une minute. Une fois ce temps écoulé, j'abats mon prisonnier.

Clémenti n'avait pas le temps d'appeler quiconque au 36. Il récupéra son Smith & Wesson, un rouleau d'adhésif, se débarrassa de ses vêtements, coinça une chaussure dans le chambranle de la porte d'entrée et dévala l'escalier.

Le mufle du Beretta avait trouvé refuge dans l'oreille de Taupard. Wlad se sentait l'esprit clair. Il parvenait même à lire le rêve du tailleur endormi. Ce fou rêvait d'une femme qui avait pris un rapide en gare de La Ciotat, et le train s'enfonçait dans un tunnel. Wlad comptait : 40, 41, 42… Il arma. 43, 44, 45, 46.
Le porche s'ouvrit sur un homme vêtu de ses seules mains croisées sur le sommet de son crâne. Mince, musclé, calme. Il se dirigea vers la 4 L, s'arrêta au milieu de la chaussée, se pencha. Wlad lui fit signe d'approcher. Alors que le commissaire avançait à pas mesurés, Wlad vit des étincelles bleues voleter autour de son corps. Était-il prêt à mentir pour sauver le Boucher qu'il cherchait depuis des années, ou voulait-il protéger celui qui avait tué Marina ? Un frisson irradia sa poitrine. Le temps se contractait.
Ce qui restait de Marina était concentré dans le regard d'un flic.

Le moteur de la 4 L tournait au ralenti. Clémenti venait de découvrir le visage de Wlad, peau de cire, yeux sombres et fixes. Son corps massif épousait la presque totalité de l'habitacle. Un autre homme emballé dans une couverture semblait dormir malgré le Beretta Cheetah plaqué contre son crâne.
Un bruit de pas venant de la gauche. Clémenti tourna la tête. Une blonde avançait lentement en ondulant des hanches, vêtue d'une minijupe à ceinturon métallique et de bottes vernies. Elle fumait une cigarette.
Marina.

Il jeta un coup d'œil à Wlad, celui-ci avait repéré la fille dans le rétroviseur.

Il s'extirpa de sa petite auto dans un mouvement coulé que sa corpulence rendait inconcevable. Sa bouche brûlait une bouillie de mots, mais son bras était bien calé sur le toit de la 4 L, et le corps noir du Beretta ressortait sur la carrosserie blanche. Son attitude dissuada Clémenti de bouger.

– Viens, Marina.

La voix douce du colosse étonna Clémenti, ainsi que le calme de la jeune femme. Une odeur de tabac mentholé. Il la reconnut. Le regard qu'elle lui jeta alors lui fit éprouver une peur indicible. Celle de la perdre. Physiquement. Tout de suite. Ou même de l'avoir déjà perdue parce qu'elle errait sur une rive étrangère, dans un territoire dont il n'imaginait pas l'existence. Clémenti eut la force de détacher ses yeux de Louise pour regarder Wlad. Le colosse souriait et pleurait en même temps.

Le Beretta fit une rotation. Clémenti le visualisa dans la trajectoire de son crâne, comprit la situation en un éclair. Wlad croyait avoir retrouvé Marina. Clémenti n'était plus d'aucune utilité. Il fallait s'en débarrasser. Protéger l'épouse.

Il arracha son Smith & Wesson collé entre ses reins, tira, blessa Wlad à l'épaule gauche. Le Russe riposta : la balle passa à deux centimètres du crâne de Clémenti, se ficha dans une carrosserie. Clémenti plongea derrière une voiture, hurla à Louise de se mettre à l'abri.

Le speed ratissait la cervelle de Wlad, son épaule blessée était en feu. Marina. Debout devant lui. Il voulait tomber à ses genoux, enlacer sa taille, enfouir sa tête dans sa chaleur. Il l'avait crue morte. Mais ni la mort ni le temps ne l'avaient effleurée. Et le flic lui hurlait de se protéger. Et sa voix suppliante était celle d'un homme amoureux.

– Wlad, lâche ton arme ! On va parler.

Sa voix, il ne la reconnaissait pas. Il vit les flammèches sortir de son corps. Bleues, puis violacées. Sa jeunesse, sa beauté intacte. Impossible. Les flammèches s'intensifiaient. Marina brûlait dans un brasier de mensonges.

– Écoute-moi ! Je suis revenue pour te parler.

Cette femme n'était pas son épouse. C'était un coup monté des flics qui voulaient l'arrêter. Il leva le Beretta dans sa direction.

Une détonation.

Son centre, en train de se disloquer. Il porta sa main à sa poitrine, ramena du sang. Vit le flic, arme au poing.

Il avala sa douleur, pointa le Beretta vers le flic. Entendit un cri. La femme qui avait volé le corps de Marina avait une arme. Elle le mettait en joue.

Il fallait l'abattre.

Elle tira. La balle se logea dans son crâne. Il tomba comme une montagne.

37

La nuit d'été avait transformé le bureau en étuve. La perruque reposait sur le bureau, ainsi que le gilet à franges, la tunique chamarrée et le Ruger. En débardeur, Louise tenait sa tasse de thé sans trembler, avait repris des couleurs et répondait aux questions de manière articulée. Elle fumait une menthol. Une nouveauté. Difficile de deviner ce qu'elle pensait vraiment. Qu'elle avait tué un homme ? Et qu'il lui faudrait des siècles pour s'en remettre ? Il espérait qu'elle était persuadée d'une chose : elle n'avait pas eu le choix.

Casadès avait demandé un cognac, s'était vu offrir une bière et suivait la scène en jubilant. De temps à autre, il lâchait son point de vue. Clémenti s'imaginait lui faisant ravaler ses répliques à coups de poing.

L'œil droit du commissaire était bordé de mauve, il portait un bandage à la main gauche, une blonde non allumée dansait entre son index et son majeur droits. N'Diop tapait le procès-verbal. Commissaire et inspecteur échangeaient parfois un regard en écoutant Louise raconter comment elle s'était glissée dans la peau de Marina pour sortir Wlad de ses limbes.

– Et on a réussi au-delà de nos espérances ! lâcha Casadès. Vous pourrez annoncer au divisionnaire que le Boucher des Quais est au frigo grâce à nous.

Clémenti n'avait jamais vécu situation plus absurde. Ses inspecteurs piétinaient dans l'attente d'interroger enfin celui qui avait toutes les chances d'être un redoutable tueur en série, mais cet homme dormait. Il dormait d'un sommeil d'autant plus profond qu'il avait été provoqué par des neuroleptiques à la composition inconnue. Il faudrait attendre le réveil de cet inconnu sans papiers, emballé dans une couverture et d'épais secrets, pour découvrir son histoire, ses méthodes, ses motivations.

Au lieu de travailler au corps le présumé Boucher, on devait supporter les insanités de Gabriel Casadès, son regard en biais, son attentisme. Il n'était pas intervenu au moment où la vie de Louise était en danger. Sans compter la mienne, pensa Clémenti. Et il avait la revanche teigneuse.

– On vous fait un prix de gros, ricana Casadès. Deux tueurs pour le prix d'un. Remarquez, dans le cas de Kostrowitzky, c'est presque dommage. Un sacré nettoyeur. Il faisait une bonne partie de votre boulot en décimant petits dealers et autres merdes locales.

Wlad, c'était un homme, pas une gag, pensait Clémenti. Mais à quoi bon te le rappeler ? Tu navigues dans un délire qui n'appartient qu'à toi.

– Merci, N'Diop. Ce sera tout. Embarque-moi ce rigolo. Et fais-moi signe quand l'autre sera réveillé.

– Seriez-vous mauvais joueur, commissaire ? Je collabore. Et voilà comment vous me remerciez.

Marcellin N'Diop obtempéra, visage impassible et procès-verbal sous le bras. Il fit signe à Casadès de le suivre, referma la porte avec précaution, passa sans les regarder devant quelques collègues dont les œillades invitaient aux confidences. Il alla s'enfermer dans le bureau d'Argenson avec l'ex-inspecteur des Stups.

Clémenti caressa un moment le maroquin de son bureau avant de s'adresser à Louise.

– C'était une idée absurde.

– Quoi donc ?

– Cette traque sur les quais. J'ai été à deux doigts… de te perdre. Une fois de plus.

– Tu as raison. C'était stupide. Sans toi, j'y passais.

– Et réciproquement. Merci.

– À toi aussi, merci. On a l'air un peu ridicules à s'envoyer des remerciements, non ?

– Pas vraiment.

– Tu sais, j'ai failli…

Elle eut un geste vague, sembla balayer son idée comme un détail sans importance. Si seulement elle se décidait à prononcer la phrase qu'il attendait.

– Failli quoi, Louise ?

– J'ai eu peur.

Elle écrasa sa cigarette sans le regarder.

– Pour qui ?

Elle releva la tête pour le fixer en silence.

– Dis-moi.

– J'ai eu peur pour toi, Serge. Comme je n'ai jamais eu peur pour personne.

Il peina à contenir son émotion, prononça la première phrase qui lui venait.

– Je ne me serais jamais approché de cet homme sans arme.

– Mais si tu n'avais pas eu le temps de la cacher…

– J'ai pris le temps.

– Je crois que je ne dormirai plus jamais comme avant. Comme une bûche. Je ne suis plus la même.

– Tu ne pouvais pas faire autrement, Louise. Il nous aurait tués sans hésiter. Wlad sera longtemps dans tes rêves, c'est certain. J'ai connu ça.

Il pensait : la violence envenime. Tu crois lui échapper. Elle t'attend à l'étape suivante. Il avait peur pour elle, voulait l'aider mais sans lui faire ployer l'échine sous la laideur de la réalité. C'était impossible. Il faudrait qu'elle emprunte seule le chemin.

– Toi aussi, tu seras longtemps dans mes rêves. Menacé.

Et voilà qu'elle réussissait à le surprendre.

– Je me sens comme un animal qui a laissé sa peau derrière lui, Serge. Je ne sais pas encore à quoi je ressemble.

– Compte tenu de ton mode de vie, il vaudrait mieux que ce soit à un rhinocéros.

Elle lui sourit et ralluma l'une de ses fichues cigarettes.

En fait, tu es plus jolie que jamais, pensa-t-il. Et ton visage me tue. Ils demeurèrent silencieux, un long moment. L'inévitable question finit par arriver.

– Wlad téléphonait dans une cabine depuis ta rue. Il t'a parlé ?

L'adjectif « obstinée » avait été inventé pour Louise Morvan. Elle avait failli être abattue sur le Pont-Neuf, mourir noyée dans la Seine, se faire trucider sur les quais par des soûlards, exterminer par un professionnel rue de Lancry ; elle avait riposté en abattant ce tueur, mais ne pensait qu'à son oncle. L'inoubliable Julian Eden. Son obsession. Peut-être valait-il mieux qu'elle fonctionne comme ça. Pour sa santé mentale.

– Quand je lui ai parlé de Julian, il a réagi comme s'il ne le connaissait pas.

– Vraiment ?

– Ou ne se souvenait pas de lui. Il ignorait que Marina avait été sa maîtresse.

– C'est sûr ?

– Autant qu'une conversation avec un tueur défoncé peut permettre de l'être. Mais j'ai perçu les accents de la sincérité. Wlad ignorait qui avait tué sa femme.

– Case départ, soupira-t-elle en croisant les jambes.

Le bruit du cuir verni agaça Clémenti.

– À cela près qu'il y a des morts sur le parcours.

– J'ai déjà admis que mon plan était bancal, Serge.

Elle s'étira. Il détailla la finesse des muscles de ses bras. Les tendons de son cou, le galbe de sa poitrine.

– Casadès n'a pas tout à fait tort, reprit-elle.

– Pardon ?

– Le Boucher des Quais est à toi. Et quant à moi…

– Quant à toi ?

– J'ai hérité de Wlad. Il faudra bien que je le digère.

Son sourire était un véritable fourre-tout. Une dose de dérision à la Julian Eden, une louche de mélancolie à la Louise Morvan. Et un autre ingrédient dont il n'était pas sûr. Il ouvrit son tiroir, chercha un briquet, alluma sa cigarette. Il aspira une bouffée, savoura la sensation retrouvée. Elle posa sa tasse de thé sur le bureau et se pencha vers lui. Il leva un sourcil. Elle lui retira sa cigarette de la bouche et l'écrasa dans le cendrier. Il se leva, prit une bière dans le réfrigérateur.

– Tu te remets à fumer, Serge, et tu bois de la bière à 4 heures du matin !

– Tu as une objection à formuler ?

– Bien sûr. Je veux que tu restes en bonne santé.

– Amusant, dit-il en esquissant sa moue ironique favorite. Je n'avais pas eu cette impression.

– À cause de Gérard Antony ?

– Entre autres.

– Je n'ai pas couché avec lui, si c'est ce que tu veux savoir. À ce propos, je me dis que nous allons sans doute finir la nuit ici. C'est bête.

Elle contourna le bureau pour aller chercher une bière. Elle arracha le cliquet d'un coup sec et s'installa sur son siège en croisant haut les jambes. Le bruit des bottes vernies, encore. Elle but une gorgée.

– Je me mets au diapason. Haleine de bière.

– Dans quel but ?

– Celui de te séduire.

Il posa sa canette sur le bureau, la regarda se lever, donner un tour de clé à la porte. Puis s'approcher et se contorsionner.

– Qu'est-ce que tu fabriques ?

– Je me débarrasse de la petite culotte de Marina pour te la balancer dans la figure.

Elle ne souriait plus. Ce n'était pas une plaisanterie. Aucun mot dans sa bouche ne serait jamais vulgaire. Maintenant, il savait exactement à quoi elle pensait. Et les mots étaient inutiles.

38

Une semaine s'était écoulée depuis la mort de Wlad. Clémenti avait consacré un temps infini à courir de réunions en conférences de presse. Sans compter les interrogatoires de Taupard en compagnie de ses hommes. Les journalistes s'étaient embrasés comme un seul homme à l'annonce de l'arrestation du Boucher. D'un commun accord avec le divisionnaire, Clémenti avait décidé de taire à la presse les circonstances exactes de son interpellation. Les rôles de Wladimir Kostrowitzky ainsi que de Louise Morvan et de Gabriel Casadès avaient, pour le moment, été soigneusement éludés.

Louise cachée aux journalistes n'avait jamais été aussi présente dans sa vie, et c'était une bénédiction. Elle venait de passer sa troisième nuit consécutive rue de Lancry. Du jamais vu.

– C'est bientôt fini, cette douche ?

– Serge, tu m'emmerdes.

Il quitta sa salle de bains en soupirant et s'installa dans son fauteuil favori. Une vieillerie en cuir des années trente, dédiée à la lecture, et dont les tons fauves s'accordaient au bois de la bibliothèque. Sur l'accoudoir, il retrouva *La Fin des temps*, de Haruki

Murakami, et reprit sa lecture interrompue, quelques semaines auparavant, à la page 47.

Il leva les yeux de la page 72 pour les poser sur une Louise fraîche et nue, hormis la serviette-éponge blanche sur ses épaules, à croire qu'elle venait de naître. Et qu'elle n'avait ni provoqué un tueur ni incendié un flic, un pauvre flic, moi... pensa-t-il en lui souriant.

– Si tu en as assez de ton jean, la robe que tu as oubliée est toujours dans la penderie.

– Tu ne l'as pas lacérée et jetée par la fenêtre alors que nous étions en froid ?

– Non, je l'ai regardée, humée, caressée et, une nuit, j'ai même dormi avec elle.

– Sans blague ?

– Non, en fait, je mens, je joue au grand romantique. J'ai humé ta robe, je l'ai caressée, c'est vrai, mais je n'ai pas dormi avec elle.

– Effectivement, ça ne me viendrait pas à l'idée de dormir avec l'un de tes pantalons.

– Tu avais mieux que ça.

– Serge, tu ne vas pas recommencer ! Je t'ai juré qu'avec Antony il ne s'était rien passé.

– Je ne peux pas m'en empêcher. D'ici une dizaine d'années, ça ira mieux, tu verras.

– J'espère que je ne vivrai jamais pareille journée. La tiédeur entre nous ? Très peu pour moi. Et très peu pour toi, je te le conseille. Où vas-tu ?

– À la boulangerie, acheter une baguette. Les vicissitudes du quotidien.

– Bien cuite, la vicissitude, s'il te plaît.

– Je sais.

Il lui sourit et referma la porte derrière lui. Louise s'ébroua un instant dans un rayon de soleil. Elle ouvrit le livre de Serge, lut les premières lignes, les trouva enthousiasmantes et poursuivit sa lecture en se laissant tomber dans le fauteuil favori de son amant. Le cuir râpé la picota, elle n'y attacha aucune importance, captivée par la prose singulière de l'auteur japonais. Le téléphone l'interrompit. Elle leva le nez et se replongea dans le roman. Le téléphone sonna cinq fois avant qu'une voix féminine ne retentisse dans l'appartement.

« Serge, c'est Constance. Ça fait une semaine que je t'ai fait passer le dossier Casadès. Je te suppose très occupé avec ton Boucher. Mais j'aimerais être sûre que tu as bien reçu mes infos. D'autre part, si ça t'intéresse, je peux te faire rencontrer un collègue des RG ayant connu Antoine Castillon. Il ne sait pas exactement pourquoi l'ancien ministre de la Culture a voulu faire muter un flic des Stups, mais peut sans doute te donner des tuyaux. À toi de jouer ensuite. Bon... Appelle-moi... D'accord ? Je t'embrasse. »

Elle laissa tomber roman et serviette-éponge sur le parquet. *Non, en fait, je mens, je joue au grand romantique...* Elle sentit un regard, se tourna vers la fenêtre. Un homme la matait depuis l'immeuble d'en face. Il lui fit un signe de la main. Elle lui répondit par un doigt d'honneur et fila se rhabiller dans la chambre. Elle ramassa son sac et ses cigarettes, hésita, le doigt posé sur le bouton d'effacement du répondeur. Elle éradiqua le message de la dénommée Constance.

Elle courut vers son Aston Martin. Un imbécile avait rayé la carrosserie avec une clé ou un couteau. Elle marmonna un juron, monta à bord, regarda l'heure sur le tableau de bord. Coup de chance : l'homme qu'elle comptait visiter n'était pas un lève-tôt.

Elle grimpa l'escalier quatre à quatre, entra en trombe dans son appartement, fila vers la bibliothèque. La boîte recouverte de tissu japonais servait de serre-livres entre les œuvres complètes de Raymond Chandler et celles de Chester Himes, les auteurs de polar favoris de Julian. Elle fouilla ce réceptacle à souvenirs, repoussa les coquillages ramassés en Normandie, les boutons de manchette qu'il arborait avec ses chemises faites sur mesure, sa montre au bracelet de cuir noir tanné. Elle trouva la clé. Et se souvint des explications de son oncle. *On ne sait jamais quelle mauvaise surprise peut préparer le destin, autant avoir un double avant le diable, tu ne crois pas, Lou ?* Il était le seul à l'appeler Lou ; elle n'avait accepté ce diminutif dans aucune autre bouche.

Bien sûr, le téléphone se mit à sonner. La messagerie se déclencha, la voix de Clémenti retentit. Il était inquiet, voulait des explications. « Je ne sais pas si je vais supporter longtemps tes chauds et froids, Louise. » Et moi tes traîtrises, songea-t-elle avec un sourire amer.

Elle retrouva sa voiture, prit la direction du carrefour de Courcelles. Elle trouva à se garer rue Daru. Les coupoles dorées de l'église russe brillaient sous le soleil acide et l'azur violent du ciel. Une météo au diapason de son état mental, elle considéra que c'était bon signe. Ne connaissant pas le numéro du digicode, elle attendit qu'une résidente quittât l'immeuble pour y pénétrer. Elle entra avec sa clé. Elle laissa ses yeux s'habituer à la pénombre, trouva la chambre. Il dormait porte entrouverte. Elle alluma une lampe d'appoint, vit son corps endormi sous un drap. Une chaîne stéréo l'inspira. Elle ausculta en douceur la pile de CD, trouva la musique idéale, mit le volume à fond.

ON NOUS CACHE TOUT / ON NOUS DIT RIEN / PLUS ON APPREND / PLUS ON NE SAIT RIEN...

Blaise Seguin se redressa d'un bond. Il portait un pyjama de soie noire au col chinois.

ON NOUS INFORME / JAMAIS SUR RIEN / ADAM AVAIT-IL UN NOMBRIL / ON NOUS CACHE TOUT / ON NOUS DIT RIEN...
— DUTRONC À L'AUBE ET À FOND LA CAISSE, C'EST VRAIMENT NÉCESSAIRE ? hurla Seguin.

L'AFFAIRE TRUCMUCHE / ET L'AFFAIRE MACHIN / DONT ON NE RETROUVE PAS L'ASSASSIN...

Elle alluma une cigarette et garda le silence alors qu'il arrêtait la chaîne hi-fi. Il tira les tentures, ouvrit la fenêtre en grand, révélant une vue réussie sur les rutilantes coupoles russes. Elle ne s'était jamais invitée chez lui jusqu'alors. Grave erreur. Son train de vie était plus qu'intéressant.

— Vous ne m'aviez jamais dit qu'Antoine Castillon était derrière la mutation de l'inspecteur Casadès. Or vous le saviez, n'est-ce pas ? Votre grande amie Bernie n'avait pas de secrets pour vous.

Il la gratifia d'un air surpris, puis admiratif. Il essaya de s'en sortir en lui racontant à quel point elle lui rappelait son oncle. À long terme, on ne pouvait rien cacher à Julian. Il extirpait une nouvelle histoire de sa besace sans fond ; elle l'arrêta d'un geste.

— Qu'est-ce que Castillon vous a donné pour que vous vous taisiez ? Les moyens d'acheter cet appartement ?

— Je l'ai fait pour Bernie. Je l'aimais.

— Et ça vous donnait le droit de trahir votre ami ?

— Bernie n'en a plus pour longtemps. Et vos méthodes ne feront pas revenir Julian.

Elle comprenait mieux ses réticences. Ses éclipses. La distance creusée entre eux depuis qu'elle avait démarré son enquête. Elle s'assit en tailleur sur le tapis, son Ruger posé à côté d'elle, et exigea l'intégralité de l'histoire. Cette fois, il ne se fit pas prier.

À la fin de son récit, il attendit sa réaction, l'air grave.

– Bernie vous a tout raconté ! Comme ça !

– Elle m'a simplement répondu quand je l'ai questionnée.

– En tout cas, elle était sûre de votre réaction.

– Je n'avais pas le détachement de Julian. Ce côté moine à la recherche d'un idéal.

– Moine ?

– Aucune femme n'arrivait jamais à l'intéresser vraiment, dans le fond.

– Bernie a couché avec vous ?

– Oui.

– C'est pour une vulgaire histoire de cul que vous avez trahi votre ami ?

– Tout cela est au-delà de la vulgarité.

– Vos belles formules ne cacheront jamais le fait qu'elle a acheté votre silence.

– Acheter n'est pas le verbe qui convient.

– Ce fric que vous semblez ne pas avoir à gagner, d'où vient-il ?

– Pas de Bernie. De ma famille. Et il n'en reste pas grand-chose. J'ai vendu tableaux, meubles et livres petit à petit…

– Et cette maison au bord de la mer ? Vous ne m'en aviez jamais parlé.

– Elle appartient à Castillon.

– Nous y voilà.

– J'en suis le gardien. Pas le propriétaire.

– C'était un endroit où attendre le retour de Bernie, Blaise ?

– Un endroit où rêver d'elle, les premières années. Ensuite, ça n'a plus été qu'une vieille maison. Depuis un certain temps, c'est vous que j'attends, Louise.

– Vous avez passé votre vie à attendre.

– Qui peut se vanter de faire autre chose, dans le fond ? J'ai été heureux pendant toutes ces années. J'ai veillé sur vous. Je devais bien ça à Julian. Et puis…

Louise scrutait son regard cassé, sa barbe de deux jours où perçaient des points d'argent, sa bouche tordue par l'hésitation.

– Et puis quoi ?

– Et puis, j'ai oublié Bernie. Elle est devenue une trace infime. Il n'y a plus eu que vous et votre insolente jeunesse. Votre égoïsme revigorant.

– Pourquoi m'avoir menti ? Toutes ces années… Comment avez-vous tenu ?

– Je n'ai menti que par omission. Julian était vraiment mon ami.

– Vous imaginez le temps gagné si vous m'aviez dit la vérité ?

– Je suis constant dans mes choix. J'avais décidé d'épargner Bernie.

– Pourquoi m'avoir abreuvée de Julian ? Le conte permanent de sa vie vous desservait. Il ne faisait qu'entretenir mon envie de trouver la vérité.

– Sans ces histoires, qu'aurais-je pu faire pour vous garder, vous et votre visage de madone ? Vous êtes un Botticelli. Mon Botticelli. Malgré vos jeans, votre démarche de motard, vos gros mots, votre amour immodéré de la gent masculine et du tabac.

– Vous trouvez ça décent de m'embobiner avec vos compliments ?

– Je vous dis ce que je ressens. Cette fois, vous pouvez me croire. Les masques sont tombés, non ?

– C'est ce que vous auriez dû faire dès le départ, Blaise. J'ai failli y laisser ma peau.

– Vous le vouliez tellement ce voyage initiatique, Louise.

– Sur ce terrain-là, je vous arrête. Le pervers, c'est vous. Moi, je suis une fille très simple.

– Ça, voyez-vous, je ne le croirai jamais.

Il eut un maigre sourire, puis se laissa tomber lourdement sur une chaise délicate, devant un secrétaire ancien garni de nombreux petits tiroirs et sans doute de compartiments secrets. Ses mains caressèrent le bois sombre un moment.

– Évitez de faire des bêtises, ça ne vaut pas le coup de finir en prison. Vous avez encore de beaux amants devant vous, ma ravissante. Vous m'en voulez ?

– Non.

– Cela ne m'étonne pas. Vous n'avez jamais éprouvé un sentiment réel pour moi.

– Si. De l'amitié. Vous avez été mon meilleur ami, Blaise. Mais maintenant, c'est fini.

Il piqua du nez vers ses pieds nus. Quand il releva la tête, ce fut pour contempler une dernière fois le visage de Louise. Un visage de madone, c'est ça ? pensa-t-elle. De madone de Botticelli. Mais les intentions d'un diable de Jérôme Bosch.

Elle lança la clé sur le lit. Elle n'en aurait plus besoin. Salut l'ami.

Clémenti était assis à côté de son téléphone désespérément silencieux et buvait un café en écoutant U2. Le chanteur suppliait quelqu'un qui ne pouvait être qu'une femme.

Please... please... please get up off your knees...
please... please... leave me out of this... please.

Il consulta sa montre puis éteignit la radio. Louise n'appellerait plus, il était grand temps de rejoindre le 36. Le téléphone sonna alors qu'il cherchait les clés de la voiture de fonction. Il se précipita pour décrocher. La voix de Moreau, plus réveillée que d'habitude.

– Patron, je suis chez un notaire de Montfort-l'Amaury. J'ai trouvé la maison où vivait Wladimir Kostrowitzky. C'était celle de sa femme. Enfin, disons plutôt que quelqu'un lui en laissait l'usufruit.

Moreau lui donna le nom de la propriétaire. Il marqua un temps d'arrêt, communiqua à son inspecteur une adresse dans l'Essonne, lui demanda de prévenir N'Diop et Argenson afin qu'ils l'y rejoignent au plus vite, et raccrocha.

Louise avait donc obtenu la même information que lui, mais par un canal différent. Des sentiments contradictoires le perturbaient. La peur qu'elle ne l'ait quitté pour une raison qui n'avait rien à voir avec l'affaire Eden. Et celle qu'elle soit déjà en train de se fourrer dans l'une des embrouilles abyssales dont elle avait le secret.

Il trouva enfin les clés de la voiture sous le lit où elles avaient dû glisser lorsque Louise avait été prise d'une frénésie dont le souvenir était à présent aussi excitant que douloureux. La femme de sa vie était comme le tabac, le café et l'alcool réunis. Une habitude redoutable pour le cœur, mais dont il était très difficile de se passer.

39

De volumineux nuages violacés s'accumulaient, élec-trisés par le clocher du village. La lumière d'été avait chaviré. Quelques gouttes s'écrasèrent sur le pare-brise de l'Aston Martin alors que Louise abordait les derniers virages avant Bessières. Une escapade vers Cabourg en compagnie de Julian et de sa mère lui revint en mémoire. La pluie s'était mise à tomber sur l'autoroute pour ne plus s'arrêter du week-end, et Julian gardait sa bonne humeur prétextant que « la mer n'était jamais aussi belle que lorsqu'elle se bagarrait avec le ciel ». À onze ans, elle avait trouvé l'image épatante.

Antoine Castillon en personne apparut sur le sentier ; il portait sa tenue favorite de gentleman-farmer, mais l'avait agrémentée d'un fusil de chasse et ne semblait pas d'humeur à fraterniser. D'un ton rogue, il lui demanda ce qu'elle désirait. Lui parler en personne, répondit-elle. Il l'étudia un moment avant de déverrouiller la grille.

Ils se retrouvèrent dans la cuisine. Castillon posa le fusil sur le plan de travail, à portée de main. Ils se toisèrent de part et d'autre de la vaste table rustique. Elle avait remarqué la vaisselle sale dans l'évier, la bouteille de vin, la boîte de conserve abandonnée. Ce dimanche, cuisinière et jardinier devaient être de repos. Vivaient-ils au village ou dans une annexe de la propriété ?

– C'est vous qui avez fait muter Gabriel Casadès.

Elle attendit. Rien ne vint.

– L'information aurait pu dormir des siècles dans les dossiers des RG. Qui se serait soucié de la mutation d'un petit inspecteur ?

Castillon ne réagit pas.

– Bernie a essayé de m'endormir avec ses fables. Elle a prétendu que Julian avait tué Marina. Absurde. Il la recherchait pour le compte de Gérard Antony. Elle avait vendu à son producteur des bandes de Jim Morrison, pour une belle somme. Chanteuse, argent et bandes ont disparu.

– J'ignore de quoi vous parlez.

– Vous savez ce que je pense ?

– Vous allez me le dire, je suppose.

– Marina était fière d'être l'intime d'une comtesse fortunée. Bernie était bien comtesse, mais n'était plus fortunée. Il suffit de voir l'état de Bessières pour en déduire que l'héritage des Chevilly a fondu. La mort de Marina était sans doute un accident, mais il est arrivé au bon moment. Elle était déterminée à quitter son encombrant mari. Une fois payée par Antony, elle a demandé refuge à Bernie. Grave méprise.

– Comment cela ?

– Marina voyait en Bernie une amie. Or Bernie était surtout sa rivale. Je parie que vous avez aidé votre amie à évacuer le corps. Où Marina est-elle enterrée ? Près de la fontaine, sous un pin, derrière l'allée bordée de charmes ? Vous n'avez que l'embarras du choix à Bessières. Et l'éternité de votre côté.

Il ouvrit la boîte en métal posée sur la table. Des cigarettes anglaises. Une odeur de foin coupé envahit bientôt la cuisine. Julian aimait ce genre de blondes odorantes.

– Je suppose que vous avez payé quelqu'un pour dérober les bandes à Gérard Antony. Histoire qu'il ne reste aucune preuve. Quant à l'argent, il a été dépensé pour retaper quelques fissures et organiser des dîners littéraires.

– Je ne comprends rien à votre histoire de bandes, Louise. Parlons plutôt des vôtres. Vous portez un magnétophone, j'imagine. Ce serait de bonne guerre.

Elle se déshabilla, fit un tour sur elle-même en sous-vêtements, se rhabilla, renversa le contenu de son sac sur la table.

– Vous pouvez le constater, pas de magnéto mais mon fidèle Ruger, dit-elle en mettant Castillon en joue.

– Vous êtes bien trop jeune pour vous retrouver en prison.

– Vous n'êtes pas le premier à me le dire.

– C'est la voix de la raison.

– Julian n'intéresse plus personne. Plus personne sauf moi. Alors, vous allez m'avouer comment vous l'avez tué.

– Je ne l'ai pas tué. Je me suis contenté de lui casser la gueule.

Elle se souvint d'avoir vu son oncle amoché. Venu déjeuner chez sa sœur avec un superbe coquard, il avait refusé de dire qui lui en avait fait cadeau. Kathleen avait déclaré que, ses histoires de femmes ne lui amenant que des inconvénients, « il ferait mieux d'entrer dans les ordres ». Seguin pensait la même chose. *Ce côté moine à la recherche d'un idéal*. Mais que comprenaient-ils de Julian, tous autant qu'ils étaient ?

Elle débloqua la sécurité de son arme, constata que le geste avait impressionné son interlocuteur. Il était temps.

– Vous faites vos coups en douce, Castillon. Vous aidez Bernie à oblitérer Marina, vous supprimez Julian en maquillant sa mort en deal de dope, vous sollicitez un ami pour qu'il mute Casadès. Et plus tard, vous organisez une fusillade incognito sur le Pont-Neuf.

– Quelle fusillade ?

Elle lisait un étonnement sincère dans son regard, mais dans le même temps renâclait à se fier à ses impressions. Depuis le début, son entourage au grand complet lui mentait ; dans ce bal masqué mortifère, elle n'arrivait plus à croire quiconque. Même Clémenti lui avait caché la vérité. Il avait gardé par-devers lui le nom d'Antoine Castillon. De quoi avait-il peur ? Qu'elle tue le vieux lion dans son fief, parce que la prescription empêchait qu'on l'arrêtât ? Une crainte justifiée, dans le fond.

– Je sais de source sûre que Marina est morte à Bessières. Blaise Seguin vient de m'avouer la vérité. Il était comme vous, il protégeait Bernie. C'est fou ce que certaines femmes font faire aux types dans votre genre.

– C'était un accident. Bérengère et Marina avaient bu, s'étaient droguées. Comme cela leur arrivait souvent. Elles se sont disputées au sujet de Julian. Bérengère a poussé Marina sans le vouloir, elle a chuté dans l'escalier. Je l'ai trouvée morte. Bérengère était prostrée dans le salon vert.

– Vous avez assisté à l'accident ?

– Non, Bérengère m'a tout raconté le lendemain. J'ai enterré le corps, fait disparaître la voiture dans un casse-auto. Et j'ai obtenu la mutation discrète de Casadès. Cet homme est un obsédé. Il ne nous aurait jamais lâchés. Mais je n'ai pas tué Julian. Nous avions réglé nos comptes entre hommes. Si je ne l'aimais pas, je le respectais. J'appréciais sa tournure d'esprit, sa classe. Dans d'autres circonstances, nous aurions pu être amis.

– Julian a été tué par une connaissance.

– Le mari de Marina fait un bien meilleur client, croyez-moi.

– Wlad ignorait qu'elle le trompait avec Julian. Il a affirmé ne pas le connaître.

– Demandez-lui mieux.

– Il est mort.

Elle avait gardé un ton neutre. Castillon l'imaginait derrière la mort de Wlad. Elle décida de ne pas le contredire.

– Louise, vous avez ma parole pour Julian…

Elle revit le visage de son oncle. Son expression rieuse. Il essayait de lui apprendre les règles du poker, mais elle n'était pas douée. *Tes sentiments fleurissent sur ton visage comme des pâquerettes, Lou. Apprends à passer la tondeuse…* Julian, Julian, elle entendait sa voix comme s'il était attablé en leur compagnie, dans la fausse quiétude de Bessières.

La voix d'Eden se brisa net.

Un mur de béton noir se fracassa sur le monde.

40

Les gouttes tombaient du plafond à un rythme régulier ; la bouche sèche comme du papier buvard, elle se tordait le cou, tendait la langue pour les capturer. En vain. La salle de classe était illuminée, mais au-dehors l'orage avait éclaté, et le ciel n'était qu'une masse de tourments. L'institutrice et les camarades d'école étaient rentrées chez elles depuis longtemps ; elle était seule, ne pouvait pas bouger et avait soif, si soif. Elle baissa les yeux et poussa un hurlement. Elle venait de réaliser qu'elle n'avait ni jambes, ni bras. Elle était une fillette-tronc…

Louise reprit conscience en grognant. Des billes rouillées dansaient une folle sarabande dans son crâne. Elle était bâillonnée, ficelée serré sur le siège des toilettes d'une salle de bains. D'un robinet récalcitrant s'échappaient des gouttes d'eau. Elle essaya de remuer ses membres engourdis, mais ne réussit qu'à s'entamer la peau sur la corde en synthétique qui l'entravait.

Des voix arrivaient feutrées à travers la porte capitonnée, se rapprochaient. Elle se demanda si elle allait rejoindre Marina Kostrowitzky au paradis des intrépides et des écervelées, et tira sur ses liens avec l'énergie du désespoir.

La porte éclata comme sous une attaque au bazooka.

Argenson venait de faire sauter la serrure à l'aide d'un outil à air comprimé. Et ne semblait pas mécontent de découvrir une vieille connaissance en situation humiliante. Il pouvait penser ce qu'il voulait : elle l'aimait comme un frère.

– Les sept plaies d'Égypte, c'est de la rigolade à côté de toi, Morvan. T'es au courant ?

En ce matin douloureux, le visage antipathique de l'inspecteur Argenson était plus beau que celui de lord Byron. Elle lui sourit avec les yeux et attendit l'arrivée de Clémenti.

Ils se faisaient face de part et d'autre de son bureau. Cette fois, l'interrogatoire ne finirait pas en joutes érotiques ; si son regard gris était le baromètre de son humeur, on approchait du point de fission nucléaire.

Serge n'avait d'ailleurs pas jugé utile d'expliquer son arrivée miraculeuse à Bessières, laissant ce soin à l'inspecteur Marcellin N'Diop et à son éternel entrain : « Vous devez la vie au gros Moreau, Louise. Il a découvert la planque de Wlad, un pavillon enregistré sous le nom de Bérengère de Chevilly. La comtesse avait joué les prête-noms dans les années soixante-dix. Histoire d'aider son amie Marina à se loger. Qui aurait vendu une maison dans un quartier bourgeois de Montfort-l'Amaury à un dealer ? Le patron s'est intéressé aux liens entre la chanteuse et la comtesse. Et on vous a trouvée ficelée dans une salle de bains parfumée au Numéro 5 de Chanel et aux enquiquinements en tout genre. Le jardinier vous avait assommée avec une poêle en fonte. Castillon se demandait quoi faire de vous. Vous avez eu de la chance d'avoir affaire à un intellectuel. Certains particuliers réfléchissent moins et agissent plus. »

Là-dessus, l'inspecteur N'Diop avait abandonné Louise à une longue attente, Serge n'ayant fait son apparition qu'après un entretien avec Castillon, interrogé au 36 avec à coup sûr toute la déférence due à son rang et son âge. Elle craignait que beaucoup fût pardonné à cet homme, d'autant que cette fichue prescription planait comme un infatigable busard au-dessus des circonstances. Ce vieil énarque manipulateur serait même capable de porter plainte pour agression, pensait-elle en s'énervant toute seule.

Donc, Serge avait fini par arriver, et par s'installer dans un mouvement souple et coulé dans son siège. Et il attendait d'elle des explications. Manifestement.

– Mon sang n'a fait qu'un tour quand j'ai entendu le message d'une certaine Constance sur ton répondeur.

Elle développa, détailla ses motivations, expliqua qu'elle avait fini par douter de son entourage.

– Et donc de moi.

– Et de toi.

– Je ne t'ai pas parlé de Castillon car j'étais un peu occupé, figure-toi. Mon équipe assure ta garde personnelle depuis un moment, or ce n'est pas la mission pour laquelle nous payent les contribuables. Oui, je sais, la vie est mal faite.

– D'où mon intention de régler cette affaire moi-même, répliqua-t-elle sur un ton plus froid.

– En te faisant saucissonner dans une salle de bains ?

– Tu les mets en garde à vue, oui ou non ? Non, bien sûr, car il y a prescription. Et Castillon et Chevilly ne sont pas les premiers venus.

– S'il y a une garde à vue, elle ne concernera que Castillon, Louise.

– Bernie de Chevilly est trop classe pour être menacée ?

– Bernie de Chevilly est décédée des suites d'un cancer, il y a une semaine, à l'hôpital américain de Neuilly.

Elle encaissa le coup. Et se sentit ridicule. Elle avait imaginé Bernie soutenant *mordicus* son grand homme. *Julian me faisait tourner la tête, avec lui Paris était une fête, et la moindre conversation un instant volé au paradis... Tu sais, Louise, il m'a fallu des années pour comprendre que c'est Castillon mon port d'attache...* Avec Bernie, c'était un pan de la vie de Julian qui disparaissait. Un de plus. Une catastrophe…

– Le jardinier t'a vue pointant ton arme sur son patron. Il lui est dévoué depuis plus de trente ans. Il n'a pas hésité.

Elle sentait ses dernières ressources d'optimisme se fendiller. Son impulsivité venait encore de lui jouer un mauvais tour. Elle avait agressé un vieillard dans sa propriété, et son jardinier l'avait secouru. Difficile de défendre une autre version devant un juge d'instruction.

– Mais la prescription a pris un coup dans l'aile, reprit Clémenti. Grâce à Wlad, qui a eu l'obligeance de refaire un tour de piste avant de mourir devant chez moi. Après avoir accessoirement essayé de nous abattre. Le fait que quelqu'un ait tenté de te tuer près du Pont-Neuf est un autre élément positif dans la balance.

Elle ne cacha pas sa joie.

– Que comptes-tu faire ?

– Opérer des fouilles à Bessières pour retrouver Marina. J'ai interrogé Castillon pendant des heures. Je sens qu'il me cache quelque chose.

– Il m'a avoué avoir enterré le corps.

– Une conversation arme au poing favorise les confidences imaginatives. Je vais reprendre l'affaire avec calme et méthode. Mais il faut que tu portes plainte. Pour le Pont-Neuf et pour la séquestration à Bessières. Tu passeras par le bureau de N'Diop avant de quitter le 36.

– Si ça peut t'être utile, sache que c'est Castillon qui m'a dit que Julian était un informateur du divisionnaire Jean Poitevin.

– Je creuserai cette info comme les autres, merci.

Il la fixa un instant avant d'allumer la cigarette qui dansait entre ses doigts.

– Je suis libre ? demanda-t-elle avec un sourire maladroit.

– Oui, Louise. Et dans tous les sens du terme.

– Que veux-tu dire ?

– Je ne peux pas continuer comme ça. Cette fois, c'est définitif.

– Mais attends…

– Tu n'as pas confiance en moi. C'est manifeste. Et j'en ai pris bonne note.

– Serge, tu parles comme…

– Un fonctionnaire ? Un flic ? Je ne suis que ce que je suis. Désolé. Rentre chez toi. Remets tes idées en place. Reprends ton agence en main. Je te tiendrai au courant des avancées de l'enquête.

Elle voulut argumenter. Il l'arrêta d'un geste puis décrocha son téléphone. Il appela Marcellin N'Diop et lui demanda de bien vouloir accueillir Louise Morvan pour enregistrer une plainte. L'inspecteur arriva dans les secondes qui suivirent.

Avant de passer la porte, Louise se tourna vers Clémenti. Il regardait la Seine. Elle lui trouva l'attitude d'un homme soulagé. Une fois dans le couloir, elle sentit ses jambes se dérober. N'Diop l'installa sur un banc et alla lui chercher un café.

41

Leurs pantalons boueux jusqu'aux cuisses, les hommes suaient à grosses gouttes. Ils étaient deux, et creusaient sous l'œil d'un technicien de l'Identité judiciaire. Antoine Castillon avait affirmé que la tombe était profonde ; il n'avait pas menti sur ce point.

C'était un début de matinée parfaite. À travers les chênes aux crinières dorées bordant la clairière, on discernait des quartiers de ciel bleu prometteurs. Aux premières lueurs de l'aube, une ondée avait libéré des parfums de mousse. À présent, le soleil révélait des volutes de vapeur montant de la terre humide. Installé sur un siège de chasse pliable, les mains jointes sur son bâton de marche, Castillon ne semblait pas incommodé par l'heure matinale. Franklin avait accepté de se déplacer ; assis sur une souche, le médecin légiste mâchouillait un brin d'herbe. Clémenti restait adossé à sa voiture de fonction.

– Doucement, les gars. Je crois qu'on touche au but, dit le technicien de l'IJ.

Les terrassiers abandonnèrent leurs pelles pour des sarcloirs.

– C'est bon, on le tient. Allez-y mollo.

On vit apparaître un cône grisâtre. Le technicien prit le relais, finit de le dégager à la brosse, déclara qu'il s'agissait d'un humérus.

– Le corps est tourné sur le côté droit, expliqua Franklin. On discerne le haut de la cage thoracique.

Clémenti s'accroupit pour voir le squelette sortir de terre. Puis il se tourna vers Castillon. Le vieil homme n'avait changé ni d'expression, ni de position. Lorsque les ossements furent dégagés, Clémenti interrogea Franklin du regard.

– Dix ans minimum qu'il est là-dessous. Difficile d'être plus précis dans le cas d'un ensevelissement sans précautions particulières. Le corps s'unit rapidement à la terre. Tu vois, Serge, racines et sol forment une gangue qui l'enserre. C'est presque un fossile.

– On va avoir du mal à le sortir de là, dit le technicien de l'IJ aux hommes sous sa direction. Douceur et modération, les gars.

Clémenti écoutait le diagnostic de Franklin.

– C'est bien une femme. Cheveux châtains ou blonds. Légère cyphose, bassin étroit. Aucune trace sur les os d'attaque à l'arme blanche, ni d'impact de balle. Mais je relève des traumatismes. L'humérus droit a été fracturé ainsi que la septième côte droite et la première vertèbre lombaire. Elle a pu être battue ou a fait une chute.

Le technicien ouvrit sa main gantée sur une chaîne noircie, sans doute en or, et un anneau supportant un diamant. Clémenti s'avança vers l'ancien ministre. Son jardinier lui faisait prendre une boisson chaude tirée d'une bouteille Thermos.

– Vous confirmez vos dires, monsieur Castillon ? Votre jardinier vous a aidé à enterrer le cadavre de

266

Marina Kostrowitzky à cet emplacement, à la fin de l'été 1972 ?

L'ex-ministre hocha la tête. Il expliqua une fois de plus qu'il était rentré dans la nuit à Bessières pour trouver Bérengère prostrée, et Marina morte. Bérengère tenait des propos incohérents, était sous l'emprise de l'alcool et de l'héroïne. Il avait fallu attendre le matin pour recueillir son témoignage.

Déterminée à quitter son mari, Marina avait fui Montfort-l'Amaury et s'était réfugiée à Bessières. La cohabitation avait dégénéré, les deux femmes partageant le même amant, Julian Eden, et une tendance à l'abus de stupéfiants. Les souvenirs de Bérengère étaient flous, mais elle pensait avoir poussé Marina dans l'escalier. Castillon n'avait pas eu d'autre choix que d'enterrer le corps avec l'aide de son jardinier. Et de placer Bérengère en cure de désintoxication dans une clinique privée. Wlad Kostrowitzky ignorait que sa femme était à Bessières, il ne fallait pas que ce gangster l'apprenne. Castillon se tourna vers son jardinier, celui-ci confirma ses dires.

– J'ai fait ce que Monsieur m'a demandé. Nous avons creusé à l'emplacement qu'il m'avait désigné, et déposé le corps de la jeune dame dans la fosse. Elle portait une chaîne en or avec une croix autour du cou. Monsieur est athée, alors il m'a demandé de dire la prière.

– Vous saviez qu'Eden était mandaté pour retrouver Marina Kostrowitzky ? demanda Clémenti à Castillon.

– Je l'ignorais. Jusqu'à ce que Mlle Morvan me l'apprenne.

– Eden est-il venu à Bessières après la mort de Marina ?

– Bien sûr. Il était reçu régulièrement par Bernie. Même si leur liaison s'était distendue.

– Et vous acceptiez cette situation ?

– Je savais qu'elle me reviendrait. Julian n'était qu'une passion passagère. Et il n'avait pas les moyens qui correspondaient au train de vie de Bérengère.

– Mais vous, si ?

– En effet. J'aidais Bérengère à mener la vie qui lui convenait. Elle aimait recevoir. Nous recevions.

– Au moment de sa mort, Marina était, semble-t-il, en possession d'une grosse somme d'argent.

– Je l'ignorais. Mlle Morvan maintient sa plainte ?

– Bien sûr.

– Je ne ferai rien pour l'en empêcher.

– Vraiment ?

– J'ai peu usé de mes relations, contrairement à ce que vous pourriez croire. Certes, j'ai obtenu la mutation de l'inspecteur Casadès, grâce à mon amitié avec un divisionnaire, mais je n'ai jamais abusé de la situation. Qui plus est, sachez que je ne fréquente pas d'assassins. Je n'ai commandité à personne l'attentat du Pont-Neuf. Et je vous rappelle que Mlle Morvan est venue m'agresser chez moi. Mon jardinier m'a défendu.

– Vous l'avez séquestrée.

– Une initiative de Philippe, dit Castillon en se tournant vers son jardinier.

– Cette demoiselle n'était pas commode, répliqua le dénommé Philippe.

– Depuis la disparition de Bérengère, je ne sais plus à quel saint me vouer, Clémenti. Bien sûr, la recherche de la vérité quant à la mort de Julian Eden est légitime, mais les méthodes de Louise Morvan sont discutables. Vous ne pouvez pas le nier.

C'est un fait, pensait Clémenti en rejoignant Franklin et le responsable de l'IJ. Le technicien observait le squelette reconstitué sur une bâche ; Franklin s'intéressait au chêne centenaire près duquel avait été creusée la fosse.

– Une morte enterrée près d'un grand arbre… Qu'est-ce que ça t'inspire ?

– J'y vois une manifestation de respect, Serge. L'arbre est le symbole de la continuité de la vie, après tout.

– Moi aussi je lis un cérémonial dans cet enterrement. Qui coïncide avec la prière dont le jardinier a parlé. Le corps a été déposé en position fœtale, et non pas jeté dans la fosse. On lui a laissé ses bijoux.

– Oui, la chaîne en or avec la croix, et une bague valant une petite fortune.

Les méthodes de Louise Morvan sont discutables. Le vieux lion ne manquait pas de sagesse et, à l'instar de Franklin, Clémenti était tenté de croire à sa probité. Qui plus est, cet homme venait de perdre la compagne de sa vie. Il l'avait protégée de la presse et de la police en cachant son implication dans le meurtre de Marina. Le cancer avait emporté Bernie, et Castillon n'avait plus de raison d'occulter le drame. Restait la mort inexpliquée de Julian Eden, peu de temps après celle de Marina Kostrowitzky. Une mort sans cérémonial, celle-là, et dénuée de respect.

Les ossements de cette femme qui s'était crue capable de défier le pire ne l'incitaient pas à l'optimisme. Louise irait jusqu'au bout pour découvrir la vérité. Comment l'aider alors qu'il était enfin déterminé à l'évacuer de sa vie ?

Louise pensa faire demi-tour en le découvrant à sa place attitrée, celle qui donnait une vue imprenable sur l'entrée du *Clairon des Copains*. Robert expliqua que ce « monsieur inconnu au bataillon » s'était permis de s'installer en attendant son arrivée.

– Qu'est-ce que je te sers ? Un Viandox comme ton ami ? Non, peut-être pas. Plutôt un demi, avec un beau col de mousse, comme tu les aimes ? Ou un café gentiment corsé ?

– Va pour le café. Tu es une mère pour moi, Robert.

Elle s'assit face à Casadès. Elle l'avait cru sorti de sa vie. Le destin s'acharnait. Et elle ne pouvait même plus lui rendre sa gifle. C'était chose faite.

– Toujours aussi ravissante. Le célibat te réussit.

– Toujours à écouter aux portes.

– Je suis candidat, Louise.

– À quoi ?

– À son remplacement, pardi.

– Clémenti ? Vous n'avez pas peur du ridicule.

– Qui te parle de Clémenti ? Je pense à Blaise Seguin. Tu t'es débarrassée de ce snob bouffi. Bravo. Je postule donc pour la place de secrétaire perpétuel de Morvan Investigations. Je m'amuse trop avec toi.

– Je n'ai plus envie de rire, Casadès.

– L'enquête de Clémenti stagne. On a déterré Marina, mais pas le reste. Ce vieux salopard de Castillon rendra son dernier soupir en emportant ses secrets avec lui. Si tu veux vraiment savoir s'il a dégommé ton oncle, retrousse tes manches.

– Je préférerais vous attraper par le col et vous virer d'ici.

– Je sais ce que tu penses. Depuis que j'ai débarqué dans ton existence, elle se dépeuple. Réoriente tes priorités, jeune fille. La vie est une figure géométrique. Logique, équilibrée, à condition de l'étudier dans le bon sens. Plus tard, tu admettras que je t'ai rendu service.

– Il y a un problème ? demanda Robert en déposant l'expresso sur la table.

Louise le rassura, et le barman rejoignit pépé Maurice. Elle les voyait suivre la scène avec attention.

– Je vous le dis pour la dernière fois, Casadès. Fichez le camp, et ne revenez plus. C'est clair ?

– Tu as un côté amateur. Eden, au moins, connaissait la chanson. Il savait qu'on n'arrive à rien sans empoigner le micro et mouiller sa chemise.

– C'est un proverbe bouddhiste ?

– Fous-toi de tonton Casa, ça ne le dérange pas. Mais écoute-moi bien : j'ai bien connu Jim Morrison.

– Vous me l'avez déjà dit.

– J'ai bu des coups avec lui, avalé ses histoires parce qu'elles étaient sacrément bonnes. Il était persuadé d'être habité par des esprits qui lui soufflaient des mystères. Vrai ou faux, on s'en fout. Seul le résultat comptait. Et d'ailleurs, si Jim n'était pas mort, il aurait abandonné la musique. Il n'aimait que la poésie dans le fond.

– Vous vivez dans le passé, Casadès. Lové dans vos obsessions. Vous auriez voulu être Eden, ou Morrison, ou Clémenti. Mais malheureusement, vous n'êtes que vous. Ce petit vous.

– Le *petit vous* t'emmerde, ma jolie. Cette histoire de bandes, c'est du pipeau intégral. Jim m'en aurait parlé. Sors de ton rade douillet et de ta vie de bourge, va un peu voir dans la rue ce qui palpite. Tu risques d'être surprise.

– Vous n'avez plus de leçon à me donner. Le ticket est périmé. La messe est dite. La cause entendue. Comment faut-il vous le dire ?

Maurice et Robert venaient d'empoigner Casadès chacun par un bras. Il leur hurla de le lâcher. Ils maintinrent la pression.

Robert ouvrit la porte, Maurice projeta Casadès sur le trottoir. Synchronisation parfaite, mouvement fluide.

L'ex-inspecteur délivra une bordée d'injures, mais la voix du vieux bistrotier domina le vacarme.

– Y a écrit *Au Clairon des Copains* sur mon auvent, mon bonhomme, pas *Au Rendez-vous des Cons*. Ne t'avise plus de rôder dans les parages.

Pépé Maurice rentra d'un pas impérial dans son établissement, et reprit sa place derrière le bar. Louise vit la silhouette de Casadès s'effilocher vers l'avenue Corentin-Cariou. Il avait réussi à lui couper l'appétit. Elle rentra chez elle. Un nouveau client devait se présenter à 14 heures.

Elle trouva un message sibyllin de Béranger sur son répondeur. « *Tu m'avais promis du nouveau. Rien ne vient. J'aurais dû m'en douter. Si tu te décides à m'appeler, ce sera donnant-donnant.* »

Elle haussa les épaules avant d'effacer le message. Elle n'avait rien de consistant à offrir. L'obstination d'un ancien ministre. Les délires d'un ex-flic. De vieilles choses. Des tourments poussiéreux. Pas de quoi appâter un journaliste. Ni qui que ce soit d'autre.

42

Samedi 17 septembre

« *Je suis un homme libre – et j'ai besoin de ma liberté. J'ai besoin d'être seul. J'ai besoin de méditer ma honte et mon désespoir dans la retraite ; j'ai besoin du soleil et du pavé des rues, sans compagnon, sans conversation, face à face avec moi-même, avec la musique de mon cœur pour toute compagnie...* » Le passage avait été souligné d'un trait de crayon décidé. Louise avait déjà lu *Tropique du Cancer*, mais redécouvrait les signes laissés par Julian. « *Que voulez-vous de moi ? Quand j'ai quelque chose à dire, je l'imprime. Quand j'ai quelque chose à donner, je le donne. Votre curiosité qui fourre son nez partout me fait lever le cœur. Vos compliments m'humilient...* » La sonnerie interrompit sa lecture. Elle posa le roman d'Henry Miller sur son bureau et décrocha le téléphone.

– On vient de trouver Casadès. Mort dans une chambre d'hôtel.

La voix de Marcellin N'Diop lui comprima la gorge.

– Où ça ?

– Le *Relais Trinité*, à Pigalle. Il y vivait quasiment à plein temps d'après le réceptionniste. Il avait fait monter une fille. Toujours la même. Apparemment, il s'est suicidé alors qu'elle était dans la salle de bains. En se fourrant son flingue dans la bouche.

Ses paumes étaient moites, mais une aiguille de glace lui vrillait le haut du crâne. Elle serra son poing gauche pour ne plus voir sa main trembler, réussit à retrouver sa concentration.

– Vous lui aviez confisqué son arme.

– Vous croyez qu'un ancien flic a du mal à s'en procurer au marché noir ? Pas moi.

– L'arme était dans la chambre ?

– Oui, Smith & Wesson modèle 19. On l'a envoyé à la balistique. Mais il se trouve que Casadès avait un revolver de ce type quand il était flic.

Elle revit le visage de Casadès lors de leur dernière rencontre, la semaine passée. Sa colère, son humiliation. *Va un peu voir dans la rue ce qui palpite.*

– La fille l'a trouvé bizarre, déprimé. Il avait tenu à la payer avant. Ce n'était pas dans ses habitudes.

– Comment s'appelle-t-elle ?

– Pas question de débouler dans l'enquête, Louise. Tout est sous contrôle. Si quelqu'un a suicidé Casadès, c'est notre boulot de lui mettre la main dessus.

– Le réceptionniste n'a rien vu ?

– Non, et je le sens franc du collier. L'hôtel a une sortie livraisons. Rien de plus facile que d'entrer sans se faire voir.

Il commença à la questionner. Elle rassembla ses idées pour raconter son ultime conversation avec l'ex-officier des Stups. Les propositions d'association. La sortie *manu militari* effectuée par ses amis du *Clairon*.

– Si j'étais vous, je me mettrais au vert, Louise. Dans votre famille, par exemple. C'est aussi l'avis de mon patron. Et, sans vouloir me mêler de ce qui ne me regarde pas, vous lui rendriez un grand service en obtempérant.

Il avait raccroché. Elle regarda ses mains qui tremblaient toujours. Elle voulut se lever, mais tomba à genoux et se mit à pleurer. Peur, compassion, manque, une mixture grise lui empoissait le cœur. Elle se traîna jusqu'à la salle de bains, se passa le visage sous l'eau froide. Elle ressemblait à sa mère le jour où on lui avait annoncé la mort de Julian.

Assise sur le rebord de la baignoire, elle tenta de se souvenir de sa propre réaction. Qui le lui avait annoncé ? Son père, oui, son père. Kathleen était hors d'état de parler. Il avait sûrement trouvé les mots, mais qu'avait-il dit ? Avait-il répondu à toutes ses questions ? Sûrement pas. Il lui répétait souvent de ne pas s'occuper « des affaires des grandes personnes ». Julian avait été enterré en Angleterre. Dans le cimetière du village où habitaient les grands-parents Eden. La cérémonie était oblitérée, les retrouvailles familiales aussi. Il ne lui restait que la sensation de sa gorge écorchée par l'acidité des larmes.

Pour qui venait-elle de pleurer ? Pour Julian, à cause de Serge, pour Casadès. Oui, pour Gabriel Casadès aussi. Et pour son incommensurable stupidité.

Elle fouilla son bar, empoignée par l'envie de vider n'importe quelle bouteille en hommage à Casa, le « petit vous », l'emmerdeur le plus fatal du monde occidental, l'imbécile heureux qui avait trop rigolé avec la mort pour qu'elle résiste à l'envie de lui faire un croche-pied. Elle fit tourner un instant une bouteille de scotch entre ses mains tremblantes. *Va voir un peu dans la rue ce qui palpite.* Tonton Casa était encore plus collant mort que vivant. Il réussissait à étendre son ombre sur elle, à lui susurrer des inepties. *Tu m'as flanqué à la porte, gamine. Tu es d'un égoïsme phénoménal. Tu me parles d'obsessions ? Et les tiennes, tu les as un peu regardées ? Elles ont une sale gueule !* Elle balança la bouteille contre le mur.

Le geste l'ayant soulagée, elle extirpa une bouteille de rhum, hésita et renonça à la fracasser. Elle demeura un long moment prostrée, la bouteille serrée contre sa poitrine. Trois choix s'offraient. Boire en pleurant tout son soûl. Se faire oublier dans un endroit sûr. Reprendre les rênes de sa vie.

Difficile de croire au suicide de Casadès. Elle était en danger. Il fallait cependant être lucide. Si un ancien des Stups s'était fait avoir, ce n'était pas en se réfugiant dans sa famille ou au fin fond de la Sibérie qu'elle éviterait les ennuis. De plus, en attendant qu'une idée lumineuse descende du ciel, elle avait une agence à faire tourner. Et plus précisément une filature à assurer : celle d'un directeur d'une société d'ascenseurs que son épouse soupçonnait d'adultère.

Elle avala son verre de rhum cul sec, prit son appareil photo et ses clés de voiture.

Vers 20 h 30, l'ascensoriste avait réintégré son foyer conjugal et Louise son Aston Martin. Si cet homme menait une double vie, elle ne révélerait pas ses vraies couleurs aujourd'hui. Elle hésitait à rentrer chez elle. Elle décida d'oublier les conseils de prudence de l'inspecteur N'Diop et de faire un détour par le *Relais Trinité*.

Le réceptionniste se souvint d'elle. Elle lui donna un billet de cinq cents francs ; il raconta ce qu'il savait. Casadès avait ses habitudes dans le quartier Pigalle. Il était bel et bien monté avec Livia, une fille menue, à la longue chevelure sombre et à l'accent italien ou espagnol.

Louise la retrouva au coin des rues Pigalle et Notre-Dame-de-Lorette. Short en jean, corset de cuir blanc.

Ses cheveux noirs lui descendaient jusqu'à la taille tandis que des gants rouges lui montaient jusqu'aux coudes ; elle avait un visage de môme, mais un petit corps rembourré aux bons endroits. Louise demanda combien elle prenait pour une passe. Et lui proposa de l'interroger pour le même temps et le même prix. La fille finit par accepter. Elles se retrouvèrent attablées dans une brasserie de la place Pigalle.

– Tu connaissais bien Casadès ?

– C'était la première fois que je le voyais.

– Mauvaise réponse. On m'a appris qu'il était l'un de tes réguliers.

Un homme vêtu de cuir noir et au crâne rasé venait d'entrer et s'asseyait à leur table. Il saisit le poignet de Louise, lui arracha sa cigarette des mains, et la pointa vers son cou tout en s'adressant à Livia.

– Qu'est-ce que tu fous là au lieu de bosser ?

– Elle m'a payée. C'est bon.

Il se tourna vers Louise.

– Tu veux quoi, au juste ?

– Le type mort au *Relais Trinité* était mon partenaire.

– T'es flic ?

– Non, privé.

– Et ça devrait nous tirer des larmes ?

– Je veux savoir ce qui s'est passé.

– Barre-toi. On n'a rien à te dire.

Il y eut un concours de regards endurcis. Et, sans sommation, l'homme écrasa sa cigarette sur son cou. Elle poussa un cri, renversa sa chaise. Des clients suivaient la scène. Une femme s'affolait. Le proxo attrapa Livia par le bras et l'entraîna vers la sortie. Louise ne répondit pas au serveur qui l'interrogeait et quitta la brasserie.

Elle parvenait à contrôler ses larmes, mais pas ses

tremblements. Elle avisa une pharmacie sur le boulevard, acheta une pommade et du sparadrap, s'installa dans sa voiture. Une fois calmée, elle étudia sa blessure dans le rétroviseur, comprit qu'elle lui laisserait une cicatrice et se soigna. Elle avisa une cabine téléphonique, ressortit de voiture.

– Je commençais à trouver le temps long, jeune fille, dit Laurent Angus d'une voix amusée. Et ces promesses de scoop extraordinaire ? Du nouveau ?

– Peut-être bien.

– Vous avez une drôle de voix. Tout va bien ?

– Oui, n'ayez crainte.

– Rejoignez-moi à La Cigale. Il y a un concert de Ryuichi Sakamoto et Youssou N'Dour à ne pas rater. La rencontre de la puissance des griots et de la mélancolie de l'Orient. Et des choristes en kimonos, venues tout droit des plages ensoleillées d'Okinawa. De quoi atomiser vos soucis.

43

Angus avait vu juste. Le concert était épatant. Louise avait dilué sa peur dans la musique. Et, grâce à deux rhums ingurgités à l'entracte, elle avait l'impression de flotter sur un petit nuage doré comme en recèlent les paravents nippons anciens. À cela près que, dans ce décor métissé, les grues sauvages étaient perchées sur des baobabs.

Elle retrouva Angus dans le hall à la fin du concert. Le critique rock voulut offrir « le verre de l'amitié et des révélations ». Une fille était occupée à découper des affichettes de concerts pour réaliser une fresque sur le miroir du bar. Angus semblait apprécier l'œuvre autant que l'artiste. Louise discernait les visages des Rita Mitsouko et d'autres musiciens qu'elle ne connaissait pas. L'artiste expliqua qu'elle composait un visage géant à partir de fragments.

– Le visage de qui ? demanda Angus.

– De Jim Morrison.

– Dans des moments comme celui-là, j'oublie que je deviens un vieux con, lâcha-t-il à l'intention de Louise en savourant une gorgée de scotch.

Elle ne croyait pas au destin, mais appréciait les signes qu'il traçait de temps à autre pour faire croire à son existence. Elle annonça la mort de Gabriel Casadès à Angus, et les derniers détails de l'enquête.

– Dites-moi si je résume bien. Votre oncle est un tombeur. Deux femmes se battent pour lui, l'une reste sur le carreau. Accident. L'amant de la comtesse diablesse, un ministre obligeant, donne un coup de main, et le corps disparaît. Vous arrivez dans le tableau, renseignée par un ex-flic du genre tordu, et faites émerger un tueur fou d'amour avant qu'un commissaire ne l'abatte pour vos beaux yeux. Et vice-versa. Dans la foulée, vous aidez à déterrer une blonde et à sortir de l'oubli des bandes musicales originales, cadeau d'adieu d'une des plus grandes rock stars du XXe siècle à ce monde pourri. Très bien, très chaud, Louise, mais où sont les bandes ?

– Bon résumé, et excellente question.

– Vous vous êtes déjà demandé si elles existaient vraiment ?

– Je n'ai pas eu le temps.

– Moi, je suis dubitatif.

– Vous avez sûrement de bonnes raisons. Racontez.

– Figurez-vous que Jim Morrison a bien effectué un enregistrement juste avant sa mort. Il avait toujours un sac plastique à la main, dans lequel nichaient ses trésors. Des textes que lui inspirait Paris notamment. Il adorait écouter les musiciens des rues. Il a rencontré un duo de jobards, les a embauchés pour faire un bœuf dans un studio de location. Morrison avait bu. Les deux Mickeys n'étaient guère plus frais. Il a commencé à déclamer ses textes. L'ingénieur du son a enregistré le fatras ; ça ne valait pas grand-chose. En tout cas, rien par rapport aux merveilles enregistrées avec les Doors. Pas de quoi tuer quelqu'un pour ça.

– Antony m'a pourtant parlé de chansons superbes, achetées une petite fortune à Marina. Avant de se les faire dérober.

– Si elles existent, ça tient du miracle. Pourquoi ne sont-elles pas réapparues à la surface si elles sont si formidables ? Par exemple, dans dix ans, vingt ans, les gens parleront encore du concert que nous venons d'entendre. Vous ne croyez pas ?

Elle hocha la tête et finit son rhum. Le bon sens de Laurent Angus était imparable. Le critique rock se fit alpaguer par deux confrères, et le trio se lança dans une discussion technique sur le jeu pianistique de Ryuichi Sakamoto. Quant à l'artiste graphique, elle faisait des allers-retours entre le bar et le fond de la salle pour évaluer la justesse de sa fresque. Louise se demanda où finir sa nuit. Elle n'avait pas l'intention de rentrer chez elle. La brûlure infligée par le proxénète palpitait encore dans son cou, incitant le fantôme de Casadès à chantonner son refrain d'obsédé : *Va un peu voir dans la rue ce qui palpite*. Qui jouait le rôle du dieu de la Mort dans l'opéra rock de ce vieux Casa ? Son instinct lui soufflait de suivre la partition.

L'artiste s'attardait, discutait avec un client ; ses ciseaux avaient été abandonnés sur le bar. Louise les glissa dans sa poche, salua Angus, quitta La Cigale et récupéra sa voiture. Elle reprit la direction de Pigalle et du *Relais Trinité*.

Elle voulut récupérer la chambre où était mort Casa, au premier étage, mais ce fut impossible. Les scellés étaient encore sur la porte. Le réceptionniste lui donna les clés de la chambre voisine. Elle s'y installa et écouta la vie *palpiter* autour d'elle. Des filles montaient à intervalles réguliers. Leurs voix résonnaient dès la réception, tandis que celles de leurs clients restaient discrètes. Louise entrouvrait régulièrement sa porte et tentait de repérer Livia. Vers 22 heures, elle reconnut sa voix aux accents méditerranéens.

Elle montait à l'étage avec un client. Louise les suivit. Vingt minutes plus tard, le client sortit de la chambre, jeta un regard appréciateur à Louise et descendit l'escalier. Elle se concentra, s'imagina dans la peau de Wlad – Wlad prêt à égorger tout Paris pour retrouver Marina et la vérité. Elle frappa à la porte.

Livia ouvrit et voulut refermer aussitôt. Le Ruger pointé vers sa poitrine la fit reculer. Louise referma la porte derrière elle, sortit les ciseaux de sa poche.

– Si le portier ne me voit pas redescendre, il préviendra mon mec. Ce sera ta fête.

– Dis-moi qui a flingué Casadès ou je te tranche une oreille. Difficile après ça de rameuter le client.

Livia n'achetait qu'à moitié le scénario. Louise lui balança un coup de pied dans le tibia, la poussa sur le lit, fut à califourchon sur son ventre. Le mufle du Ruger au centre du front. Les ciseaux enserrant le lobe de l'oreille droite, commençant à l'entailler.

Du sang. Les yeux de Livia, affolés, enfin.

– Tu vas me buter… de toute façon…

– Ta vie contre ce que tu sais. C'est une bonne affaire.

Elle avait le sang de Livia sur la main. La fille dégageait une odeur de trouille. Louise se força à rester concentrée.

– J'ai rien à voir là-dedans.

– Je m'en fous. Dis-moi.

– On était au lit. Un type cagoulé est entré.

– Quelle taille ?

– Normale.

– Ses vêtements ?

– Une combinaison de motard en cuir.

– Qu'est-ce qui s'est passé ?

– Il m'a jeté une enveloppe pleine de fric et m'a

fait signe de la boucler. Il a fourré son flingue dans la bouche de Casa, m'a désigné la salle de bains. Je m'y suis enfermée. J'étais morte de trouille. J'ai entendu le coup de feu. Quand je suis sortie, le mec s'était barré et avait laissé le flingue. Et la tête de Casa avait explosé partout sur les murs. Jamais vu un truc plus dégueulasse.

– Sa voix ?
– Il n'a pas dit un mot.
– Un jeune, un vieux ?
– Aucune idée. Un type solide.
– Pourquoi avoir menti aux flics ?
– Je voulais pas d'ennuis.
– Et tu voulais garder le fric.
– Il y en avait pour cinq mille balles.

Louise demeura un instant silencieuse et se releva. Le sang dégoulinait sur le cou de Livia, ses vêtements. Elle gémissait.

Elle sortit de l'hôtel sous l'œil morne du réceptionniste, lui rendit sa clé. Elle marcha vers sa voiture et vomit dans le caniveau. Sa fierté ne pesait pas plus lourd qu'une plume, elle avait brutalisé un autre être humain avec cruauté, pour la première fois de son existence. Ses jambes étaient en coton, mais elle arrivait encore à réfléchir à peu près correctement. Pas question de s'attarder dans le quartier.

Elle monta à bord de sa voiture, démarra en tentant d'oublier le visage grimaçant de Livia. *Toi aussi tu auras une cicatrice, ma Lou, ma Louise*, lui susurra Casadès. *Match nul. Quelle petite salope tu fais ! Je ne m'étais pas trompé à ton sujet.*

Casa avait été éliminé parce qu'il ne voulait pas lâcher prise. Et que ses habitudes étaient faciles à repérer. Elle ne pouvait plus se réfugier rue de Lancry et demander protection à Clémenti. Elle ne le pourrait plus jamais. Et Seguin et Bérenger avaient été rayés de son cercle d'habitués.

Ton univers se dépeuple. Réoriente tes priorités, jeune fille. La vie est une figure géométrique. Logique, équilibrée, à condition de l'étudier dans le bon sens. Il y avait peut-être une solution. Remettre ses pas dans ceux de Julian. Écouter la petite musique du passé.

44

Minuit douze. L'automne mourait avant l'heure. La pluie fine qui miroitait sous les lampadaires de la rue Jouffroy d'Abbans n'avait rien d'estival. Louise venait de se garer devant chez Antony et observait les alentours, adossée à la carrosserie, tentant de traquer une sensation de déjà-vu. Elle se demandait pourquoi cette petite artère chic et paisible du 17e arrondissement, riche en hôtels particuliers, lui remémorait la ruelle nocturne où David Bowie prenait crânement la pose sur l'album Ziggy Stardust. Des phrases effilochées dansaient dans sa mémoire. Elle posa sa main sur le toit de l'Aston Martin, ramena une moisson de gouttes d'eau et humecta sa joue. Un geste qu'elle avait étant enfant.

Elle se souvenait à présent. Julian conduisait. Elle était à ses côtés. Il s'était garé rue Jouffroy-d'Abbans, devant le domicile de son ami.

« J'en ai pour quelques minutes, Louise. Attends-moi dans la voiture. »

Elle avait attendu sagement. Puis, comme il s'attardait, elle avait quitté l'Aston Martin, fait quelques pas dans la rue, piétiné devant la porte de l'hôtel particulier restée entrouverte. Elle s'était assise sur les marches. De la musique provenait du domicile de l'ami. Celle de David Bowie. Période Ziggy Stardust. 1972. Les derniers mois de Julian.

Elle gravit les quelques marches, sonna. Gérard vint ouvrir. Cheveux légèrement embroussaillés, barbe de trois jours, pull noir en V, jean délavé. Rajeuni par rapport à leur dernière rencontre.

– C'est un plaisir de te voir, entre.

Elle lui rendit son sourire. Nota son regard velours. Il la fit entrer dans un salon très sobre. Deux canapés de cuir blanc. Un parquet blond. Une chaîne hi-fi impressionnante qui diffusait *Doctor Wu* de Steely Dan, un groupe dont elle ne s'était jamais lassée. Les paroles énigmatiques l'intriguaient toujours. *Êtes-vous avec moi docteur Wu / Ou bien n'êtes-vous qu'une ombre / Celle de l'homme que j'ai connu jadis...*

– Tu as froid ?

– Un peu.

Il effleura sa joue, lui tendit un plaid.

– Des larmes ?

– La pluie.

Il lui servit un scotch d'office, reprit sa place à ses côtés. Elle lui expliqua comment elle avait failli le rencontrer cette nuit où Julian était passé rue Jouffroy-d'Abbans, plus de vingt ans auparavant. Il lui parla de leur amitié, lui resservit un verre, remarqua sa brûlure au cou, la questionna. Elle raconta sa mésaventure avec le souteneur de Livia. Son enquête à l'hôtel après la mort de Casa. L'homme en combinaison de moto. Il lui demanda ce qu'elle comptait faire. Elle répliqua qu'elle n'en avait plus la moindre idée. Se battre, certainement. Mais comment et contre qui, les paris restaient ouverts. Le 30 septembre prochain, Julian Eden serait mort depuis vingt-deux ans. Il fallait commémorer l'événement comme il se devait.

– Certainement pas en suivant ses traces, Louise. Tu restes ici, cette nuit. Et les nuits suivantes, jusqu'à ce que cette histoire se tasse.

Un ton autoritaire. Un regard sans équivoque. Elle le trouvait plus attirant encore lorsqu'il rangeait au vestiaire ses méthodes de séducteur patenté et redevenait lui-même. Elle protesta. Il répliqua qu'il était hors de question de laisser la nièce de Julian courir un danger. La maison ne manquait pas de chambres d'amis. Elle attendit un moment avant de lâcher ce qu'elle avait à dire.

– Angus doute de l'existence de bandes.

– Normal. Même Morrison en doutait, je suppose. Mais les miracles existent.

– Que racontaient les chansons ?

– Tu me fais passer le grand oral, jeune fille ?

– Personne n'y croit. Sauf toi. Quant à moi, je veux savoir si elles ont quoi que ce soit à voir avec la mort de Julian.

Il alluma une cigarette, raconta. Dans son dernier opus, Morrison évoquait Paris. Il dépeignait sa passion pour le chamanisme, son rêve de percer les portes de la perception pour atteindre la poésie pure. Son amour pour la dernière jeune femme qui avait partagé sa vie. La jolie et fragile Pamela.

– Quand tu maudis la lune comme une enfant folle / Quand tu danses, douce enragée, dans ton silence d'argent / Tu me repousses contre la baie noire de tes rites / Et je sais que le chemin sera encore long / Avant que tu ne comprennes / Que je suis ta peau et ton chant / La doublure de tes rêves / Le messager le

frère l'amant / Tu t'arrêteras quand tu le voudras /
Je caresserai tes fuites, j'épouserai tes absences / En
attendant ton premier serment, ma douce, mon égarée /
Ne me dis pas que je ne suis pas celui qu'il te faut /
Le vent m'a appris que dans ton sommeil tu murmurais
mon nom...

Ils se fixèrent un instant en silence. Elle lui demanda
s'il se souvenait aussi bien de la musique.

— Tu es la reine de la confiance, dit-il en allant
chercher une guitare acoustique sur laquelle il joua
une mélodie plutôt réussie.

Il abandonna l'instrument sur le canapé et vint s'asseoir
en tailleur face à elle.

— J'ai le moyen et surtout le désir de te faire oublier
ta peur. J'en ai eu envie dès la première soirée. Dès
ton premier mensonge quand tu as prétendu être une
consœur d'Angus. Ça ne s'est pas arrangé quand je
t'ai retrouvée au *Renaissance*. Une nuit entière à ton
chevet, sans te toucher… Tu peux rester dans ton *silence*
d'argent. Ou bien me dire de faire marche arrière.

Elle demeura silencieuse. Il la fit se lever pour la
débarrasser lentement de ses vêtements, caressant chaque
portion de peau libérée, étape par étape.

Elle ouvrit les yeux en frissonnant, réalisa qu'elle était
légèrement fébrile. Son dos et ses reins étaient exposés
au vent frais provenant de la fenêtre entrouverte. Gérard
dormait, tourné vers le mur. Elle se lova contre lui,
respira sa peau, passa prudemment un bras au-dessus de
son corps, effleura son torse et se leva. Dans la salle de
bains carrelée de noir, elle trouva de l'aspirine. Elle se
dressa sur la pointe des pieds, observa dans le miroir
le croissant rosé sur son ventre. Cette nuit, il y avait
laissé l'empreinte de ses dents. Cette nuit, il l'avait

appelée *Lou* en la serrant fort. *Lou. Ma Lou.* Elle pensa se rendre dans son bureau, le fouiller à la recherche de souvenirs de Julian.

Elle tourna la tête. Antony était là. Musculeux et détendu. Bras croisés sur sa poitrine. Il l'observait d'un air de connivence. Il s'approcha, plaqua son corps contre son dos. Ils s'observèrent dans le miroir. Il la dépassait de quinze bons centimètres. Ses bras l'enserraient avec détermination. Son désir était sans équivoque. Il posa ses mains sur ses épaules, serra légèrement, ouvrit ses doigts et approcha son visage de son cou, embrassa sa brûlure.

– Nous avons eu raison d'attendre vingt ans avant de nous adresser la parole. Qu'en penses-tu, Louise ?

45

Ils se réveillèrent vers midi, quittèrent l'appartement deux heures plus tard, chahutèrent les feuilles mortes du parc Monceau. Après un déjeuner dans une brasserie de la place de Ternes, Antony récupéra sa voiture dans le parking de la rue de Saussure et demanda à Louise de l'accompagner à une séance d'enregistrement qui se poursuivit jusque dans la nuit. Vers minuit, il voulut faire une pause et l'entraîna au bar en face du studio.

– Qu'est-ce qui te tracasse ?

– Une conversation énervée entre Bernie et Julian. Quelques semaines avant sa mort. Je n'ai capté que quelques bribes. Elles sont quelque part dans ma mémoire.

– Et elles signifient quelque chose d'important ?

– J'aimerais le savoir. En tout cas, elles m'obsèdent. Les relations entre mon oncle et ses amies n'étaient pas simples. Bernie l'aimait mais ne se faisait pas d'illusions. Et Marina, tu crois qu'il y tenait ? C'était peut-être à cause d'elle et de la jalousie de Bernie qu'ils se disputaient.

– Possible. Marina était très belle. Mais la personne qui comptait dans la vie de Julian, c'était une gamine.

La fille qu'il aurait aimé avoir. Lou, la délurée. Lou, la têtue. Toi.

Elle reposa son sandwich et s'essuya la bouche pour cacher son trouble. Il lui tapota l'avant-bras avant de sortir son portable de son blouson et de prendre une communication. Il expliqua qu'on s'impatientait au studio et proposa à Louise de l'y rejoindre après son repas. Elle acquiesça, le regarda quitter le bar. Elle essaya de retrouver l'échange perdu entre Bernie et Julian, en fermant les yeux et en se lovant dans son fauteuil de cuir, mais n'obtint aucun résultat.

Une femme demandait au barman si quelqu'un avait laissé un message à son intention. Louise se redressa ; elle se souvenait de celui de Jean-Louis Bérenger. *Si tu te décides à m'appeler, ce sera donnant-donnant.* Il était temps de voler de nouveau de ses propres ailes. Lou la délurée avait passé une nuit des plus agréables avec Antony. Lou la têtue avait besoin de changer de décor pour suivre la pente de ses idées. Elle se fit conduire en taxi dans le quartier des Buttes-Chaumont.

– Toi et ton sens du timing, Louise. Il est…
– Trop tard ou très tôt, Jean-Louis. Je sais. Et accessoirement, c'est l'automne depuis hier. Ma saison préférée.
– Ne me dis pas que tu es venue me parler de la mélancolie des feuilles mortes à 2 heures du matin !
– Tu t'es laissé pousser la barbe.
– C'est un fait.
– Ça te va bien.
– Je sais, je suis irrésistible. Et à part ça ?
– C'est à propos de ton message. J'ai une dette envers toi, je n'ai pas oublié.

Une tête blonde apparut dans l'embrasure d'une porte.

Béranger présenta Mathilde à Louise et réciproquement. Ils partagèrent un silence assez confortable malgré les circonstances, et de l'eau minérale pétillante italienne. Louise s'excusa pour le dérangement, expliqua qu'elle était dans les ennuis jusqu'au cou et ne savait plus où aller.

– Vous avez raison d'être venue. Jean-Louis est un homme providentiel. Mais vous le savez déjà, n'est-ce pas ?

Mathilde avait un sourire agréable, une voix posée. Louise se détendit.

– Il vous a donc parlé de moi.

– Non, c'est moi qui lui ai demandé de me parler de vous. Depuis, ça va beaucoup mieux.

– Quand vous aurez fini de faire comme si je n'étais pas là, sifflez-moi, les filles.

– J'ai l'impression qu'il gagne à vous connaître, Mathilde. En plus de la barbe, il s'est laissé pousser le sens de l'humour.

– Jean-Louis se bonifie de jour en jour. Et si vous aviez la moindre intention de lui remettre le grappin dessus, sachez que je suis calée en capoeira. Un art martial brésilien inventé par des esclaves. Autant vous dire que c'est sans pitié.

– Je vous crois sur parole.

Sur ce, Mathilde déclara en bâillant qu'elle repartait se coucher.

– Que fait-elle dans la vie à part couper l'herbe sous le pied de ses rivales potentielles ? demanda Louise.

– Chef dans un bistrot à vins. Et elle est assez remarquable.

– Jolie aussi.

Il ne répondit pas à son sourire, mais la fixa un long moment.

– Toi d'abord, finit-il par exiger.

– Comment ça ?

– Tu m'as promis des infos en exclusivité. J'attends.

Elle lui détailla les derniers événements. Béranger était au courant de la mort de Casadès à Pigalle, de celle de Bernie de Chevilly et connaissait même ses liens avec Julian Eden. Elle n'avait plus rien à lui apprendre : il pouvait la mettre dehors dans la minute.

– Et que donne cette histoire à propos de Jim Morrison ? demanda-t-il à sa grande surprise.

Elle lui raconta ce qu'elle savait. Le producteur Antony évoquait des inédits remarquables, mais il était bien le seul. D'ailleurs, le critique de rock Laurent Angus ne croyait pas en leur existence.

– Que bois-tu ?

– J'ai commencé ma nuit au rhum.

– Insolite, mais pourquoi pas.

Il leur servit deux verres puis déposa un magnéto sur la table, chercha un passage sur la bande et le lui fit écouter. Elle entendit la voix d'un vieil homme :

« J'ai bien connu Julian Eden. La classe. On l'appelait le British. Je lui refilais toujours des tuyaux, il payait rubis sur ongle. J'ai jamais entendu dire qu'il avait enquêté pour son copain. Mais ce que je sais, c'est qu'il enquêtait sur lui. Et ça ne lui faisait pas trop de bien, au British. Parce qu'enquêter sur un pote, c'est jamais une bonne approche, vous ne croyez pas, jeune homme ? »

Elle reposa son verre sur la table trop violemment, et il se brisa. Elle voulut nettoyer les dégâts, il l'arrêta d'un geste.

– Tu n'as jamais été une fée du logis. Et on a mieux à faire, dit-il en souriant.

Ils discutèrent longuement, et Béranger lui offrit le gîte. La voix du vieil homme résonna longtemps dans ses pensées avant qu'elle ne trouve le sommeil.

La benne à ordures la réveilla vers 6 heures. Elle fit du café, réfléchit à la meilleure manière d'aborder son problème. Elle se résumait à deux approches : avec ou sans Clémenti.

Béranger grommela un bonjour engourdi, se servit un café, fit la grimace en avalant la première gorgée. Louise beurrait une biscotte d'un air pensif lorsqu'il lui dit :

– Mathilde n'a qu'un point commun avec toi. De mauvaises fréquentations. Mais il va pourtant falloir que je m'y fasse.

– Qu'est-ce que tu veux dire ?

– Je n'aime pas ses amis.

– Tu n'aimais pas les miens ?

– Non.

– Tu ne me l'as jamais dit.

– En effet.

– Pourquoi parler de ça maintenant ?

– Je n'arrivais pas à dormir. J'ai pensé à toi, à Mathilde, et je suis arrivé à la conclusion que vous ne vous ressembliez pas. Et que c'était un coup de bol.

– Tu t'y feras, au sujet de ses amis.

– Sûrement. Tu as pris une décision ?

– Pas encore.

– Tu peux rester ici en attendant.

– Merci, je vais y réfléchir.

– Va prendre une douche.

– Pourquoi, je pue ?

– J'ai noté que c'était le seul endroit qui te permettait de diluer tes indécisions.

– Pas faux, admit-elle en demandant où se trouvait la salle de bains.

Elle profita d'un jet brûlant et réparateur, longtemps. Et le dialogue entre Bernie et Julian tomba sur elle comme une source préservée pendant des millénaires dans sa gangue de roche.

– « Je n'aime pas ton ami, Julian. Il me fait peur. Il est capable de tout. »

– « Je saurai lui parler. »

– « Tu sais à quoi je suis prête pour toi ? »

– « Ne te mets pas dans cet état, Bernie, tu veux ? »

– « Je suis prête à demander son aide à Marina. Elle peut trouver quelqu'un pour nous débarrasser de lui. »

– « Tu ne comprends pas. Cette affaire ne concerne que moi. »

– « Je comprends que je tiens à toi. Je comprends que tu mets ta vie en danger. Pour tes foutus principes. Ils se sont mis à te pousser dans le dos. Tu es un ange bancal. C'est ridicule. J'ai besoin de toi, moi. »

– « Moi aussi, j'ai besoin de moi. De me croiser dans la glace sans avoir envie de m'insulter. »

– « Tu es d'accord pour partager Marina avec lui, mais pas son passé. Je préférais ton insouciance à ton inconscience… »

46

Vendredi 30 septembre

Elle avait revêtu une robe noire qui laissait ses bras et son dos nus. Elle portait des sandales argentées à très hauts talons, un sac en bandoulière assorti. Ses cheveux ondulaient sur ses épaules, elle avait appliqué un rouge à lèvres sombre qui accentuait la pâleur de son teint.

Il arriva par la porte centrale du parking de la rue de Saussure. Costume gris à rayures, chemise blanche sans cravate, une élégance irréprochable qui n'était pas sans rappeler celle de Julian Eden. Il marqua un temps d'arrêt, fronça les sourcils, la reconnut et s'avança en souriant.

Il s'arrêta à hauteur de sa BMW, lui demanda si elle l'attendait.

– Bien sûr. J'aimerais te parler.

– Tu aurais pu sonner chez moi.

– J'avais envie de te surprendre.

– Tu as réussi à me surprendre dès notre première rencontre. Et plus encore la première nuit. Et lorsque tu t'es éclipsée sans explications. Aujourd'hui, c'est une surprise différente. Le jean te va bien, c'est une affaire entendue. Mais cette robe, c'est une autre dimension… Je t'emmène prendre un verre ?

Elle contourna la voiture, attendit qu'il débloquât

les portières avec sa télécommande. Elle s'installa dans la BMW en même temps que lui. Et le braqua avec son Ruger.

– Jolie chorégraphie. Tu m'expliques ?

– Parlons plutôt de reconstitution, Gérard.

– J'aime assez la façon dont tu prononces mon prénom. Malgré tout.

Elle vivait un moment attendu depuis si longtemps. Mais la parfaite décontraction de Gérard Antony se calait mal dans le scénario. Bien sûr, elle n'oubliait rien de ses mensonges ; ces tombereaux d'artifices qu'il mixait aussi bien que le dernier tube de Mojo Kool. Elle le savait dangereux, comprenait qu'il l'était encore plus que prévu.

– Julian était mon ami, Louise.

– Pour toi, c'était peut-être une raison supplémentaire. Tu n'as pas accepté qu'il ne veuille pas t'aider. C'est pour cette raison que tu t'es placé derrière lui avant de l'abattre. Ses yeux t'auraient jugé.

Il secouait la tête, interprétant une fois de plus l'homme confronté à des enfantillages. Elle lui ordonna de la regarder. Il obéit.

– Quel dommage que tu n'aies pas confiance en moi, jeune fille. Quand je te regarde, j'ai presque des envies de monogamie.

– Julian t'a laissé monter à bord de sa voiture parce qu'il avait confiance, justement. C'est ton talent. Les gens n'imaginent pas que tu es un type répugnant.

Il lui servit un visage contrit.

– On a retrouvé un vieil indic du temps de mon oncle. Tu n'es pas le seul survivant.

– Et qu'est-ce qu'il t'a raconté, ton poilu de la grande guerre des seventies ? Que j'avais flingué mon meilleur ami ? Pour quoi faire, bon sang ?

– Julian savait jusqu'où tu étais impliqué dans l'affaire Chanteloup.

– Qui est-ce ?

– L'homme que tu as abattu, après avoir aidé tes amis des Brigades prolétariennes à organiser son enlèvement.

– Rien que ça !

– Deux balles dans la nuque. Une exécution militaire dans le genre de celle de Julian. Pierre-Yves de Chanteloup, père de trois enfants, patron d'une banque franco-belge. Vous partagiez la même maîtresse. Je suppose qu'elle t'a donné des informations utiles pour le coincer le moment venu, ce suppôt du capitalisme. Et partager la rançon avec tes frères d'armes.

– Je n'ai rien à voir avec l'affaire Chanteloup. Même les flics en sont persuadés.

– Mon oncle n'enquêtait pas sur Marina et la disparition des bandes de Jim Morrison. Pour la bonne raison qu'elles n'ont jamais existé. Tu t'es servi de nous tous, et de ce que tu savais de nos vies, pour bâtir une histoire. Dans ce domaine, tu es le roi. Tu as même été capable d'inventer une chanson qui m'a touchée au cœur. *En attendant ton premier serment, ma douce, mon égarée... Ne me dis pas que je ne suis pas celui qu'il te faut... Le vent m'a appris que dans ton sommeil tu murmurais mon nom...*

– C'est toi qui es venue me chercher, Louise. Toi qui as insisté pour connaître la vérité. Pourquoi t'aurais-je menti ?

– Tu savais que je ne lâcherais pas prise. Marina était dans ton écurie de talents. Elle aimait Julian. Et il lui avait sans doute confié ses problèmes. Il enquêtait en réalité pour la veuve de Pierre-Yves de Chanteloup, qui n'arrivait pas à se satisfaire des résultats de l'enquête de police. Cette femme voulait la peau de ceux qui avaient froidement abattu son mari après avoir touché une rançon de soixante millions. Elle avait traité en direct avec eux, avec toi, contre l'avis de la police.

– Quoi, la veuve t'a raconté sa vie ?

– N'essaie pas de m'entourlouper. Tu sais bien qu'elle est décédée, il y a quelques années.

– Je ne lis pas la rubrique nécrologique, désolé.

– Quand Julian s'est approché trop près de toi, tu l'as tué. En brouillant tes traces avec une histoire de trafic de dope. J'imagine que tu as fouillé ses papiers et embarqué le dossier Chanteloup. Ensuite, tu as liquidé Marina.

– Qu'est-ce que tu racontes ? C'est Bernie qui a tué Marina.

– Curieux que tu ne m'en parles que maintenant. Pourquoi n'avoir rien dit à la police à l'époque ?

– La police et moi, nous sommes incompatibles.

– Tu as suivi Marina jusqu'à Bessières. Bernie et Marina étaient défoncées. Castillon absent de la propriété.

– Première nouvelle.

– Comment aurais-tu su qu'elle s'était réfugiée chez Bernie sans ça ?

– Pourquoi tuer Marina ? Par haine des blondes ?

– Elle voulait quitter son mari, profiter de l'argent qu'elle t'avait soutiré. Par pour les bandes, mais contre son silence. Marina a été ta maîtresse.

– Qu'est-ce qui te fait dire ça ?

– Les femmes sont ta faiblesse.

– Oui, surtout les dures à cuire dans ton genre.

– Elle était bien placée pour connaître tes liens avec les Brigades prolétariennes. Savait-elle que tu les fournissais en armes ? Peut-être même par l'intermédiaire de ton ami, le truand Pascal Brazier ? En tout cas, elle était certaine que tu avais de quoi payer. Julian avait d'autres perspectives. Il espérait la faire parler à ton sujet. Étant donné la nature de leurs relations, il avait de grandes chances d'y parvenir.

– Bernie et Marina n'étaient qu'un duo de défoncées. Marina n'avait besoin de personne pour courir à sa perte.

– Toute sa vie, Bernie a cru être responsable de la mort de Marina. Je pense qu'elle l'a bel et bien poussée dans l'escalier, mais que c'est toi qui l'as achevée. Probablement en l'étranglant. De cette façon, si Bernie te soupçonnait d'avoir tué Julian, elle ne pouvait pas parler. La police se serait intéressée de trop près à sa responsabilité dans la mort de Marina. Je crois que Bernie a eu peur de toi jusqu'à son dernier souffle. Elle avait percé ta vraie nature.

– Tu as des visions, Louise. C'est admirable.

– Castillon n'a pas voulu savoir. Pour lui, Bernie avait tué Marina dans un moment d'égarement. Il aimait Bernie, il a enterré le corps en même temps que les questions désagréables. Et fait muter Casadès. Il le savait opiniâtre. Toi aussi.

– Je me fous de Casadès. Mais j'avoue que tu m'intrigues.

– Tu es un menteur de génie, Gérard Antony.

– Et toi, une jolie fille à la riche imagination. Nous pourrions trouver mieux à faire, cette nuit. Tu as revêtu une tenue de femme fatale. Autant que cela serve à quelque chose.

– Oui, *fatale*, c'est le mot qui convient.

– Tu as l'intention de m'abattre, c'est ça ? Œil pour œil, dent pour dent ? Tu n'as même pas de preuves.

– J'ai repassé tes mensonges dans ma tête. J'ai rencontré les acteurs du drame. Et trouvé le détail de trop.

– Quel détail ?

– Les bandes, Gérard. Les chansons de Morrison. Si elles avaient existé, elles seraient remontées à la surface un jour ou l'autre. Le monde ne peut pas vivre sans bonne musique. Ce n'est pas à toi que je vais apprendre ça.

– Ça n'a aucun sens, et tu le sais bien.

– C'est limpide au contraire.

– Tu vas ruiner ta vie sur une vague idée ? Ton obsession t'a trop travaillé la cervelle.

– Je n'ai pas le choix. La fusillade sur le Pont-Neuf, c'était toi. Et Casadès suicidé au *Relais Trinité*, aussi. C'est le même style. Le style commando. Tu as prétendu que Julian était ton meilleur ami avec des sanglots dans la voix, chacun son esthétique…

– Julian *était* mon meilleur ami.

– Qu'est-ce que tu essaies de me dire ? Qu'il a enquêté sur toi, qu'il était prêt à te livrer à la police, et que tu l'as tué à cause de cette trahison ?

– Tu interprètes mes paroles, ma jolie.

– Si je ne te tue pas aujourd'hui, tu ne m'épargneras pas demain. Je fais un groupage : vengeance et survie.

Il la frappa au poignet. Le Ruger vola dans le pare-brise. Il le ramassa, mit Louise en joue. Elle recula contre la portière.

– Tu parles trop, jolie Lou. Une mauvaise habitude. L'influence de Casadès.

Il eut un sourire mélancolique, et appuya sur la détente. Un déclic. Pas de détonation.

Louise ouvrit la portière, s'extirpa de la voiture. Les néons éclairèrent le parking. Antony poussa un juron, jeta l'arme sur le siège passager, et sortit à son tour de sa BMW. Deux hommes émergèrent de derrière un pilier. Une voix résonna dans le dos du producteur.

– Brigade criminelle. Gérard Antony, vous êtes en état d'arrestation pour le meurtre de Gabriel Casadès.

Une voix posée. Le producteur se retourna lentement pour découvrir un homme de sa taille, aux cheveux blonds très courts, aux yeux gris. Son visage était paisible. Il tenait un Smith & Wesson dans la main droite.

47

Manches de chemise retroussées, cravate desserrée, Argenson relisait son dossier. Bruissement des pages tournées, plages de silence interminables, et de temps à autre, le ronronnement d'une voiture passant sur le quai. Moreau, N'Diop et leur patron étaient enfermés depuis une éternité avec Gérard Antony. Louise aurait donné cher pour assister à l'interrogatoire.

Elle les imaginait le pressurant à tour de rôle. Cet homme avait vécu plus de vingt ans barricadé dans le mensonge. Elle lui reconnaissait un point positif : son impressionnante énergie. Elle avait failli être emportée par cette rage de survivre, réalisait qu'elle s'était mesurée au pire adversaire qui soit. Un homme double. Cette duplicité avait eu raison de Julian.

Clémenti misait sur un lien entre Julian et Poitevin. Le privé avait sans doute une relation privilégiée avec le divisionnaire. Poitevin et son équipe scrutaient les allées et venues d'Antony. Julian était remonté à la source pour confronter ses soupçons aux leurs. Une collaboration s'était-elle établie ? Impossible de le savoir. Poitevin était un homme secret. Après la mort de Julian, Poitevin n'avait rien pu prouver contre Antony. Ensuite, la montée en puissance du groupe Action directe l'avait accaparé. L'affaire Eden était passée à la trappe. Antony avait rompu ses liens avec la lutte armée politique. Poitevin était décédé à son tour.

Argenson referma son dossier, se leva en s'étirant. Il allait être appelé à la rescousse pour relever N'Diop ou Moreau. Louise lui faisait confiance. Dirigée sur la bonne cible, sa hargne ferait merveille.

– Va donc dormir dans la salle d'à côté, dit-il en se frottant la nuque. Il se peut que le patron t'utilise pour une confrontation quand il aura tiré quelques cartouches. Antony n'est pas un client banal. Et à ce propos : bravo.

C'était la première fois qu'un compliment passait les lèvres de l'inspecteur à son égard. Les effusions s'arrêtèrent là. Argenson sortit, N'Diop prit sa place. Lui aussi proposa à Louise un peu de repos. Elle répliqua qu'elle était trop énervée pour trouver le sommeil. N'Diop lui servit son sourire grande largeur. Elle y répondit sans se forcer.

– Je crois que vous avez réussi à épater Argenson, Louise. Une gageure. Il répète à qui veut l'entendre que vous avez des couilles. D'ailleurs, nous avons cru au pire à la Brigade. Le patron allait très mal. Il vous voyait partir au casse-pipe.

– Oui, j'ai réalisé que sans votre équipe je n'y arriverais pas.

L'expression de N'Diop disait : et le patron qui a oublié d'être un imbécile a su que sans vous, Morvan, il ne coincerait pas un balaise de la trempe de Gérard Antony.

– Il n'aurait jamais avoué, continua Louise. La seule solution était de l'amener à commettre une erreur.

– Oui, pas mal votre idée du Ruger déchargé. En l'obligeant à vous tirer dessus, vous le poussiez aux aveux. C'était lui ou vous. Antony préférait le rôle du survivant. Il ne sera jugé ni pour le crime de votre oncle ni pour celui du banquier, mais écopera pour Casadès. Et pour tentative de meurtre à votre encontre. Le patron se demande à juste titre pourquoi Antony n'est pas resté dans l'ombre, bien protégé par la prescription.

– Il savait que je ne lâcherais pas, et le retour de Casadès n'était pas une bonne nouvelle. Antony craignait pour sa réputation. Ce type est un salaud, mais son job c'est toute sa vie. Bien sûr, il avait déjà une image sulfureuse, mais pas celle d'un lâche abattant un ami de deux balles dans la nuque et montant une histoire de dope pour embrouiller la police.

– Une drôle de conception de l'amitié, en effet.

– Antony m'a dit que Julian était son meilleur ami. Je le crois, en fait.

– Vraiment ?

– Après le meurtre de mon oncle, il a interrompu son activisme politique. Il ne lui restait plus que la musique pour se dire qu'au moins un aspect de sa vie valait la peine.

– Bien vu. Mais vous ne semblez plus lui en vouloir.

– Je ne sais plus ce que je ressens. Ma seule certitude, c'est que j'ai fait ce que je devais.

– On l'aura, ne vous inquiétez pas. Ce type n'est qu'un gros abcès, gavé de pus depuis trop longtemps. Il faut trouver où piquer.

– Je ne m'inquiète pas.

– Raison de plus pour dormir un peu. Qu'en pensez-vous ?

– J'attends Clémenti.

– Le patron est très en forme. Je ne le vois pas lâcher sa proie…

– Merci, Marcellin, je préfère attendre.

Il eut un sourire compatissant, lui proposa un sandwich qu'elle refusa.

Un rectangle de lumière. La silhouette de Serge dans l'embrasure de la porte. Ses larges épaules, sa taille fine. Elle se redressa.

– Tu peux rentrer chez toi. C'est terminé. On l'a eu.

Louise quitta le lit de camp où elle avait fini par s'endormir. Elle aurait voulu se réfugier dans ses bras. *Cette époque est révolue, ma pauvre fille, il y avait un prix à payer pour connaître la vérité, ne me dis pas que tu ne l'avais pas compris*, lui susurra le spectre de Casadès. Elle l'avait vu en songe, cette nuit. Ou bien elle avait imaginé la scène. Ils marchaient au bord d'un fleuve d'amertume, Casa expliquait qu'il endossait le long manteau du dieu de la Mort, et décidait de tout, mêmes des amours défunts…

Serge attendait dans le couloir. Un rayon de soleil éclairait ses traits tirés. Ses yeux plus clairs. Sa bouche toujours légèrement travaillée par l'ironie. Il demanda si elle voulait une voiture pour la raccompagner. Elle déclina. Ils firent quelques pas vers la sortie.

– Antony va être mis en examen. Je te tiens au courant. Tu as ma parole.

– Je n'en ai pas besoin, Serge, j'ai confiance.

Elle espéra qu'il allait saisir la perche ; il n'en fit rien.

– Quand tu m'as questionnée au sujet de mes relations avec lui, je ne t'ai pas menti. C'est ensuite que ça s'est passé. Tu m'avais quittée. Je ne me sentais pas coupable…

Coupable. Expression malhabile. Comment expliquer ce qui s'était passé avec Antony ? Une envie de percer le mystère à mains nues. Du plaisir. Mais rien à voir

306

avec toi, Serge. Rien à voir avec cette fusion entre nous. Tu devrais le savoir, le deviner.

La secrétaire s'interposa avant qu'elle ait pu trouver les mots. Elle s'adressa à son patron avec cette agaçante diction haut perchée, annonça un appel du divisionnaire. Clémenti murmura « Merci pour ton aide, Louise », et disparut dans son bureau.

Elle s'installa sur un banc du couloir, regarda s'agiter le monde qui était celui de Serge au quotidien. Officiers marchant d'un pas vif, gardiens en uniforme encadrant des prévenus menottés, témoins nerveux. Julian n'aurait pas agi autrement. Il aurait suivi son instinct. Au-delà de la morale. Sa notion de la fidélité était toute personnelle. Mais bien réelle. Non, *coupable* n'était vraiment pas le bon adjectif. Elle quitta le 36, hésita, puis se dirigea vers le Châtelet. Les cafés venaient d'ouvrir. Les serveurs sortaient tables et chaises sur les trottoirs. La circulation n'allait pas tarder à monter en puissance. Elle s'installa en terrasse, commanda un café.

La Seine miroitait sur sa gauche. La brise faisait frissonner l'auvent rouge d'un hôtel de l'autre côté de la place. Une fenêtre s'ouvrit sur une femme qui s'étira avant de se plonger dans la contemplation de Paris. Elle se retourna pour appeler son compagnon qui vint la rejoindre, enserrant ses épaules. Ils s'adonnèrent à la dégustation du matin parisien. Louise eut une idée.

Elle entra dans l'hôtel, demanda une chambre donnant sur la place, récupéra sa clé et monta au quatrième étage. Une fois la porte refermée, elle admira un instant la vue. Elle s'imagina avalant une gorgée de courage à une gourde magique, et composa le numéro de Clémenti à la Brigade. Elle tomba sur la secrétaire revêche, la sentit prête à faire barrage, lui dit qu'elle avait oublié un détail essentiel et devait absolument parler au commissaire. Le barrage céda.

— Qu'est-ce qui se passe ?

La fatigue dans sa voix, mais peut-être pas la lassitude. Elle prit une inspiration, se lança.

— Te convaincre sera difficile, Serge, mais je vais essayer.

— Me convaincre de quoi ?

— Une femme vêtue d'une robe noire t'attend dans la chambre 428 du *Victoria*. Tu vois de quel hôtel il s'agit ?

— Bien sûr, et alors ?

— Je sais par expérience qu'il n'y a que les imbéciles et les psychorigides qui ne changent pas d'avis. Tu n'es ni l'un ni l'autre.

— Merci, mais je ne vois pas…

— Bien sûr que tu vois. Quant à moi, j'ai une vue magnifique sur la Seine et le Palais de justice. Elle sera encore plus belle quand tu t'encadreras dans le paysage, Serge. Je suis vide sans toi. C'est tout.

— Louise, je…

C'était le bon moment pour raccrocher. Tout le monde le lui avait répété. *Tu parles trop, Louise.* Pour une fois, elle retenait la leçon. Elle ouvrit la fenêtre, s'y accouda. Elle regarda droit devant elle, vers la place du Châtelet, vers le pont au Change, le boulevard du Palais. Vers un monde possible, dépourvu cinq minutes de cruauté. Et de doute.

Et elle attendit.

DU MÊME AUTEUR

Baka !
Viviane Hamy, 1995 et 2007
et « Points Policier », n° P2158

Sœurs de sang
Viviane Hamy, 1997 et 2012
et « Points Policier », n° P2408

Travestis
Viviane Hamy, 1998

Techno Bobo
Viviane Hamy, 1999

Vox
prix Sang d'encre 2000
Viviane Hamy, 2000
et « Points Thriller », n° P2943

Strad
prix Michel-Lebrun 2001
Viviane Hamy, 2001

Cobra
Viviane Hamy, 2002
et « Points Thriller », n° P2944

Passage du Désir
Grand Prix des lectrices de « Elle » 2005
Viviane Hamy, 2004
et « Points Policier », n° P2057

Les Passeurs de l'étoile d'or
(photographies de Stéphanie Léonard)
Autrement, 2004

La Fille du Samouraï
Viviane Hamy, 2005
et « Points Policier », n° P2292

Mon Brooklyn de quatre sous
Après la Lune, 2006

Manta Corridor
Viviane Hamy, 2006
et « Points Policier », n° P2526

L'Absence de l'ogre
Viviane Hamy, 2007
et « Points Policier », n° P2058

Régals du Japon et d'ailleurs
Nil, 2008

La Nuit de Geronimo
Viviane Hamy, 2009
et « Points Policier », n° P2811

Guerre sale
Viviane Hamy, 2011

COMPOSITION : NORD COMPO À VILLENEUVE-D'ASCQ
IMPRESSION : CPI BRODARD ET TAUPIN À LA FLÈCHE
DÉPÔT LÉGAL : NOVEMBRE 2013. N° 99003 (3002439)
IMPRIMÉ EN FRANCE